Les Mauvais Juifs

Gerald Shapiro

LES MAUVAIS JUIFS

NOUVELLES

Traduit de l'américain
par Michel Lederer

Ouvrage traduit avec le concours
du Centre National du Livre

TERRES D'AMERIQUE

Albin Michel

« **Terres d'Amérique** »
Collection dirigée par Francis Geffard

Le traducteur remercie vivement Myriam Anissimov pour son amical
concours dans le domaine yiddish.

Titre original :

BAD JEWS AND OTHER STORIES
© Gerald Shapiro, 1999
Publié par Zoland Books, Cambridge, Massachusetts

Traduction française :

© Éditions Albin Michel S.A., 2001
22, rue Huyghens, 75014 Paris

www.albin-michel.fr

ISBN 2-226-12087-4
ISSN 1272-1085

À Judith Slater

Scénarios catastrophe

Spivak se pencha en avant dans son fauteuil, prêt à bondir. « Je vais vous donner un exemple », dit-il. Il tendit la main vers le téléphone posé devant lui sur la table de conférence en bois de rose ciré. Il s'adressait à des femmes d'un certain âge assises en face de lui, les unes qui pianotaient sur la table, les autres qui tenaient leurs sacs à main devant elles comme des boucliers. Une riche odeur de parfum imprégnait l'atmosphère de la salle de conférence. « Bon, reprit Spivak, supposons que vous soyez seules chez vous. C'est la nuit. Il est très tard — une heure ou deux heures du matin. » Il enfonça quelques touches sur l'appareil. « Voilà, le téléphone sonne. »

Le bruit éclata dans la pièce, si fort que les femmes sursautèrent. Spivak régla le volume à l'aide du bouton situé sur le côté, puis il porta son regard sur une femme imposante aux formes généreuses contenues dans une robe bleu marine. Sur sa tête s'empilait une choucroute de cheveux argentés, divisée en son milieu par une large bande de blanc qui s'élevait de son front comme une piste d'envol.

« Qu'est-ce que vous faites ? lui demanda-t-il. Vous décrochez ? »

Le téléphone sonna de nouveau, juste au moment où elle allait répondre. « Je serais couchée, dit-elle une seconde

9

plus tard. C'est mon mari qui répondrait. Le téléphone est sur sa table de chevet. »

Nouvelle sonnerie. « Mais il n'est pas là, répliqua sèchement Spivak.

— Ah bon, fit la femme avec un sourire. Et où est-il ?

— Mettons qu'il soit mort », dit Spivak, regardant se défaire le visage de celle qu'il venait ainsi de rendre veuve. Re-sonnerie. « Vous êtes seule, poursuivit-il. Je vous l'ai expliqué.

Ce que vous avez dit est ignoble. »

Spivak se mordit la lèvre et réfléchit. « Attendez, reprit-il d'un ton conciliant. Il n'est pas mort, il est simplement parti. » Sonnerie. « Oui, c'est ça — il est absent, en voyage d'affaires. Et il est très, très tard, lui rappela-t-il. Alors, vous répondez ou vous ne répondez pas ? Ça pourrait être un de vos enfants. »

Le téléphone sonna et les femmes sursautèrent comme la première fois.

« Naturellement, ça pourrait aussi bien être des individus qui appellent pour savoir s'il y a quelqu'un à la maison, continua Spivak. Des individus qui cherchent à entrer chez vous par effraction, disons. Des violeurs ou des cambrioleurs.

— Mes enfants ne téléphoneraient jamais à une heure pareille, dit la femme en robe bleue. Ils sont pleins d'égards pour nous. » Elle tira de son sac un mouchoir en papier et s'épongea le front. La sonnerie retentit de nouveau, de plus en plus forte, semblait-il.

« Oui, mais ils ont peut-être besoin d'aide, suggéra Spivak. Il pourrait s'agir d'un cas d'urgence. Un de vos petits-enfants, par exemple. » Il se tourna vers une autre de ses auditrices, celle-là mince et fébrile, vêtue d'un jogging rouge et dont les cheveux blancs étaient maintenus par un bandana assorti. « Et vous, qu'est-ce que vous feriez ? » lui demanda-t-il.

Le téléphone sonna, indiscutablement plus fort cette fois.

« Je dois reconnaître… que je ne serais pas tranquille », dit la femme avec un petit rire nerveux. Elle passa la main sur les chairs lâches de son cou comme pour s'assurer qu'elle n'était pas encore morte. « Naturellement que vous ne seriez pas tranquille », dit Spivak. La sonnerie ponctua la fin de sa phrase. « Soyons francs — vous seriez même terrifiée. » Il poussa l'appareil posé sur la table en bois de rose vers la femme en robe bleu marine. « Allez-y, décrochez », lui dit-il.

La femme contempla le téléphone avec appréhension, comme si elle craignait qu'il explose. Il sonna et elle finit par soulever le récepteur. « Allô ? » fit-elle. À la stupéfaction de toutes, sa voix retentit dans la pièce comme si elle avait parlé dans un micro. Et plus étonnant encore, ce n'était pas sa voix à elle, mais celle d'un homme, grave et autoritaire, qui évoquait étrangement la voix de Gregory Peck dans *Du silence et des ombres*.

« Oh ! mon Dieu ! » s'écria la femme dans le combiné, et comme à l'instant précédent, les mots résonnèrent dans la salle.

Spivak tripota un petit appareil caché sous la table. « Maintenant, dites de nouveau "allô" », ordonna-t-il ensuite à la femme. Celle-ci obéit et ce coup-ci, ce fut sa vraie voix qui s'éleva, chevrotante et plaintive.

Il rectifia le nœud de sa cravate, se radossa dans son fauteuil, puis il croisa les jambes et sourit. Après quoi, il remonta ses lunettes sur l'arête de son nez et demeura un moment sans parler, se contentant de lisser les plis de son pantalon pendant que le silence s'instaurait. Au bout d'une minute, il reprit la parole : « Voici le Modificateur de Voix Flaxman, le meilleur ami de la femme seule. » Il se baissa et sortit de sous la table de conférence une petite boîte noire qu'il présenta dans sa paume comme une pierre précieuse. « Notre modèle 620, le plus vendu de notre gamme : six registres de voix au choix, de basse profonde à ténor irlandais, avec aboiements de rottweiler en prime pour

11

dissuader les petits plaisantins irréductibles. » Spivak s'empara du téléphone et, tout en parlant, tourna un cadran du modificateur de voix, si bien que son « allô, allô », monta dans l'aigu et sonna comme le début d'un vieux film comique des Trois Stooges. « Une extrémité se branche dans le combiné et l'autre dans n'importe quelle prise murale, dit-il en raccrochant. C'est d'un maniement enfantin. Alors, qu'en pensez-vous ? » Il regarda la femme en robe bleue assise en face de lui qui tenait toujours son récepteur à la main. « Vous pouvez le reposer, maintenant », lui dit-il gentiment. Elle s'exécuta.

« Pendant que vous daignez encore m'accorder votre attention, mesdames, reprit-il, permettez-moi de vous donner un autre exemple. Appelons-le scénario catastrophe, si vous préférez. Supposons, pure hypothèse de ma part, que vous soyez en vacances. Vous êtes en Europe. Et pourquoi pas ? Vous menez la grande vie ! Vous êtes à Venise, vous voguez sur le Grand Canal, dans une gondole, et on entend *O Sole Mio* en fond sonore. Avant de partir, vous avez pris toutes les précautions nécessaires — vous avez bouclé chaque fenêtre, chaque porte, vous avez fermé le gaz, suspendu votre abonnement à votre journal habituel, demandé à un voisin de passer tous les jours prendre votre courrier. Vous avez une minuterie automatique dans chaque pièce. Vous avez payé un garçon qui habite en bas de la rue pour qu'il tonde régulièrement votre pelouse durant votre absence. Un très gentil garçon. Vous avez pensé à tout, et malheureusement pour vous, c'est également le cas pour deux loubards tatoués qui en ce moment même se trouvent dans votre jardin et qui, d'ici deux secondes, vont pénétrer chez vous par effraction. »

Au début, Spivak avait tout fait, obtenant d'excellents résultats auprès des groupes de consommatrices pour des céréales de petits déjeuners, des collections de vêtements pour femmes, des parfums, des croisières à prix réduit, des repas de nouilles tout préparés, des ventes de fruits par correspondance, des clubs de livres et toute une gamme de régimes alimentaires. Pendant près de six mois, il avait réalisé avec succès une délicate étude de marché pour une sauce à spaghettis en bombe nommée Pasta-Magic. Il avait fait des enquêtes pour les Démocrates comme pour les Républicains, pour les Droits de l'homme comme pour la *National Rifle Association*. Et même une pour l'Église unitarienne.

Mais cinq ans auparavant, son vieux mentor — le doux Ward LePlante aux doigts tachés de nicotine, l'homme qui l'avait sorti du ruisseau et lui avait appris les ficelles du métier — avait eu une attaque et les espoirs de carrière de son protégé au sein de Bowles & Humphries s'étaient envolés. Le lendemain de l'enterrement de Ward LePlante, ses collègues se mirent à éviter Spivak maintenant privé de mentor, comme s'ils le tenaient pour responsable de la mort de LePlante. Il était presque sûr que les secrétaires avaient maintenant rayé son nom de la liste de ceux à qui l'on distribuait les notes de service importantes. Un lundi matin, arrivant au travail, il constata qu'on avait enduit de Krazy Glue le fauteuil de son bureau. S'il n'avait pas flairé quelque chose d'anormal avant de s'asseoir, il aurait risqué de s'arracher la peau des fesses.

Et puis, véritable cadeau tombé du ciel, son service hérita du budget Flaxman, ce qui contribua à remettre Spivak sur les rails, encore qu'il fût longtemps sans s'en apercevoir. De fait, au début, il ne se livra qu'à des commentaires méprisants sur la ligne des produits Flaxman. « Regardez-moi toutes ces merdes, disait-il à ses collègues en feuilletant le catalogue mal conçu des gadgets Flaxman. Écoutez-moi ça : un stylo pour vérifier la teneur en plomb de l'eau du robinet ? Des chaussettes spéciales contre les verrues plantaires ? Au secours ! »

Il alla même se plaindre à son directeur de création, un garçon boutonneux du nom de Berenson. « Dites, c'est la mort de ma carrière que vous voulez. Me mettre sur ce budget, c'est me tuer. Exactement ce qui est arrivé à Pinsker, non ? » demanda-t-il, faisant référence à un directeur de soixante-dix ans relégué dans un placard sans air ni fenêtre où il griffonnait à longueur de journée sur un grand bloc à dessins des logos pour du dentifrice en poudre.

« Ce qui est arrivé à Pinsker, c'est qu'on a inventé la télévision, répondit Berenson. Et puis la guerre de Corée s'est terminée et les femmes se sont mises à aimer le sexe. En tout cas, ne vous inquiétez pas pour lui, Leo. Inquiétez-vous plutôt pour vous. Pinsker possède des actions de l'agence, ce salaud. Je ne peux pas le virer. J'aimerais pourtant tellement le faire — il me rappelle mon grand-père qui me pinçait et me bourrait de coups de poing quand mes parents ne regardaient pas. Mais c'est de l'histoire ancienne. » Il se leva, se pencha au-dessus de son bureau et écarta les doigts devant lui. « Vous, vous n'avez pas encore d'actions de l'agence, je ne me trompe pas ?

— Non, répondit Spivak.

— Et vous êtes beaucoup plus vieux que moi, je ne me trompe pas non plus ?

— De plusieurs années, en effet, dit Spivak en se dirigeant à reculons vers la porte.

— Vous aviez d'autres sujets dont vous souhaitiez me parler ? demanda Berenson.

— Non, je ne pense pas. »

Dans les premiers mois qui suivirent son affectation au budget Flaxman, Spivak se rendit petit à petit compte, et avec un agacement croissant, que son travail sur les panels de consommateurs n'avait jamais été aussi pointu. Chaque fois qu'il présentait les produits Flaxman à des groupes de femmes, il se produisait un phénomène étonnant. Pendant un temps, il s'efforça désespérément de nier l'évidence — après tout, qui se résoudrait à admettre que c'était là sa vocation ? — mais au bout de quelques mois, il ne lui fut plus possible d'ignorer la décharge d'adrénaline qu'il ressentait lorsqu'il se lançait dans son baratin : « Imaginez, simplement à titre d'exemple, commençait-il, que vous ayez du radon chez vous. Le radon, on ne le sent pas, on ne le voit pas, et le ministère de l'Environnement n'est pas absolument sûr que le radon soit nocif. Bonjour, est-ce que le radon est nocif ? Euh, rappelez-nous d'ici quelques mois. Donc, on ne sait pas avec certitude. Je vous livre mon scénario catastrophe : le radon tue vos enfants. Vous m'avez bien entendu : il tue vos enfants, lentement, silencieusement, minute par minute, pendant que vous êtes là, assises en face de moi. » Et hop, il leur sortait le Détecteur de Radon Flaxman, un petit tube qui avait l'air de contenir des pulvérisations nasales.

En huit mois, il présenta ainsi plus de soixante gadgets Flaxman à divers panels dans des villes choisies à travers tout le pays, et les ventes grimpèrent régulièrement. Après quinze ans de marketing, Spivak décrochait enfin le gros lot. Lors des conférences, des inconnus l'abordaient pour lui demander des tuyaux. « Faites-moi le coup du scénario catastrophe, réclamaient-ils. Donnez-m'en juste un exemple. » Et Spivak, se sentant un peu penaud, s'exécutait. La vérité, aussi difficile à s'avouer fût-elle, était qu'il faisait cela les yeux fermés. Et à dire vrai, même en dormant.

Spivak s'arrêta à une heure et demie pour déjeuner. Il se savait par expérience incapable d'insuffler davantage de terreur dans l'âme des femmes d'un certain âge avec seulement dans l'estomac un *bagel* au fromage blanc accompagné de deux tasses de café. Il nota les résultats de la matinée : un B, à quelque chose près. Il avait fait mieux et il avait fait pire. Dans son métier, on apprenait à accepter le bon comme le moins bon. Tout ne remportait pas autant de succès que le Modificateur de Voix Flaxman. Celui-là, il allait marcher du tonnerre. C'était peut-être la voix de Gregory Peck qu'elles aimaient. Lui-même, il aurait bien voulu avoir la voix de Gregory Peck, alors pourquoi en serait-il autrement pour la ménagère de cinquante ans et plus ? Affalé dans son fauteuil à la table de conférence en bois de rose, il contemplait un sandwich à la dinde que l'une d'entre elles avait commandé à une *delicatessen* du quartier et qui reposait, intact, à côté du téléphone. Spivak se garda bien d'y toucher : de quoi se machin était-il composé ? Dinde, mayonnaise, tomate, laitue — rien que des nids à microbes. Flaxman devrait sortir un détecteur de bactéries. Utilisez-le chez vous ! Emportez-le avec vous dans les pays étrangers ! Il se le représentait déjà — ça ressemblerait à l'un de ces gadgets qui vous prennent la température dans l'oreille. Démonstration : plantez-le dans un *burrito* au sud de la frontière et regardez l'aiguille grimper d'un seul coup ! Il faudrait qu'il pense à rédiger une note, mais pour le moment, il ne se sentait pas le courage de prendre son magnétophone miniature.

Après avoir flanqué le sandwich à la poubelle (un simple demi-tour suivi d'un lancer, mouvement qu'il eut cependant l'impression d'avoir exécuté avec grâce), il calcula le décalage horaire entre la côte Pacifique et le centre du pays, puis il appela Chicago où c'était le milieu de l'après-midi du vendredi et où Elena, sa fille, n'avait pas classe, l'un des rares moments de la semaine où elle se montrait raisonnablement disposée à lui parler.

« Papa », s'écria-t-elle avec effusion d'une voix douce et enfantine — la même qu'il l'avait entendue employer avec Todd, son nouveau petit ami, celui qui roulait sur un scooter italien. Spivak se la représenta pelotonnée dans un coin, adossée au mur du séjour lambrissé de pin noueux, le téléphone coincé entre le creux de son épaule et sa mâchoire, comme s'il était collé là. Il l'imaginait en train d'enrouler autour de ses doigts une longue mèche bouclée de cheveux noirs. D'ailleurs, d'où tenait-elle des cheveux pareils ? Rachel, la femme de Spivak, avait une tignasse blond vénitien, et ses cheveux à lui, du moins ce qu'il en restait, étaient d'un vague châtain tirant sur le gris souris. Peut-être que les beaux cheveux sautaient une génération, comme la chorée ou la danse de Saint-Guy.

16

Récemment, ou peut-être même depuis un an ou deux, il avait commencé à croire que le véritable mystère ne résidait pas dans les cheveux d'Elena, mais dans Elena tout entière. Sa voix au téléphone le déconcerta, comme à chaque fois ces derniers temps, et lui fit penser à ses jambes qui, au cours de l'année passée, avaient perdu leur côté potelé pour prendre un long galbe sensuel tel qu'il n'en avait jamais vu chez les filles quand il avait son âge. Il n'y avait donc plus de puberté aujourd'hui ? À cause d'un truc qu'on ajoutait à l'eau du robinet ? Est-ce que les filles étaient aussi jolies quand il était en quatrième ? Est-ce qu'elles avaient l'air si adultes, si conscientes de leurs corps ?

« Alors, lui demanda-t-il, comment va la vie ? Et l'école ?

— Nulle, répondit-elle sur un ton suggérant que la question aussi l'était. Totalement et incroyablement nulle.

— Et ta mère ?

— Ne parlons pas de ça. Soyons gentils. Parlons de toi », ronronna Elena.

Voilà qui était nouveau ! « Depuis quand désignes-tu ta mère par "ça" ? » demanda-t-il.

Il y eut un long silence. « Comment vas-tu, papa ? Tu sais, tu me manques.

— Tu fais tes devoirs ?

— Ouais, ouais.

— Tu connais les termes du marché : tu décroches une moyenne de B-plus ce semestre…

— Et on va tous en Floride cet été, acheva-t-elle, imitant sa voix. Disney World et toute la *cucaracha*. Je sais. C'est une tentative de corruption. Maman dit que…

— Hé, une petite seconde, n'oublie pas que le monde fonctionne sur la corruption. Pots-de-vin sur pots-de-vin. C'est ça qui fait tourner le monde. Dis-le à ta mère. Dis-lui que le professeur Spivak a parlé.

— Tu reviens quand ?

— D'ici deux jours. Il nous reste un ou deux panels à faire, et je saute dans l'avion. Quel temps il fait à la maison ?

17

— Il neige. Le genre sec, même pas moyen de faire des boules de neige, gémit Elena. Les flocons volettent partout et te rentrent dans les yeux. C'est d'un ennui !

— Moi, ça me paraît plutôt bien, dit-il d'une voix légèrement chagrinée. Comme ces presse-papiers qui font de la neige. Qu'est-ce que tu veux que je te rapporte de San Francisco ? Du pain au levain ?

— Beurk. Je suis au régime.

— Au régime ? Ma petite fille ?

— Oh, papa », se plaignit-elle. Puis elle se mit de nouveau à ronronner avec une pointe de coquetterie : « Je ne suis plus si petite que ça. »

Il l'entendit qui retenait sa respiration, comme si elle était elle-même surprise d'avoir prononcé ces paroles.

Mon Dieu, songea-t-il, tout juste quatorze ans et où avait-elle bien pu dénicher une voix pareille ?

Restait la question du déjeuner. Spivak entra dans un petit restaurant guatémaltèque de la 24ᵉ Rue et s'installa près de la fenêtre pour regarder les passants. Les rayons de soleil qui filtraient par les lamelles des stores lui rappelèrent Elena et la neige qui tombait à Chicago. À trois mille kilomètres de là, il neigeait et le lac Michigan était entièrement gelé. À cette pensée, et voyant par la fenêtre le trottoir qui baignait dans la lumière d'un après-midi d'hiver ensoleillé, il se sentit soudain déplacé, comme s'il avait été chassé de son existence et qu'il tombât dans l'espace vers le néant. C'est à ça que les enfants servent, se dit-il. Tôt ou tard, ils vous donnent l'impression que vous avez basculé dans le vide. Il but de l'eau Calistoga et mangea une assiette de *pupusas* au fromage et de *pastalitos* accompagnée d'une salade de choux trop vinaigrée. Un groupe de travestis hispaniques passa en dansant, puis une femme portant un enfant sur chaque hanche, suivie de deux autres attachés à sa taille par des bouts de corde. La circulation roulait au pas derrière un enterrement avec des gens qui tenaient de grandes

18

photos sépia du défunt montées sur des pancartes et un orchestre de trompettes et de tubas qui jouait des airs plaintifs. Un vendeur de fruits à la carrure imposante et au teint bistre vantait ses bananes, ses mangues, ses plantains et ses papayes. Il surprit le regard de Spivak et brandit une banane en un geste qui semblait se vouloir obscène.

Au moment où Spivak finissait ses *pupusas*, il aperçut une femme qui marchait d'un pas vif et déterminé. Taille moyenne, cheveux châtain clair, épaules carrées, expression pensive et résolue, corsage lavande et jupe apparemment en batik à motifs floraux. Elle ne traversa son champ de vision qu'une fraction de seconde, mais il la reconnut tout de suite : Betsy Ingraham, la fille avec qui il n'avait jamais eu l'ombre d'une chance de sortir quand ils étaient au lycée. Ils ne s'étaient pas vus depuis vingt-cinq ans, et voilà qu'elle se retrouvait dans une rue de San Francisco, à un demi-continent de distance du lycée De Lesseps à Kansas City, État du Missouri. Il se rendit compte aussitôt qu'en réalité, elle n'avait jamais tout à fait quitté ses pensées et que, durant ce quart de siècle, son visage avait toujours été présent à la lisière de son esprit.

Il se leva d'un bond et se précipita vers la porte du restaurant.

« Betsy ! cria-t-il.

— Hé ! » le rappela le propriétaire de l'établissement installé derrière la caisse. Spivak sortit en hâte son portefeuille, lança quelques billets sur la table la plus proche, puis se mit à courir en se faufilant parmi la foule des piétons.

« Betsy ! » cria-t-il de nouveau, et cette fois, la femme à l'expression résolue s'arrêta et se retourna.

« Betsy », répéta-t-il, hors d'haleine. Il esquissa un sourire, mais devant l'air de totale stupéfaction qu'elle affichait, le sourire mourut sur ses lèvres.

« On se connaît ? demanda-t-elle.

— Oui ! Leo Spivak ! Lycée De Lesseps, en 68. Non, corrigea-t-il. On ne se connaît pas. » La gorge serrée, il s'efforça

19

de reprendre son souffle. À quoi bon, ils étaient tellement loin de ce monde-là, séparés de lui par le temps et l'espace. « C'est-à-dire que moi, je te connaissais. J'étais amoureux de toi. Amoureux fou. C'était pathétique. »

Elle l'examina alors attentivement, la main en visière comme s'ils étaient en plein soleil, alors qu'ils se trouvaient dans l'ombre épaisse du store d'une boutique de vidéo. « Leo ? fit-elle.

— Spivak. Nous étions ensemble en cours de littérature. La classe de Mrs Menotti, en terminale. J'avais fait un exposé sur Scott Fitzgerald. »

Elle continuait à le regarder, paraissant toujours ne pas se souvenir de lui. « Leo Spivak, dit-elle, haussant imperceptiblement les épaules. Bon, et vous habitez ici, maintenant ?

— Non, non, Chicago. Je suis à San Francisco pour affaires. Et toi ?

— J'habite le quartier de Sunset — près de l'océan. Je vis ici depuis mes années d'université. Quel genre d'affaires ?

— Oh, rien de bien passionnant. Marketing et publicité, ce genre-là. » Il détestait qu'on lui demande ce qu'il faisait dans la vie. Si seulement il pouvait répondre quelque chose du style : « Oh, je m'occupe d'une organisation à but non lucratif qui se consacre à sauver les orphelins de guerre africains touchés par la famine », il aurait une chance de se sentir bien dans sa peau. Mais en l'occurrence, quoi dire ? Mon boulot consiste à foutre la trouille à des vieilles femmes ?

Betsy abaissa sa main. « Oh, la publicité. Ça doit être fascinant », dit-elle en lui souriant. Elle était toujours aussi belle, la peau lisse et légèrement hâlée, les yeux d'un bleu lumineux. Elle avait les sourcils noirs, touffus, qu'elle n'épilait visiblement pas, ce qu'il n'avait jamais remarqué au lycée et qui la lui rendait encore plus séduisante aujourd'hui.

« Il faut bien vivre. Et toi ? demanda-t-il.

— Je suis avocate, assistance judiciaire pour les sans-abri, principalement.

20

Nous y voilà — un de ces boulots charitables pour les orphelins africains mourant de faim ! Il aurait dû s'en douter. Au lycée, Betsy Ingraham portait les cheveux longs et raides comme Joan Baez et jouait de la guitare lors du spectacle annuel de variétés. Une année, elle avait chanté *Kumba Ya* et la suivante, *Blowin' in the Wind.* Elle n'était pas seulement belle, mais aussi animée de nobles sentiments. Spivak parvenait à peine à le supporter. Il se mordit la lèvre.

« C'est admirable, dit-il.

— En fait, je déteste ça. Les sans-abri sont plutôt déprimants. La plupart sont à moitié cinglés. Je passe un temps fou à m'entretenir avec des gens qui s'imaginent que Dieu leur parle par la cuvette des toilettes — des choses de ce genre. » Elle changea de position et rajusta la bretelle de son sac de toile autour de son épaule.

Mon Dieu, et en plus elle a de l'humour, songea Spivak. Ce que j'ignorais. Ils restèrent un moment sans parler, et il sentit se distendre le lien fragile qui s'était tissé entre eux. « C'est incroyable, non ? finit-il par dire, s'épongeant le front du revers de la main. Se rencontrer comme ça après toutes ces années.

— Oh, pas tellement. Il y a deux ans, je suis allée à Chinatown acheter du poisson pour le dîner et je suis tombée sur Brad Pettybone. Je ne l'avais pas revu depuis le bal de la dernière année de lycée. Vous vous souvenez de Brad ? »

S'il se souvenait de Brad ? De qui voulait-elle se moquer ? Brad Pettybone, celui qui avait prononcé le discours lors de la remise des diplômes. Brad Pettybone, le champion scolaire de lutte. Brad Pettybone, celui qui avait chanté le rôle principal dans *L'Homme orchestre,* la comédie musicale donnée par les élèves du lycée. Brad Pettybone, le seul parmi eux à avoir une vraie fossette au menton. Spivak se rendit compte avec stupéfaction que ce nom soulevait encore en lui une vague de nostalgie, de jalousie et de regret. Brad Pettybone ne s'était certainement pas privé de peloter Betsy Ingraham à l'époque où on n'allait pas plus loin. Il se les représentait tous les deux, Brad et Betsy, dans un endroit tranquille et sombre autour de Kansas City, dans quelque clairière d'une forêt vierge où seul le chant des grillons accompagnait le bruit de leurs baisers mouillés d'adolescents affalés sur le siège avant d'une Thunderbird. Quel spectacle ça devait être !

« Leo ? » fit-elle, interrompant ses pensées.

Les passants les bousculaient sur le trottoir, de sorte qu'ils se rapprochèrent de la vitrine du vidéoclub.

« Ah oui, Brad, dit Spivak. Bien sûr que je me souviens de lui.

— Les coïncidences ne sont pas si rares que ça, finalement. Le monde est petit.

— Oui, tout petit, acquiesça Spivak.

— Bon, fit Betsy, consultant sa montre. Ça m'a fait plaisir de vous revoir.

— Vous... tu es mariée ? demanda-t-il soudain.

— Oui, oui. Et j'ai deux enfants, un garçon et une fille. »

Elle promena son regard autour d'elle, et Spivak sentit de nouveau le moment lui échapper, mourir comme un poisson rouge qu'on a trop gavé. Il ne savait plus très bien ce qu'il fabriquait là, ni ce qu'il voulait.

« Moi aussi, je suis marié, déclara-t-il. J'ai une fille. Ma femme est expert-comptable.

— Félicitations, dit Betsy en souriant. Ça doit être pratique au moment de rédiger sa déclaration d'impôts. » Elle consulta de nouveau sa montre.

« Betsy Ingraham, dit-il, hochant la tête comme un pantin. Betsy Ingraham. Ça, je n'en reviens pas. Alors, comment tu t'appelles maintenant ? Ton nom de femme mariée, je veux dire ? »

Elle parut mâchonner quelque chose qu'elle avait dans la bouche, puis elle détourna les yeux. « Vous n'avez pas l'intention de me téléphoner ou je ne sais quoi, j'espère ?

— Non, non, je voudrais simplement savoir. » Il eut un petit rire afin de bien montrer que ses intentions étaient

innocentes, puis il afficha une expression censée signifier :
Quelle drôle d'idée ! « N'oubliez pas, reprit-il, ça remonte
à vingt-cinq ans.

— Wexler, dit-elle alors. Mon mari se prénomme Arthur.
Il travaille au musée des Sciences. Bon, il faut vraiment que
je me sauve. C'est mon seul après-midi de libre et j'ai un
tas de courses à faire. J'ai été ravie de vous revoir. » Elle
eut l'air soudain troublée, comme si elle hésitait entre
plusieurs formules pour prendre congé : À bientôt, Donnez
de vos nouvelles, Bonne journée. Aucune ne semblant
appropriée, elle se borna à conclure : « Bon, eh bien... au
revoir. » L'espace d'une fraction de seconde, juste avant
qu'elle s'éloigne, on aurait pu croire qu'ils allaient établir
un contact physique, ne serait-ce que se serrer la main, ou
peut-être s'envoyer des baisers, ou même — qui sait ? —
s'étreindre brièvement. Mais il tergiversa, attendant qu'elle
prenne l'initiative (après tout, il avait déjà dépassé les limi-
tes de la bienséance avec le stupide aveu de son amour
d'adolescent, non ?), en sorte que rien ne se produisit.

Durant un court instant, le temps d'une respiration, Spivak regarda le dos de Betsy disparaître au milieu de la foule
des passants affairés, puis il se précipita derrière elle, la rat-
trapa un peu plus loin, la saisit par le coude et la fit pivoter,
sentant sous ses doigts le doux contact du corsage en soie
lavande. « Écoute, dit-il d'une voix haletante. Je t'ai avoué
que j'étais amoureux de toi pendant les années de lycée.
En fait, je n'étais pas exactement amoureux. Tu vois, c'était
peut-être de l'amour, mais il y avait aussi autre chose. J'avais
envie de te baiser — je ne connaissais peut-être même pas
le mot "baiser" à l'époque, mais je voulais te "machiner"
comme un dingue. Je te parle de sexe explosif, de sexe à
gogo, le genre à casser les lits, les meubles. Le genre, tu
regardes ta montre et tu t'aperçois tout d'un coup qu'on
est déjà mardi. Le genre où tu comprends que c'est le grand
truc ! Traite-moi de cinglé si tu veux, mais c'est de ça que
je rêvais. »

Le flot des piétons se divisait autour d'eux comme autour d'un rocher. Ils restaient plantés sur place. Spivak écoutait résonner l'écho des paroles qu'il venait de prononcer, comme si une bande enregistrée les repassait dans sa tête. Qu'est-ce qu'il s'imaginait ? Qu'est-ce qui lui avait pris ? Il n'osait pas la regarder. Il avait peur qu'elle se contente de consulter une nouvelle fois sa montre.

« À quel hôtel tu es descendu ? » finit-elle par demander après un long silence.

Impossible de s'en empêcher. Il n'ignorait pas que c'était nul, mais il fallait qu'il sache. « C'était comment ? » demanda-t-il donc. Betsy était couchée sur le ventre, la tête enfouie sous un oreiller. Elle répondit par quelques mots indistincts. Leo souleva l'oreiller. « Tu peux répéter ?

— J'ai dit que c'était bien. Tu possèdes un vaste répertoire de mots cochons.

— Je n'avais jamais fait **ça de** ma vie. Ça t'a plu ?

— C'était pas mal.

— Quelle partie ? Je veux dire quelle… enfin, quoi précisément ?

— Il n'est pas question que je répète quoi que ce soit. »

Il s'appuya sur l'oreiller. « Qu'est-ce que tu penses de "Je vais te sucer les nichons ?" » Silence. « Alors ? Ou bien "Viens, ma chérie, chevauche mon pieu" ?

— Arrête. » Elle se dégagea de l'oreiller et s'assit sans regarder Spivak. « Il faut que je parte, dit-elle, s'adressant à sa montre.

— Hé, une seconde… une petite seconde. Tu n'es restée que vingt minutes. Vingt minutes, et moi j'attends ça depuis vingt-cinq ans — c'est comme un rêve qui se réalise. Il ne peut pas durer seulement vingt minutes. »

Betsy se tourna vers lui et posa la main sur son bras. « Tu sais, pour toi, c'est peut-être un rêve, mais moi, j'ai des courses à faire. Je ne plaisante pas, c'est la stricte vérité.

— Accorde-moi encore dix minutes. Et pour l'amour du ciel, quoi que tu fasses, ne te rhabille pas. »

Elle soupira. « Je peux quand même aller aux toilettes ?

— Oui, bien sûr. Tu veux bien m'appeler Leo ? Ça m'excite, mais ne me demande pas pourquoi.

— Je reviens tout de suite, Leo », dit-elle en se dirigeant vers la salle de bains.

Pendant qu'elle franchissait les dix pas qui la séparaient de la porte, il admira son dos, le balancement de ses hanches et de ses fesses, les fossettes de ses jarrets. Le lit était drôlement en désordre — ils s'en étaient donné à cœur joie. Waouh ! ça avait été quelque chose ! Son regard parcourut les couvertures, les draps tout froissés, le corsage lavande et la jupe de batik en tas sur la moquette. Ah oui, le garçon d'étage. Il avait commandé du champagne — on ne vit qu'une fois ! Il paierait comptant pour que ça ne figure pas sur la note d'hôtel et Rachel n'en saurait rien.

Mon Dieu, pensa-t-il. Qu'est-ce que je fais ? Le visage de Rachel apparut soudain devant ses yeux, fragile, lumineux et indulgent. Qu'est-ce tu fais, Leo ? lui demandait-elle. Tu es un beau salaud. Il se tassa contre la tête de lit, se voila la face et inspira profondément à plusieurs reprises. Bon, se dit-il. D'accord, c'est plutôt moche. Et c'est même la chose la plus moche que j'ai faite depuis que je suis marié. Bien pire que mon mensonge à propos de l'aile cabossée de l'Oldsmobile. Bien pire que ce que j'ai fait avec Suzy Chudnow sous la table à la fête de Noël organisée par l'agence, parce que soir-là, j'étais bourré comme un coing, et puis, de toute façon, c'était pour rigoler. Et aussi bien pire, s'avoua-t-il, qu'en Floride lors de la convention, parce que cette fois-là, il se s'était rien passé, juste quelques innocents jeux de mains au-dessus de la ceinture et deux ou trois baisers où il avait eu l'impression qu'on lui arrachait carrément les lèvres, mais à part ça, il ne s'était absolument rien passé. Oui, ce coup-ci, à n'en pas douter, c'était vraiment moche.

Quoique cela aurait pu l'être davantage. Il aurait pu, par exemple, baiser l'une des meilleures amies de Rachel, ou même sa sœur, songea-t-il, et croyez-moi, elle ne cracherait pas dessus, celle-là. Parce que sa sœur... bon, mieux vaut ne pas insister. Parlez-moi de prédateurs. Ou alors, Rachel aurait pu être à l'hôpital, pour une opération, mettons, et il se serait envoyé l'infirmière de nuit — et, là, ça aurait été franchement impardonnable. Totalement inacceptable. Ou encore, il aurait pu coucher avec une femme à la maison, dans leur lit, sous leurs draps, une femme — oh, mon Dieu —, une voisine, l'une de celles qui appartenaient au comité de vigilance du quartier. Voilà qui aurait été inadmissible, un véritable péché capital. Il est préférable de ne même pas y penser. Une trahison, un crime. Ce qu'il venait de faire était mal, d'accord, mais pas si mal que cela.

Betsy sortit de la salle de bains, enroulée dans une serviette.

« Enlève ça, s'il te plaît », dit-il et, comme par magie, la serviette tomba à terre. « Arrête-toi ! cria-t-il. Reste là une minute ! Ne bouge pas ! » Elle s'immobilisa. « Tu es belle, lui dit-il.

— Merci », fit-elle. Puis elle se mordit la lèvre. « Je peux bouger, maintenant ?

— Oui. »

Elle s'avança vers le lit. Sa peau brillait à la lueur de la lampe.

« Écoute, j'aimerais faire la connaissance de ton mari, lui dit Spivak alors qu'elle s'allongeait à côté de lui. J'aimerais faire la connaissance d'Arthur.

— Quoi ? Tu plaisantes, je suppose.

— En réalité, c'est de toute ta famille que j'aimerais faire la connaissance.

— Il n'en est pas question, dit Betsy en se levant. Où est ma culotte ?

— Il n'en est pas question, *Leo,* lui rappela-t-il.

— Aide-moi à chercher ma culotte, tu veux ? » Elle arracha les draps froissés du lit. « Mais qu'est-ce que je fais ? Bon Dieu ! où est-elle ? » Elle passa son soutien-gorge, son corsage, puis sa jupe. À chacune de ces étapes, Spivak poussa de petits cris de protestation que Betsy sembla ignorer. Une fois habillée, elle se mit à quatre pattes pour regarder sous le lit. « Aide-moi, s'il te plaît, demanda-t-elle de nouveau à Spivak. Il faut que je retrouve ma culotte.

— On pourrait dîner tous ensemble. Je te laisse choisir le restaurant.

— C'est une blague, ou quoi ? dit-elle d'une voix étouffée par le matelas. Tu sais que tu es complètement fou ? Bon sang ! elle doit bien être quelque part !

— Écoute-moi une seconde. Fais ça pour moi et je ne t'embêterai plus jamais. Je ne te téléphonerai pas et je ne penserai même plus à toi. Je suis sérieux. »

Elle se releva et contempla un instant Spivak allongé sur le lit. « Je n'aurais jamais dû venir. Moi aussi, je dois être folle. Je ne te connais même pas. » Elle poussa un profond soupir, plaqua la main sur son front et promena de nouveau son regard autour de la chambre, plus lentement cette fois, tandis que ses épaules se voûtaient. « Elle est partie... ma culotte a fichu le camp, dit-elle, s'adressant davantage à elle-même qu'à Leo. Elle est plus maligne que moi. Elle se doutait bien qu'elle n'avait pas intérêt à s'attarder.

— Tu vois, c'est exactement ce que je voulais dire. Tu es marrante — je ne savais pas que tu étais marrante, dit Spivak. J'adore ça. Tu comprends, c'est mieux que "Je veux te sucer les nichons". Je pense à un dîner très simple, dans un chinois, peut-être. On prendrait juste un plat, un truc comme ça. »

Betsy le dévisagea comme s'il s'était soudain embrasé. « Pourquoi je ferais ça ? demanda-t-elle. À quoi ça te servirait ? Tu as perdu la tête.

— Tu arranges ça, et je disparais de ta vie pour toujours.

— Écoute, je regrette...

27

— Écoute, *Leo*.

— Leo, si tu veux. Tu ne fais pas partie de ma vie. On a fait quelque chose ensemble, la chose la plus stupide que j'aie faite de toute mon existence, et c'est terminé. Ne me demande pas pourquoi je l'ai fait, parce que je ne le sais pas. Pour moi, il ne s'est rien passé. Ce n'est qu'un cauchemar dont je viens de me réveiller. Tu ne m'as pas couru après dans la rue, on n'est pas montés dans ta chambre d'hôtel, je ne me suis pas déshabillée, non, non et non ! dit-elle en se frappant le front comme pour écraser un moustique. On n'a pas… couché ensemble, on n'a rien fait, rien du tout, continua-t-elle en fermant les yeux. On n'a même pas suivi tous les deux le cours de littérature — et cette conversation n'a pas lieu. » Elle enfila ses chaussures et se dirigea vers la porte. « Mon Dieu, et en plus, je sors sans culotte », murmura-t-elle, l'air dérouté.

Elle s'arrêta sur le seuil et pivota pour regarder Spivak.

« Bon, sans rancune, d'accord ? J'espère que tu finiras par résoudre ton problème, quel qu'il soit. Peut-être que tu n'es pas fou, je ne sais pas, mais en tout cas, tu es bizarre. Maintenant, il faut que je m'en aille, que je rentre chez moi. » Elle secoua la tête avec lassitude et consulta une nouvelle fois sa montre. « Inutile de te lever. Et par pitié, ne dis rien.

— Ne dis rien, *Leo* », la corrigea-t-il tandis qu'elle refermait la porte derrière elle.

À sept heures le même soir, un taxi déposait Spivak devant une imposante demeure en stuc de couleur crème près du centre médical de l'Université de Californie. C'était une maison de style bungalow traditionnel munie d'un toit en avancée et d'une large véranda décorée de plantes en pots. Comme il descendait de voiture, Spivak sentit l'odeur saline portée par la brise. Il y avait du brouillard et il faisait considérablement plus froid que dans le centre-ville. Il vérifia une nouvelle fois l'adresse sur le bout de papier où il l'avait notée, puis il grimpa les marches de briques rouges et sonna.

Un homme grand au front dégarni, plutôt banal, et à peu près de l'âge de Spivak vint ouvrir. Il tenait un journal à la main et semblait vaguement perplexe. « Oui ? fit-il d'un ton bourru.

—Je sais que ça va vous paraître bizarre, commença Spivak, mais votre femme a laissé sa culotte dans ma chambre d'hôtel cet après-midi. » Il sortit de sa poche l'objet en question, lequel était en satin rose pâle. « Elle ne l'a pas retrouvée avant de partir, poursuivit-il. J'étais resté couché dessus. Quel idiot !

— Pardon ? » fit l'homme, planté sur le seuil. Il ajusta ses lunettes et fixa la culotte que brandissait Spivak. Il esquissa le geste de la prendre, puis il se ravisa brusquement et dévisagea Spivak. « Vous ne vous êtes pas présenté, je crois ?

— Leo Spivak. Vous pouvez m'appeler Leo. Vous, c'est Arthur, non ? Betsy ne m'a pas beaucoup parlé de vous. Vous travaillez pour un musée, c'est bien ça ? »

Arthur continua un instant à le dévisager, puis il ouvrit grand la porte et s'écarta, ce que Spivak interpréta comme une invitation à entrer. Il fourra la culotte de satin entre les mains d'Arthur et passa devant lui.

« Magnifique ! » s'exclama-t-il, englobant du regard le parquet ciré, les tapis persans et les œuvres d'art superbement encadrées qui ornaient les murs du séjour. « On dirait un décor sorti tout droit d'un magazine, non, non, je ne plaisante pas. Quel goût ! » Il enfonça les mains dans ses poches et émit un long sifflement admiratif. « Ça me plaît énormément... mieux que ça, même, j'adore ! Si, si, sincèrement, j'adore ! »

Arthur referma doucement la porte, puis il se tourna vers Spivak, serra le journal contre sa poitrine et posa avec soin la culotte sur une petite table du vestibule. « Je n'ai pas très bien saisi votre nom, dit-il.

— Spivak. Leo Spivak. Betsy et moi étions ensemble au lycée à Kansas City. Le lycée De Lesseps. Vous savez... Ferdinand de Lesseps. Le canal de Suez. Vous aviez remarqué que Suez était l'anagramme parfait de Zeus ? Et il a également construit le canal de Panama. En fait, ce n'est pas lui qui a terminé les travaux...

— Et vous me dites que...

— C'est Goethals, un autre ingénieur — d'ailleurs, il a son lycée, lui aussi.

— Vous me dites que cet après-midi, Betsy et vous...

— Hôtel Fairmont, chambre 1460. Elle n'y est pour rien. Je déjeunais dans un petit restau guatémaltèque dans le quartier de Mission. Je peux m'asseoir ? »

Arthur fit signe que oui, et Spivak se laissa tomber sur un grand canapé blanc.

« J'ai téléphoné à ma fille cet après-midi, reprit-il. Elle a quatorze ans. Vous savez comment sont les filles à cet âge-là.

— Non », répondit Arthur. Il se tenait près du bow-window dont il frappait l'une des vitres avec son journal roulé. « Betsy et vous ? Cet après-midi ? demanda-t-il de nouveau.

— Un appel longue distance — nous habitons Chicago. On a parlé un petit moment. On ne s'est rien dit. Je veux dire qu'on a parlé, mais qu'on ne s'est pas vraiment dit quelque chose. Quoi qu'il en soit, j'ai raccroché et j'ai pensé... je ne sais pas ce que j'ai pensé. » Il se tordit les mains. « C'est comme si elle avait été kidnappée par des extraterrestres ou je ne sais quoi. Elle désigne sa mère par "ça". Qu'est-ce que je devrais en penser ?

— Et vous me dites qu'elle a laissé sa culotte ? Comme ça ? Vous vous figurez que je vais croire que Betsy a laissé sa culotte dans votre chambre à l'hôtel Fairmont et que vous êtes venu me la rapporter ? » Arthur se frappait à présent la paume de la main avec son journal, comme il l'aurait fait avec une cravache.

« Elle était pressée de partir, reprit Spivak. Elle était contrariée.

— Mais enfin, qui êtes-vous ?

— Leo Spivak. Lycée De Lesseps. Ça ne vient peut-être pas d'Elena. Je ne sais pas. Il y a mon boulot — il vaut mieux que je vous épargne les détails, croyez-moi. Je suis dans le marketing, une boîte de Chicago. Je vous l'ai déjà dit, non ? Et ce budget, on dirait que c'est devenu toute ma carrière — toute ma vie, en fait. Des fois, je me dis que je consacre ma vie entière à inventer ces trucs-là. Des scénarios catastrophe, je les appelle. C'est mon boulot, vous comprenez. Mais ça ne vous passionne peut-être pas, dit-il, constatant que l'intérêt d'Arthur semblait faiblir. Vous préférez que je vous parle de Betsy et moi, je présume. J'ai passé quatre ans au lycée à littéralement baver devant elle. J'étais fou d'elle. Je ne l'ai dit à personne. Je bavais en secret. À qui j'aurais pu le dire ? À Mr. Langford, le conseiller d'orientation ? Pourquoi je le lui aurais raconté ? Il avait tout le temps la braguette ouverte. Pour ce que j'en savais, il était encore plus mal loti que moi. En tout cas, je n'avais pas revu Betsy depuis la terminale. N'empêche que je pensais souvent à elle, je me demandais ce qu'elle pouvait faire, où elle était, tout ça. Je ne me laissais même pas aller à imaginer que je pourrais coucher avec elle. Bon, d'accord, je reconnais qu'il m'arrivait de l'imaginer, mais je ne m'attardais pas dessus, si vous voyez ce que je veux dire. Et puis cet après-midi, le miracle ! Waouh ! Incroyable ! Inouï ! Ah, le plaisir quand on l'a attendu si longtemps ! »

Là, Arthur bondit sur Spivak et lui atterrit en pleine poitrine. Les deux hommes s'écrasèrent contre le dossier du canapé et les lunettes de Spivak se cassèrent en deux en heurtant le menton d'Arthur. « Espèce de salaud », cracha celui-ci, les dents serrées. Il n'avait pas davantage l'air de savoir se battre que Spivak, mais peu importait, car c'était lui qui se trouvait au-dessus. Il empoigna les cheveux clairsemés de Spivak et les tira, puis il lui martela la poitrine et les épaules de ses deux poings, le gifla de toutes ses forces à deux reprises et, enfin, prit un gros livre sur les Impressionnistes qu'il lui abattit sur le nez.

Après quoi, ils se séparèrent, et Arthur, le souffle court, s'écroula contre l'un des accoudoirs du canapé. La respiration lourde, il pressa les jointures de ses doigts sur ses yeux.

« Arthur ? Qu'est-ce que c'était ce bruit ? » demanda la voix de Betsy en provenance de l'étage. Un instant après, elle descendait, vêtue d'un peignoir blanc en éponge, démêlant ses cheveux mouillés.

« N'entre pas », dit faiblement Arthur. Il se leva, les jambes mal assurées.

Betsy s'avança dans le living. Elle regarda d'abord son mari, puis Spivak qui, recroquevillé à une extrémité du canapé, se tenait le nez des deux mains. Elle demeura un long moment sans parler, puis elle murmura : « Oh, mon Dieu. »

Plus tard ce soir-là — sa montre était cassée et il n'avait donc aucune idée précise de l'heure —, Spivak parvint tant bien que mal à ouvrir la porte de sa chambre d'hôtel et entra en titubant. « Salopard. Suce mes nichons », marmonna-t-il, puis il ferma les yeux, alluma le plafonnier et se dirigea à l'aveuglette vers le lit en désordre.

Il avait commencé par boire un certain nombre de verres au bar de l'hôtel puis, après qu'on l'avait prié de partir, il était sorti pour aller dans un autre bar au coin de la rue, un endroit exigu et sombre où la musique était triste et où personne n'avait paru se soucier de son menton maculé de sang séché. Il tâta son nez avec précaution : il ne l'élançait plus, mais lui faisait encore très mal. En plus de son nez — et en plus de la douleur lancinante qui lui vrillait l'épaule gauche, des bleus qui lui couvraient la poitrine et de la migraine qui lui martelait le crâne comme si on lui perçait le tympan avec un poinçon —, il avait l'impression désagréable, à moins de loucher de manière grotesque, de percevoir le monde selon deux angles radicalement différents à cause de ses lunettes rafistolées à la va-vite avec du spara-drap.

Spivak entrouvrit les yeux et examina la chambre à travers la fente de ses paupières. Ses lèvres s'étirèrent sur un pâle sourire. Là, sur le bureau à côté du minibar, se trouvait sa lourde valise noire à échantillons. Il se leva du lit, s'avança vers elle en chancelant et tritura les serrures jusqu'à ce qu'elles s'ouvrent avec un petit déclic. Il essaya d'abord de fouiller à l'intérieur, puis il renonça et, le souffle court, renversa tout le contenu, regardant tomber l'un après l'autre les gadgets Flaxman qui rebondirent par terre avant de s'éparpiller sur la moquette.

Il se mit à genoux, s'empara du Modificateur de Voix et se précipita à quatre pattes vers la table de chevet. Il brancha l'appareil au téléphone, puis souleva le combiné. « Allô, suce mes nichons », bafouilla-t-il, et les mots lui revinrent avec la voix de Gregory Peck, un marmonnement grave et étranglé qui évoquait la probité — Attious Finch plaidant pour la vie de son client dans *Du silence et des ombres.* « Salopard », ajouta-t-il.

Après avoir posé le téléphone sur le lit, Spivak, épuisé, s'allongea et s'adossa aux oreillers. Au bout de quelques minutes, ayant un peu récupéré, il composa un numéro longue distance et, tout en écoutant sa respiration, attendit que la communication s'établisse. Puis il compta les sonneries — huit, neuf, dix, onze, douze — et, alors qu'il s'apprêtait à abandonner, on décrocha et il entendit la voix douce et ensommeillée de Rachel : « Allô ? » dit-elle dans un murmure.

Spivak ferma les yeux et sentit le combiné devenir brûlant contre son oreille. « Bonjour, dit-il.

— Allô ? répéta Rachel. Qui est à l'appareil ?

— J'appelle pour m'excuser », reprit-il. La voix de baryton de Gregory Peck, si empreinte de sincérité, lui procura un choc. Les mots lui paraissaient tellement plus vrais que tous ceux qu'il avait pu prononcer dans le passé. « C'est la seule chose que je puisse faire.

— Qui est à l'appareil ? » Le ton de Rachel était plus sec à présent.

« Cette fois, j'ai fait quelque chose d'assez mal », dit-il et, derrière la voix de Gregory Peck, Spivak perçut la sienne, mouillée de larmes.

« Si jamais vous retéléphonez ici, j'appelle la police.

— Ça aurait pu être pire. Mais attention, c'était quand même mal. Très mal. Indiscutablement pire que l'histoire avec Suzy Chudnow. Et pire aussi que pendant la convention en Floride », continua Spivak tout en sachant que Rachel avait déjà raccroché.

Les douze plaies

Quand le téléphone sonna, Rosenthal se trouvait au milieu de son atelier, occupé à détruire une toile à grands coups de pied. Il avait déjà projeté une boîte pleine de pinceaux sales contre le mur du fond et envoyé valdinguer sa boîte à peintures qui avait fait une jolie traînée terre de Sienne brûlée en forme de bateau sur les lattes du plancher blanchies à la chaux. L'atelier aurait dû être condamné, de même que Rosenthal : condamné à une nouvelle nuit d'échec après toute une saison d'échecs, entraîné à la dérive dans une orbite indolente autour d'un soleil incertain.

« Kenneth Rosenthal ? demanda une voix de femme.

— Lui-même », répondit-il, le souffle court, encore épuisé par ses efforts. Il se passa la main sur le front, laissant une trace humide.

« Kenneth Rosenthal, le peintre ?

— En personne, marmonna-t-il. Qui est à l'appareil ?

— Je m'appelle Naomi Glick. J'espère que je ne vous dérange pas ? Je vous téléphone au nom de la Fondation Rivka Hirschorn Kissner de New York. Vous avez peut-être entendu parler de nous ? Nous avons pour vocation d'encourager les créateurs inconnus dans le domaine des arts plastiques dont les œuvres offrent un intérêt significatif pour les Juifs américains, déclara la femme d'un ton pompeux, comme si elle récitait un texte gravé sur des tablettes de pierre. J'ai l'immense plaisir de vous annoncer, Mr. Rosenthal, que vous êtes le lauréat du prix Rivka Hirschorn Kissner de cette année. Je vous présente mes plus sincères félicitations. »

Le qui ? le quoi ? Elle avait bien prononcé le mot « prix », non ? Il était figé sur place, le téléphone collé contre sa joue comme un sac de glace.

« Je suis l'un des membres du jury, poursuivit Naomi Glick. Nous passons le pays entier au peigne fin, Mr. Rosenthal — nous explorons les tours et les détours du monde juif américain, artistiquement parlant, je veux dire. Nous recevons des diapositives en provenance de centaines d'expositions organisées par les meilleures galeries de tous les États-Unis. Nous allons inlassablement à la recherche de nouveaux artistes juifs. Nous prenons notre tâche très au sérieux et nos critères de sélection sont des plus sévères. Il arrive certaines années que nous ne trouvions personne qui y réponde, et dans ce cas, nous nous abstenons de décerner le prix Kissner. Votre récente série de tableaux, *Les douze plaies,* a attiré mon attention, et je dois avouer qu'elle m'a coupé le souffle.

— *Les douze plaies* ! Mais comment en avez-vous entendu parler ?

— Les diapositives nous ont été envoyées par courrier le mois dernier. Par... attendez que je vérifie... le Festival d'Art et d'Artisanat d'Umpqua Valley, Roseburg, Oregon. Roseburg — serait-ce un nom juif, par hasard ?

— Je ne pense pas, Mrs. Glick.

— Vous pouvez m'appeler Naomi, Kenneth. Des tableaux tellement insupportables, vos *Douze plaies,* dit-elle d'une voix caressante. Odieux au sens le plus profond du terme, pareils à des jérémiades de garçons de huit ans précoces. Je suis bien placée pour le savoir. Mon fils Max a huit ans, et un jour ou l'autre, je crois que je finirai par le tuer.

— Ah bon, dit-il, marquant une hésitation. Ça... ça signifie qu'ils vous plaisent ?

— Ils me hantent littéralement. Toutes ces giclures, ces couleurs incrustées au couteau sur la toile comme si elles essayaient de s'enfouir au verso ! Et puis ces rouges, ces oranges et ces noirs qui ont l'air de se dire : mais qu'est-ce qu'on fabrique dans ces tableaux ? Comment pourrait-on en ficher le camp ? Toute cette énergie qui bondit en flammes vers le ciel, comme si elle mourait d'envie de s'échapper du cadre ! Je les adore, Kenneth. Ils sont tout ce que l'art juif peut être. »

Rosenthal se rappelait les jours à la fois enivrants et effrayants qu'il avait vécus pendant qu'il les peignait, la manière dont ils lui étaient arrivés comme autant de cadeaux — non, plutôt par la poste comme des lettres piégées anonymes —, ces douze tableaux exécutés l'année précédente en une semaine et demie de crises d'hystérie, son dernier véritable élan créateur avant que quelque force vitale en lui se flétrisse et meure. Depuis, il n'avait fait qu'errer, hébété, dans son atelier, tel un orphelin perdu dans le désert.

« Vous ne savez pas — et vous ne pouvez pas savoir — ce que cela représente pour moi », dit-il.

Il s'interrompit. Il n'avait pas la moindre idée de ce qu'il pourrait ajouter. En vingt ans de labeur, enchaîné à son chevalet, il n'avait jamais gagné quoi que ce soit. Pourtant, il avait participé à de nombreux concours, soumis des diapositives à des fondations, exposé ses œuvres dans des foires et des festivals d'art. Il avait été près, tout près, d'être reconnu, mais il était toujours passé à côté.

« Être honoré par une fondation si prestigieuse — par mon propre peuple », s'entendit-il déclarer. Puis il se tut. De qui se moquait-il ? Son peuple ? Quand avait-il mis pour la dernière fois les pieds dans une synagogue ?

« Vous aimerez peut-être savoir que vous êtes le premier lauréat du prix Rivka Hirschorn Kissner à habiter à l'ouest de l'Hudson, dit Naomi Glick. L'Oregon, vous vous rendez compte ! Les trappeurs, Lewis et Clark, Sacajawea, la pêche au saumon et les scieries ! Qui aurait cru qu'un Juif pourrait survivre dans un endroit pareil ! Il y a des Juifs dans l'Oregon ?

— Il y a des Juifs partout, Mrs. Glick. Il y en a même à Yokohama.

— Tous nos lauréats précédents étaient new-yorkais, reprit Naomi Glick. Et c'est normal, je suppose, dans la mesure où la plupart des artistes américains importants semblent vivre dans la région de New York. Je ne veux pas dire que vous n'êtes pas important, bien sûr — ce n'est pas du tout ce que je voulais laisser entendre. Croyez-moi, nous ne vous aurions jamais décerné le prix Kissner si vous n'étiez pas un peintre de tout premier ordre — tout en étant inconnu, naturellement. Mais vous n'avez pas besoin que je vous le dise, je pense ? »

Rosenthal promena son regard sur son atelier sinistré, les toiles éparpillées par terre, les tubes de peinture éclatés, les pinceaux brisés en mille morceaux. « Non, bien sûr, répondit-il.

— Vos tableaux seront exposés au Centre communautaire juif d'Apawamis, la perle du comté de Westchester. Vous verrez, vous allez adorer cet endroit, j'en suis persuadée », dit Naomi Glick. Son débit avait commencé à s'accélérer, comme si elle téléphonait d'une cabine et qu'elle n'ait presque plus de pièces. « Nous nous occuperons de l'expédition de vos toiles et nous vous enverrons un billet d'avion à destination de New York pour la remise du prix, il y aura un grand dîner organisé par les donateurs, Sheldon Sperling et son épouse Bernice, nous inviterons à la cérémonie la crème des critiques d'art et des galeristes new-yorkais, vous serez la coqueluche d'Apawamis, tout le monde chantera vos louanges, ce sera fabuleux. Vous pouvez me faire confiance, Mr. Rosenthal, vous devez être ravi, bien entendu que vous êtes ravi, il est temps d'en profiter, de *khap'n* un peu de *nakhes*, heureux homme. »

Trois jours plus tard arriva une lettre sur papier à en-tête de la fondation Kissner qui communiquait à Rosenthal tous les détails sur son prochain voyage à New York. On lui demanderait de faire un petit discours lors de la remise du prix, puis de répondre aux éventuelles questions du public. L'argent du prix et les billets d'avion suivaient. On viendrait le chercher à l'aéroport de LaGuardia. Avait-il des allergies alimentaires ou des préférences ? Au cours de son séjour, par respect pour ses croyances religieuses, tous les repas seraient préparés dans une cuisine kasher et aucun déplacement ne serait prévu durant le shabbat.

Ses croyances religieuses ! Rosenthal eut un petit rire sans joie. Autrefois, il avait cru. Jeune garçon, il avait même caressé l'idée de devenir rabbin. Qu'était-il advenu de sa piété d'enfant, de son amour respectueux pour Dieu ? Talmud Torah l'après-midi de quatre à six à raison de deux ou trois fois par semaine pour la préparation à sa bar-mitsva consistant, entre autres, à apprendre par cœur des passages entiers de la Torah, école du dimanche, offices le vendredi soir et le samedi matin, jeûner, prier, psalmodier, se frapper la poitrine — à treize ans, il était le petit *bukher* de sa *yeshivah*, toujours à *daven* avec les plus érudits, à se balancer sur les talons, absorbé dans son dialogue avec le Tout-Puissant. Mais sa bar-mitsva faite, ses cadeaux — cravates, portefeuilles, parures de stylos — fourrés dans un tiroir, Rosenthal devait s'apercevoir qu'il n'avait plus grand-chose à dire à Dieu.

Au cours de son adolescence, il prit progressivement conscience qu'il y avait un côté méprisable dans la version du judaïsme que proposaient ses parents, une sorte de volonté de supériorité ostentatoire dans le domaine de la vertu et de l'apitoiement sur soi-même. Personne n'avait autant souffert que les Juifs, disaient-ils. Personne ne savait ce qu'étaient les privations. Certes, çà et là, au fil de l'Histoire, d'autres groupes s'étaient fait taper sur les doigts, mais rien de comparable avec ce que les Juifs avaient subi, en aucun cas. Une compétition de souffrances ! Une épreuve d'athlétisme ésotérique inventée par ses parents, régie par une règle bien simple : les Juifs gagnaient à tous les coups. Quels que soient les souffrances, les martyres endurés par votre famille ou votre peuple, vous perdiez, car rien de ce qui était arrivé aux autres peuples ne pouvait rivaliser avec *Ce qui était arrivé aux Juifs.*

Rosenthal se souvenait de son oncle Irwin qui venait souvent dîner chez eux à la maison, un petit homme triste si effacé et banal qu'il se fondait dans le papier peint. « Pen dant mon enfance, on était si pauvres qu'on mangeait de l'herbe, disait-il quand la conversation autour de la table languissait. La première fois que j'ai goûté du sucre, j'avais trente et un ans. C'est parce que nous étions juifs. On voulait nous priver de tout. C'est pour ça que nous étions forcés de manger de l'herbe. Passe-moi le sucre, veux-tu ? »

La première fois qu'il avait entendu oncle Irwin raconter cette histoire — il devait alors avoir dans les neuf ans —, Rosenthal l'avait perçue comme un véritable drame (ça battait à plates coutures les histoires de chaussures d'occasion de sa mère, par exemple), mais à mesure que les années passaient et qu'oncle Irwin se répétait inlassablement, elle finit par perdre son aspect tragique dans l'imagination de Rosenthal pour entrer dans le royaume de la comédie. Quelquefois, quand son oncle n'était pas là, il s'amusait à l'imiter : « On mangeait de la terre. Des fois, quand on avait de l'eau, on faisait de la soupe de terre. Mais on avait rarement de l'eau. De temps en temps, on nous privait de terre et on devait manger nos vêtements. Les chemises n'étaient pas mauvaises, avec un petit peu de sel et un petit peu de poivre. Mais après, on nous a enlevé le sel et le poivre, parce qu'on était juifs et qu'on n'avait droit à rien.

— Tu devrais avoir honte, le réprimandait sa mère. Faire le pitre comme ça. Ton oncle a subi beaucoup de privations. Et je parle de privations bien réelles, jeune homme. Ce n'est pas un sujet de plaisanterie. »

À l'université, Rosenthal se montrait de plus en plus caustique. Le premier semestre, son professeur de philosophie consacra d'abord dix semaines à démolir divers arguments en faveur de l'existence de Dieu. L'un après l'autre, saint Anselme, l'évêque Berkeley, saint Thomas d'Aquin et le reste s'effondrèrent comme autant de mobile homes sous une averse de grêle. Rosenthal rentra chez lui pour les vacances et appela rabbi Kravitz, l'homme qui l'avait béni le jour de sa bar-mitsva. « Je traverse une crise spirituelle, lui dit-il. Je crois que je suis en train de devenir athée. Je pourrais passer vous voir ? C'est une espèce de cas d'urgence.

— J'ai une semaine épouvantable, répondit rabbi Kravitz, toussant dans l'appareil.

— Je comprends très bien, mais il faut absolument que je parle à quelqu'un.

— Écoute-moi, Kenny, déclara rabbi Kravitz de sa voix d'outre-tombe. Dieu existe. Là-dessus, tu peux me faire confiance. Il t'entend et il est consterné. Il se dit : mais qu'est-ce qui lui prend à ce Kenny Rosenthal ?

— S'il y a un Dieu, rabbi Kravitz, expliquez-moi pourquoi le mal règne ainsi dans le monde ? Pourquoi il y a tant de souffrances ?

— Tu crois que tu es le seul à t'interroger sur les desseins de Dieu ? Tu crois que personne ne s'est jamais demandé pourquoi il y avait tant de souffrances dans le monde ?

— Non, pas du tout.

— Eh bien, mon jeune ami, tu es loin d'être le seul, affirma rabbi Kravitz d'un ton chagriné. Tu vois, tu es juif. Tu es né juif, tu as été élevé en Juif et tu mourras juif. Quand les nazis vont venir, tu t'imagines qu'ils te demanderont si tu es athée ou pas ? Tu es juif ! Au four ! Quelles que soient les absurdités qu'un professeur essaie de te fourrer dans le crâne, tu es juif. Est-ce que ça répond à ta question ? »

Avant même que Rosenthal ait eu le temps d'ouvrir la bouche, le rabbin avait raccroché.

Un mois après le coup de téléphone de la fondation Kissner, un dimanche en début d'après-midi alors que la pluie menaçait, un petit homme d'allure fragile vêtu d'une veste sport en seersucker attendait Rosenthal à l'aéroport de LaGuardia. Le vieil homme ôta sa casquette de l'équipe des Yankees, dévoilant un crâne de la couleur d'un ancien parchemin. « Alors c'est vous l'heureux élu, marmonna-t-il, s'emparant du sac de Rosenthal avec des doigts noueux. Je suis Sheldon Sperling, se présenta-t-il tandis qu'ils se dirigeaient vers le parking. Appelez-moi Chub, si, si, vous pouvez, tout le monde m'appelle comme ça. Ma femme et moi sommes les donateurs du prix que vous avez remporté. Ne vous en faites pas, nous pouvons nous le permettre. Je suis dans le droit des sociétés. Ou plutôt, j'étais, devrais-je dire. J'ai pris ma retraite il y a tout juste deux mois. Soixante-dix-neuf ans. Le droit des sociétés était toute ma vie — j'en rêve encore presque toutes les nuits. Des rêves de fusion pour la plupart — c'est comme rêver qu'on vole, on éprouve un extraordinaire sentiment de puissance. »

La voiture était un break Mercedes jaune, un vrai paquebot. Mr. Sperling lança le sac de Rosenthal à l'arrière, puis démarra. Ils roulèrent lentement au milieu des terrains à l'abandon du panorama urbain sous un ciel si bas qu'il semblait inexistant, puis, petit à petit, à mesure qu'ils s'éloignaient de la ville, le paysage devint plus vert et le monde s'ouvrit cependant qu'ils traversaient des banlieues luxuriantes, entourées de vastes forêts. « Je vous dépose à votre hôtel. Vous pourrez vous rafraîchir un peu. Nous enverrons ensuite quelqu'un vous chercher pour le dîner qui se tiendra chez nous. Notre fille Rachel est venue de Chicago spécialement pour l'occasion. Formidable, non ? Prendre l'avion jusqu'à New York exprès pour ça ! Une fille du tonnerre. Mariée à un ponte du marketing, un type qui fait de l'argent avec tout ce qu'il touche. Un sacré gendre. Ils ont une fille, jolie comme un cœur, Elena, elle s'appelle. Un beau prénom, vous ne trouvez pas ? Essayez de le chercher dans la Bible. J'adore ce prénom. Notre seul petit-enfant.

— Ah oui, en effet ! fit Rosenthal. Quel beau prénom !

— Notre deuxième fille, Stephanie, elle a épousé un urologue. Il possède sa propre clinique, on parle tout le temps de lui dans les revues médicales. Ils sont dans le sud de la France en ce moment, à se balader et à boire du vin. Et puis il y a notre cadet, Randy, il habite New York. Il ne viendra pas cette année. Il n'a pas un instant de libre. Il vous plairait — il est designer. Un véritable artiste.

— Quel dommage que je ne puisse pas faire sa connaissance », dit Rosenthal, l'air triste et résigné, comme s'il regrettait réellement de ne pas pouvoir rencontrer toute la tribu. Ils se turent. Les rues s'étaient élargies et ils roulaient maintenant le long d'avenues bordées d'érables inclinés dont le feuillage formait une voûte ininterrompue au-dessus de la chaussée mouchetée par le soleil de l'après-midi qui filtrait au travers.

« Avant qu'on arrive à votre hôtel, il faut que je vous pose une question, finit par dire Sperling. Vous me permettez de vous appeler Dan ?

— Ken… mon prénom est Ken.

— La question n'est pas de moi, mais de ma femme. Je peux ?

— Allez-y.

— À quoi ça rime vos *Douze plaies* ? Ces tableaux… qu'est-ce que vous aviez en tête ? C'est ça votre idée de l'art juif ? » Ils s'arrêtèrent à un feu rouge.

« Pardon ? fit Rosenthal.

— Du calme, du calme, inutile de monter sur vos grands chevaux. Moi, personnellement, ça m'est égal. Je suis avocat. Donnez-moi un contrat et je vous dirai ce que j'en pense. L'art, ce n'est pas ma tasse de thé. Ma femme, par contre, c'est une autre histoire. »

Rosenthal réfléchit un moment en silence. On attend vingt ans pour se voir récompenser par un prix et quand on l'obtient enfin, il faut entendre ça ! Un vieil avocat véreux qui se permet de critiquer votre œuvre ! Alors pourquoi l'avoir fait venir, hein ?

« Vous voulez me dire que votre femme n'aime pas ma composition ? demanda-t-il enfin. C'est bien ça ?

— Il ne s'agit pas d'aimer ou de ne pas aimer. Ce que je veux dire, c'est que vous avez peut-être intérêt à savoir ce que vous faites, parce qu'il y a des gens qui pourraient vous interroger à ce sujet, c'est tout. » Le feu passa au vert et ils démarrèrent. « Moi, ça ne me dérange pas, vous comprenez. Mais ce n'est pas le cas pour tout le monde... », reprit Sperling qui laissa sa phrase en suspens.

Ils arrivèrent à l'hôtel, un bâtiment en briques d'apparence banale qui se distinguait uniquement par l'extravagance de son aménagement paysager. Sperling, sourcils froncés, resta au volant pendant que Rosenthal descendait de voiture.

« Pensez-y, c'est tout », lança le vieil homme avant de repartir.

La Mercedes s'éloigna, abandonnant Rosenthal sur le trottoir avec son sac.

À la réception, l'employée l'accueillit par ces mots : « Ah, c'est vous le lauréat du prix Kissner de cette année. » Elle lui adressa un sourire de façade. « Félicitations. La chambre est réglée par la fondation Kissner. Les appels téléphoniques longue distance sont à votre charge, de même que le service en chambre et les autres extras. Le lauréat de l'année dernière a eu une note, vous ne le croiriez pas. En tout cas, il vaut mieux que vous ne regardiez pas les chaînes câblées, c'est payant. »

Le lit était étroit mais ferme et Rosenthal, sans s'en rendre compte, glissa dans le sommeil. Il se réveilla à six heures moins le quart, à la fois reposé et terrorisé. Il prit une longue douche, répétant le discours qu'il avait rédigé pour l'occasion et qu'il s'exerçait à prononcer depuis des semaines. Il n'avait guère l'habitude de parler en public, mais le ton de son discours lui semblait convenir : quelques plaisanteries pour montrer qu'il était un homme comme les autres avant d'en venir au cœur du sujet, court sans être abrupt, humble sans être servile.

Il se sentait merveilleusement bien sous la douche. L'endroit était sombre et il avait l'impression d'être en sécurité. L'eau chaude lui frappait la nuque et cascadait le long de son dos comme pour lui administrer un léger massage. Il était seul, sans personne pour lui lancer des vacheries du genre : « À quoi ça rime vos *Douze plaies* ? » Il sortit de la douche à regret et se sécha, évitant de se regarder dans la glace brillamment éclairée.

Après quoi, il prit tout son temps pour passer ses plus beaux vêtements qu'il avait emportés, puis il s'assit au bord du lit, le regard fixé sur l'écran de la télévision éteinte. Qu'est-ce qu'il foutait ici ? Comment avait-il pu croire que ce prix allait changer les fondements de son existence, alors que rien jusqu'à présent n'était parvenu à le faire ? Se taper près de 5 000 kilomètres en avion pour recevoir un chèque et serrer la main à des étrangers — précisément le genre de choses contre quoi Lenore, son ex-femme, l'avait mis en garde dans *Le prix de l'arrogance,* l'un des petits traités qu'elle avait écrits à son intention après leur divorce dans le louable but de l'aider à « mettre de l'ordre dans sa vie ». Et ça, pour mettre de l'ordre, il avait mis de l'ordre.

Lorsque le téléphone sonna, Rosenthal se livrait tellement à l'introspection qu'il crut que cela venait de la chambre d'à côté. Après quelques sonneries, il revint cependant à la réalité et décrocha.

« Chub Sperling à l'appareil. Vous avez fait une petite sieste ?

— Je... oui.

— Très bien. J'envoie ma fille Rachel vous chercher. C'est celle qui a une fille et dont le mari, un gros bonnet dans le marketing, gagne un tas d'argent. »

Vingt minutes plus tard, la Mercedes jaune s'engageait dans l'allée circulaire de l'hôtel. La dernière lueur bienveillante de l'après-midi s'était évanouie, disparue de l'autre côté de la planète, et Rosenthal, comme il débouchait du hall de l'hôtel et se dirigeait vers la voiture, sentit une pointe de fraîcheur dans l'air. Restée au volant, Rachel, une femme bronzée d'à peu près son âge, lui sourit et lui tendit la main quand il s'installa sur le siège passager.

« J'ai vu vos tableaux au Centre communautaire juif, dit-elle d'un ton neutre. Ils sont intéressants. » Et elle démarra.

Rosenthal attendit la suite, mais comme rien ne venait, il dit : « C'est gentil de votre part d'avoir fait ce long voyage pour être présente. » Il marqua une pause, puis enchaîna : « Votre père m'a parlé de vous, de votre sœur et de votre frère.

— Il vous a parlé de Randy ? Il vous a dit pour les garçons italiens ?

— Euh… non. Je ne me rappelle pas qu'il en ait parlé.

— Randy a beaucoup d'amis et il se trouve que ce sont tous de beaux jeunes gens prénommés Guido. Mon père s'en étonne encore. Je ne suis pas sûre qu'il comprenne un jour. Pendant tout le reste de sa vie, il continuera à demander : "Alors, quand est-ce que Randy va se marier ?" »

Ni l'un ni l'autre ne se montra particulièrement loquace durant le trajet qui les conduisit chez les Sperling. Ils empruntèrent une route qui serpentait au travers de quartiers tranquilles, bordée de demeures cossues qui se dressaient sur des pelouses aussi luxuriantes et bien entretenues que des perruques du grand siècle. Après avoir tourné un coin, ils pénétrèrent enfin dans l'allée d'une maison couleur moutarde munie d'un portique à colonnades.

Bernice Sperling apparut sur le seuil, encadrée par les piliers massifs. Elle se tint un instant immobile entre eux, tel Samson à Gaza, et bien qu'elle fût menue et eût les cheveux argentés, Rosenthal discerna tout de suite en elle un côté étrangement solide, souligné par un menton volontaire et une allure de prédatrice, de sorte qu'il aurait été à peine surpris de la voir écarter les deux piliers pour qu'ils s'effondrent.

Le tableau s'anima, et elle s'avança vers lui, les bras tendus. « Ken ! je suis ravie de vous voir, s'exclama-t-elle. Toutes mes félicitations pour le prix Rivka Hirschorn Kissner. *Mazl tov !* J'espère que vous avez conscience du grand honneur qui vous est fait. » Elle le fixait du regard, un petit sourire perspicace aux lèvres. « J'ai passé un certain temps devant vos tableaux », reprit-elle, puis elle s'interrompit brusquement, comme si elle venait de rattraper de justesse quelque réflexion désobligeante qu'elle s'apprêtait à lancer. Son sourire s'effaça. « Vous pourrez peut-être me les expliquer un peu pendant le dîner. Eh bien, entrez, entrez. » Elle lui prit le bras et le conduisit dans le vestibule.

À ce moment-là, une minuterie se déclencha, en provenance de la cuisine. Mrs. Sperling porta une main à sa gorge. « Installez-vous, Ken, j'en ai pour une seconde… quelques préparations de dernière minute. » Elle fila vers la cuisine, le laissant seul.

La culture juive était omniprésente dans la décoration de la maison. Au-dessus de la cheminée du living d'allure très classique, il y avait une lithographie de Chagall, flanquée de deux grands *menorahs* en cuivre. Le Chagall était effrontément naïf, avec des éclaboussures iridescentes et du bétail qui volait dans les airs, si sentimental dans sa représentation du *shtetl* qu'on s'imaginait que de la musique klezmer allait jaillir de haut-parleurs cachés. Les murs croulaient sous les produits de l'art juif : reproductions de gravures de Rembrandt figurant les Juifs d'Amsterdam et, en face de la cheminée, toute une série de portraits de groupes d'étudiants rabbiniques du XIXe siècle, tous figés comme des cadavres dans leur robe noire. Partout où se portait le regard, ce n'étaient que bibliothèques bourrées de littérature juive.

Une petite femme au visage tendu d'ancienne ballerine et à la large bouche expressive entra pendant que Rosenthal examinait les livres rangés sur les étagères. Elle lui offrit une longue main osseuse, comme si elle s'attendait à ce qu'il la lui baise. « Naomi Glick, se présenta-t-elle. J'adore vos œuvres.

— Merci beaucoup, fit Rosenthal. Je suis enchanté de vous rencontrer.

— Je n'arrive toujours pas à croire que je n'avais jamais entendu parler de vous avant. Vous annoncer la bonne nouvelle a été un plaisir pour moi ! Un grand moment ! L'Oregon ! Quel drôle d'endroit ou habiter ! Vous êtes un amour de peintre. J'adore le travail que vous avez fait sur les plaies. Le jury s'est réuni à plusieurs reprises pour étudier d'autres choix possibles, mais personne n'a hésité à voter en votre faveur, vous étiez notre favori, un choix absolument unanime, heureux homme que vous êtes ! » Elle se pencha pour lui glisser à l'oreille sur un ton de conspiratrice : « Asseyez-vous à côté de moi au dîner. Il faut que j'aie quelqu'un avec qui parler. Les Sperling sont charmants, mais ils sont un peu trop... dévots pour mon goût, dirions-nous. »

Elle guida Rosenthal vers la salle à manger où un couple âgé bavardait avec Mr. Sperling. « Ken, je vous présente Milton Steinhaus », dit Naomi Glick. Steinhaus, un homme voûté au front dégarni, impeccablement vêtu, serra la main de Rosenthal. « Appelez-moi Milton, dit-il avec un fort accent d'Europe centrale. Quatre-vingt-trois ans depuis jeudi dernier et je n'ai pas perdu mon sens de l'humour. C'est pour ça que Chub et Bernice continuent à m'inviter — je suis un vieil homme impertinent et à la page qui sait encore apprécier les jolies femmes. » Il caressa sa fine moustache, puis tira délicatement sur les manchettes de sa chemise afin qu'elles dépassent de quelques centimètres des manches de sa veste de sport.

Naomi Glick posa la main sur le bras de Rosenthal. « Un sacré personnage, vous ne trouvez pas ? Quatre-vingt-trois ans et toujours vert. » Elle se tourna vers la femme qui se tenait à côté de Steinhaus. « Et voici Harriet, son adorable épouse.

— Je suis la plus vieille amie de Bernice, déclara cette dernière. Je l'aime comme une sœur. Oui, comme une sœur. Nous appartenons au même groupe de critique artistique depuis plus de quarante ans. »

À cet instant, Rachel et Bernice Sperling firent leur entrée dans la salle à manger, les bras chargés de plats. La table ployait sous l'amoncellement de nourriture : poulet rôti, galettes de pommes de terre accompagnées de compote de pommes, *tsimes* aux carottes et salade d'épinards, le tout qui s'entassait au milieu des verres et des assiettes. « Asseyez-vous ! » ordonna Bernice. Naomi Glick planta d'autorité Rosenthal sur la chaise voisine de la sienne au bout de la table, le plus loin possible des Sperling. Après quoi, on entama la ronde des plats.

« Je suis toujours un peu émue au début du dîner du prix Kissner, commença Mrs. Sperling. Vous savez tous que faire la cuisine et la vaisselle pour cette occasion est un plaisir pour moi. Nous ne ferons jamais assez pour honorer la mémoire de Rivka Hirschorn — une artiste juive de grand talent, une peintre qui laissait entrevoir d'immenses promesses.

— Elle a terminé peut-être trois toiles, toutes aussi épouvantables les unes que les autres, murmura Naomi Glick à l'oreille de Rosenthal. Mon chien a plus de talent qu'elle quand il fait ses besoins.

— Malheureusement, elle est morte trop jeune, qu'elle repose en paix, poursuivit Mrs. Sperling, hochant la tête avec tristesse. En Palestine où elle a lutté jusqu'à son dernier souffle pour la création d'un État juif.

— Et une terroriste incompétente, de surcroît, chuchota Naomi Glick dont l'haleine chatouilla le conduit auditif de Rosenthal. Elle s'est fait sauter en voulant mettre le feu à l'hôtel King David.

— Ainsi que vous pouvez aisément l'imaginer, je considère ces tâches davantage comme des preuves d'amour », conclut Mrs. Sperling avec un soupir. Puis, désignant Rosenthal d'un menton tremblotant, elle leva son verre et reprit : « À la mémoire de Rivka Hirschorn Kissner, *aléya hashalom.* » Tout le monde but. « Vous pouvez manger, maintenant, dit-elle. Bon appétit. *Ess, ess, gesundhaït.* Moi, j'ai d'abord une ou deux questions à poser à notre lauréat, juste par curiosité. Vous n'y voyez pas d'inconvénient j'espère, Ken ? »

Nous y voilà, songea-t-il. « Non, non, pas du tout, dit-il, se préparant à subir l'épreuve.

— Avant tout, permettez-moi de vous donner une explication. Chub et moi ne faisons pas partie du jury et nous ne portons pas de jugement sur ses décisions. Nous ne sommes pas des spécialistes. Nous ne sommes que les donateurs. Me fais-je bien comprendre ?

— Oui, naturellement.

— Parfait. Alors, soyez gentil et accordez-moi une petite minute d'attention. » Mrs. Sperling prit une profonde inspiration et attaqua : « Dans la Bible, il n'y a que dix plaies, pas douze. Dix, c'était suffisant pour Dieu et vous, Ken, il a fallu que vous en ajoutiez deux. Dieu a rougi de sang les eaux du fleuve, a provoqué l'invasion de grenouilles et de poux, a fait tomber la grêle sur les Égyptiens. Mais le cœur de Pharaon est resté de pierre. »

Naomi Glick se pencha de nouveau vers Rosenthal pour lui souffler : « Il n'y pouvait rien, le pauvre, il avait la maladie de la pierre. » Et, sous la table, elle frappa hystériquement la cuisse de Rosenthal de son poing. Il la dévisagea. À qui lui faisait-elle donc penser ? Et, d'un seul coup, il se rappela : Spencer Pelovsky, le rigolo de sa classe d'hébreu dont le fait d'armes avait consisté à péter dans le micro le jour de sa bar-mitsva. La bille de clown de Naomi Glick, sa grande bouche étirée sur un sourire stupide, c'était Spencer Pelovsky réincarné, ravi de sa petite espièglerie. Pendant qu'il la contemplait ainsi, Rosenthal se rendit soudain compte qu'en réalité, il n'avait jamais supporté Pelovsky.

« Et puis Dieu a envoyé trois jours de ténèbres totales, poursuivit Bernice Sperling. Il a envoyé les sauterelles, il a tué tout le bétail des Égyptiens et sauvé celui des enfants d'Israël. » Elle consulta les autres du regard. « Ça fait combien ?

— Sept, ma chérie, répondit son mari.

— Qu'est-ce que j'ai oublié ? Rachel, toi qui as fait ta batmitsva, tu dois savoir.

— Les mouches, suggéra Rachel. Ou les moustiques ? les moucherons ? Je ne me rappelle plus très bien.

— Quand je songe à tout l'argent qu'on a dépensé pour son éducation religieuse, marmonna Mr. Sperling.

— Alors, quelqu'un a une idée ? interrogea Mrs. Sperling.

— Les furoncles, dit Naomi Glick. Une jolie petite épidémie. J'ai beau n'être qu'une païenne, je me souviens encore de ma Bible.

— Bon, les mouches et les furoncles, donc, et enfin le grand fléau climatique et le meurtre des nouveaux-nés. C'était assez pour Dieu, mais pas pour vous, Ken. Vous avez estimé nécessaire d'en ajouter deux de votre cru. Pourquoi ? Dans quel but ? »

Rosenthal demeura silencieux et retint un instant sa respiration.

« Et ces deux-là, c'est quoi ? une profession de foi ? L'*Attente au téléphone* ? C'est un fléau ça ? Une plaie que Dieu a infligée aux Égyptiens afin de libérer le peuple élu ? Il s'agit en l'occurrence de notre peuple, Ken. Le nôtre et le vôtre. Les enfants d'Israël. L'*Attente au téléphone* — c'est quoi, une plaisanterie ?

— Non, pas précisément, répondit Rosenthal d'une voix faible.

— Et l'autre, le deuxième fléau, qu'est-ce que c'est, déjà ? »

Le peintre soupira. Elle savait très bien ce que c'était. Elle désirait simplement l'obliger à le dire. « Le manque de places de parking, Mrs. Sperling, dit-il par conséquent d'un ton las.

— Ah oui ! c'est ça. *Le manque de places de parking* ! »
Bernice Sperling contempla son assiette et repoussa un peu
de nourriture avec sa fourchette. Puis elle reposa celle-ci et
porta la main à son front.

« Vous savez, quand vous tournez pendant des heures à
la recherche d'une place, ça peut être terriblement frus-
trant, affirma Rosenthal. Pour ma part, je préférerais avoir
une colonie de grenouilles dans mon jardin.

— Bernice, ne te rends pas malade », intervint Harriet
Steinhaus. Ensuite, elle ajouta à voix basse, haussant les
épaules : « Un jury de connaisseurs, pfff ! »

Rosenthal se cala dans sa chaise et se tourna vers Naomi
Glick. Elle se tenait bien droite, l'air un peu guindée, les
mains croisées sur ses genoux. Il attendit qu'elle réagisse,
qu'elle dise quelque chose pour leur défense à tous les
deux, mais elle garda le silence.

« Moi aussi j'ai été au Centre communautaire voir ces
tableaux, déclara alors Mr. Steinhaus. Je suis un vieil homme
à la page, mais je n'y connais pas grand-chose en peinture.
Aussi je me suis dit : Milton, c'est ça l'art juif ? Parce que
dans ce cas, je vais m'en tenir à l'art *goy* si vous n'y voyez pas
d'inconvénient !

— Bon, arrêtons là, dit Mrs. Sperling avec une pointe
de dédain dans la voix en se levant brusquement de table.
Certains d'entre nous se reconnaissent dans l'histoire de
notre peuple, sa libération de l'esclavage. Certains d'entre
nous compatissent aux souffrances que notre peuple a
subies à travers les siècles. Quant aux autres, eh bien, il
est inutile d'insister et de les agonir d'injures, poursuivit-
elle en se frottant les mains comme pour les débarrasser
d'une souillure. Et maintenant, vous me pardonnerez s'il
n'y a pas de dessert. En temps normal, j'aurais préparé
quelque chose de somptueux — je suis réputée pour mes
desserts.

— Elle fait un cake, on se damnerait pour lui, approuva
Harriet Steinhaus.

— Mais il y aura à manger à la réception donnée au Centre communautaire juif, continua Mrs. Sperling. Nous prendrons le dessert là-bas. Je range un peu et on y va », conclut-elle en se dirigeant vers la cuisine.

Naomi Glick murmura à Rosenthal : « Il faut que j'aille fumer une cigarette, sinon je risque de faire quelque chose que je regretterai. » Elle se glissa à bas de sa chaise et Rosenthal parvint à lui saisir le poignet avant qu'elle s'éloigne.

« Pourquoi les avez-vous laissés m'assassiner comme ça ? Vous êtes sourde ou quoi ? lui demanda-t-il à voix basse.

— Mais ce sont les donateurs, mon cher. Les donateurs ! Ils ont acheté le droit de vous bousculer un peu. Sinon, pourquoi les gens financeraient-ils des prix, d'après vous ? »

Il la lâcha et, un instant plus tard, il l'entendit ouvrir discrètement la porte d'entrée. Mr. Sperling et Milton Steinhaus commencèrent à débarrasser. Rosenthal se leva pour les aider, mais Harriet Steinhaus se pencha au-dessus de la table et l'agrippa par la manche.

« Asseyez-vous, lui ordonna-t-elle. Je voudrais vous parler. » Elle attendit qu'il s'installe, puis elle le fixa du regard. « Comme je vous l'ai dit, Bernice et moi faisons partie de ce groupe de critique artistique depuis plus de quarante ans. Je ferais n'importe quoi pour elle. Elle est la sœur que je n'ai pas eue. Sans Bernice Sperling, croyez-vous que je saurais qui est Soutine ? Et Jacques Lipchitz ? Est-ce que je serais capable de faire la différence entre un Modigliani et une assiette de spaghettis ? Connaîtrais-je l'œuvre de Jack Levine sur le bout des doigts ? Est-ce que je posséderais un original de Saul Steinberg accroché au-dessus de mon piano ? Chaque fois qu'il y a une exposition d'art juif à distance d'une journée de voiture, notre groupe s'y rend, tout ça grâce à Bernice. À propos, vous saviez que Rembrandt était juif ?

— Euh... oui. Il existe une théorie là-dessus.

— Ce n'est pas une théorie ! Il était juif ! Je peux vous l'affirmer, et je m'y connais en peinture. Les Soyer, Raphael et Moses, notre groupe les a connus quand ils n'étaient rien, quand ils ne pouvaient même pas vendre une toile pour se payer un petit déjeuner. Harold Rosenthal donne une conférence, eh bien nous sommes au premier rang. Clement Greenberg organise un séminaire de trois semaines, nous y allons tous et nous prenons des notes comme des perdus. Nous avons parlé de Barnett Newman et de Rothko avant que personne n'ait parlé d'eux ! Encore qu'ils ne représentent pas l'idée que je me fais de l'art, remarquez. Des gens très perturbés. Tellement dépressifs ! Au fait, vous saviez que Pollock était juif ?

— Ah bon ?

— Oui, un Juif qui se détestait. La pire espèce. Quelle *shandé* ! Aussi éloigné de Chagall qu'on peut l'être. Ah, Chagall, en voilà un artiste juif. Mieux que Rembrandt, si vous voulez mon avis. Chagall, ça c'était quelqu'un, un *mensch*. Il peignait comme un ange — on aurait dit *Un violon sur le toit* sous forme de tableau. »

C'est donc ça, pensa Rosenthal. La valeur artistique se mesure à la qualité de l'imitation de Zero Mostel qu'on fournit. Il comprenait à présent : une nouvelle fois, il avait échoué au test. Il lui faudrait vivre avec — de toute façon, il vivait en état d'échec, tant artistique que personnel, depuis déjà si longtemps qu'un de plus ne le tuerait pas. Dommage que Lenore, son ex-femme, n'ait pas été là : elle aurait pu prendre des notes en vue d'un autre traité à son intention : *La valeur de l'identité ethnique,* ou *Pourquoi tu ne devrais pas jouer sans arrêt les petits malins.*

Une autre pensée lui vint alors à l'esprit, qui s'enfla dans son imagination comme un ballon et repoussa dans l'ombre Lenore et ses traités. Il ne l'avait jamais réalisé auparavant, mais cela lui apparut soudain évident, clair comme une décoration au pochoir sur un mur : quoi qu'il lui arrive et aussi misérable que puisse être son existence, il resterait peintre jusqu'à son dernier souffle.

54

« Je sais pourquoi vous l'avez fait, affirma Harriet Steinhaus en se penchant vers lui, les sourcils impérieusement arqués.

— Pourquoi j'ai fait quoi ?

— Les deux plaies supplémentaires. Je sais parfaitement pourquoi. » Elle inclina la tête et le considéra un instant. « Vous ne m'abuserez pas. Je vous ai percé à jour. »

Rosenthal allait protester quand il sentit les doigts maigres de Naomi Glick se poser sur son épaule. « J'ai manqué quelque chose ? lui murmura-t-elle à l'oreille avant de se rasseoir. Je n'ai pas entendu d'explosions. Il ne s'est rien passé ? »

Il fit signe que non, bien déterminé à ignorer sa présence, puis il adressa à Harriet Steinhaus un sourire qui se voulait conciliant. Les autres au moins, les Sperling, Harriet et Milton, et jusqu'à Rachel, croyaient en quelque chose. Lui-même croyait en quelque chose. Certes, il l'avait oublié, ou rangé quelque part dans un coin de son esprit, mais à présent, sous le feu des attaques dont il avait été l'objet au cours du dîner, il se le rappelait.

« Allez, en route, il ne faut pas que nous soyons en retard pour la cérémonie. Tout le monde attend l'invité d'honneur ! dit Mr. Sperling, se frottant les mains avec un enthousiasme exagéré. Rachel, tu montes avec ta mère et moi. Naomi, pourquoi vous ne viendriez pas avec nous ? Nous pourrons parler du prix de l'année prochaine. Milton, ça ne vous dérangerait pas, Harriet et vous, de prendre notre lauréat dans votre voiture ?

— Pour vous, mon cher, nous ferions n'importe quoi, répondit Harriet Steinhaus.

— Milton connaît le chemin, dit Bernice Sperling à Rosenthal. Nous nous retrouverons au Centre communautaire d'ici un quart d'heure. Profitez-en pour répéter votre discours ! »

C'était parfait, sauf qu'en réalité, Milton Steinhaus ne connaissait pas du tout le chemin pour se rendre au Centre communautaire juif d'Apawamis, pas plus que sa femme d'ailleurs. Il leur fallut vingt minutes pour le reconnaître — vingt minutes à tourner en rond dans des rues non éclairées. « Vous êtes sûrs que c'est par là ? s'inquiéta Rosenthal à un moment, constatant qu'ils franchissaient pour la troisième fois le même carrefour.

— Je vis dans le coin depuis soixante-dix-huit ans, répliqua Milton Steinhaus. Je suis arrivé ici alors que j'étais encore gamin. Faites-moi confiance, je sais où je vais. » Il mit les essuie-glaces, alors qu'il ne pleuvait pas. « Avec tout l'argent qu'il y a dans le comté de Westchester, ils pourraient au moins se payer quelques lampadaires. » La voiture brûla un stop et Rosenthal estima préférable de fermer les yeux.

Après avoir erré à travers toutes les rues d'Apawamis, plus la plupart de celles de Rye, de Port Chester et d'une partie de Scarsdale, Steinhaus finit par se garer le long d'un trottoir et coupa le moteur. Cognant du poing sur le volant, il se mit à jurer : « Saloperie de saloperie ! »

Harriet, assise à côté de lui, poussa un profond soupir et courba la tête. « Bernice va être très contrariée, dit-elle doucement.

— Ce n'est pas grave, la rassura Rosenthal en lui tapotant le bras. Ne vous inquiétez pas. On va trouver un téléphone et on se fera expliquer le chemin. On sera là-bas dans quelques minutes.

— Vous comprenez, cette femme est ma meilleure amie, reprit Harriet Steinhaus. Je me ferais couper la main pour elle.

— Ce n'est pas un drame, dit Rosenthal d'une voix caressante. Un simple coup de fil et on nous donnera les indications nécessaires. Tout ira bien. Il suffit de trouver une station-service.

— Je sais pourquoi vous avez fait ça, affirma soudain la vieille femme en redressant la tête et en braquant sur lui un doigt accusateur. J'ai réfléchi. Je m'y connais en art juif, croyez-moi. Vous savez, il y a des gens qui disent : "Je ne m'y connais pas beaucoup en peinture, mais je sais ce que j'aime." Eh bien, pas moi. Je dis que je m'y connais en peinture et que c'est justement pour cette raison que je sais ce que j'aime. Et aussi ce que je n'aime pas.

— Ne commence pas, lui conseilla son mari. Pense à ta tension.

— Je pourrais peut-être aller à la recherche d'une cabine, proposa Rosenthal.

— Parfois, je me dis que je devrais écrire un livre sur l'art juif, dit Harriet Steinhaus. On ne passe pas quarante ans dans un groupe de critique artistique sans apprendre une chose ou deux. Vous serez sans doute heureux de savoir que notre groupe a étudié vos tableaux en détail. Quand nous avons appris que le jury vous avait décerné le prix Kissner, nous avons tous examiné les diapositives de votre œuvre que nous ne connaissions pas, je dois avouer. Je vais être franche avec vous : certains d'entre nous étaient très en colère. Mais moi, je vous ai percé à jour. Je sais pourquoi vous avez fait ça. » Elle se tourna vers lui avec un sourire, et il vit ses yeux briller dans la pénombre de l'habitacle.

« Mrs. Steinhaus, nous pourrions peut-être en parler en route. Nous devons bien aller au Centre communautaire, il me semble ? Parce que si on…

— Je tiens d'abord à terminer cette conversation avec vous. » Elle ôta la clé de contact et la fourra dans son sac.

« Harriet, ma chérie, tu crois que c'est une bonne idée ? lui demanda Mr. Steinhaus.

— Bon, très bien, dit Rosenthal. N'allons pas au Centre. Discutons. Vous m'avez percé à jour. Vous savez tout sur moi. Alors, je vous écoute, pourquoi j'ai fait ça ?

— Vous avez fait ça, dit-elle, haussant les sourcils, parce que vous désiriez choquer, passer pour un mauvais garçon.

— Non, c'est faux.

— Vous avez fait ça parce que vous détestez la culture dont vous êtes le produit. Parce que vous êtes en colère, amer, et que vous avez honte. Six millions de membres de votre peuple sont morts et vous vous amusez à faire des plaisanteries. Dix plaies ont suffi à libérer les enfants d'Israël de leur esclavage en Égypte, mais à vous, dix plaies ne suffisent pas. L'Attente au téléphone ! Le Manque de places de parking ! Vous n'êtes qu'un escroc ! Un criminel !

— C'est ridicule.

— Oui, je sais pourquoi vous avez fait ça, poursuivit Harriet Steinhaus avec une note de triomphe dans la voix. Vous êtes prêt à l'entendre ? Je ne vous demande pas de me le dire, parce que je le sais. Vous l'avez fait pour vous venger, pour vous venger de vos parents et de votre peuple. Vous l'avez fait par rancune, par méchanceté.

— Mrs. Steinhaus...

— J'ai raison, n'est-ce pas ? dit-elle, hochant la tête en signe de victoire. J'ai mis dans le mille, hein ? Bien sûr que oui. Milton, je t'avais dit que je savais pourquoi il avait fait ça. »

Rosenthal ouvrit sa portière et descendit, puis il passa la tête par la vitre baissée. « Restez là, dit-il. Fermez de l'intérieur. Je cherche un téléphone et je reviens tout de suite.

— Par rancune et par méchanceté », répéta Mrs. Steinhaus d'un ton méprisant. Elle se redressa de toute sa taille et le considéra avec dédain.

Rosenthal demeura un instant près de la voiture à réfléchir, se passant négligemment la main dans les cheveux. Puis il s'écarta de deux pas et, ainsi qu'il l'avait pressenti, la voiture démarra soudain et disparut dans la nuit.

L'air était doux et lui caressait le visage. Il enfonça ses mains dans ses poches et se mit à marcher, d'abord lentement, puis d'un pas plus déterminé, vers une vague lumière qu'il distinguait tout au bout de la rue — sûrement un magasin ou une station-service où il trouverait un téléphone. Après avoir parcouru quelques centaines de mètres, il s'arrêta à un carrefour plongé dans le noir. Où diable était-il ? La lumière vers laquelle il se dirigeait lui semblait aussi lointaine que tout à l'heure. Quoi qu'il en soit, il n'y avait rien d'autre à faire que continuer.

Il finirait bien par rentrer dans l'Oregon, ce drôle d'endroit — et retrouver les murs tristes de son atelier où l'attendait son œuvre, son œuvre qu'il chérissait et détestait à la fois. Il consacrerait ses soirées à lire les traités post-divorce de Lenore à la lumière d'une lampe, à éplucher leur prose boursouflée à la recherche de réponses aux questions agressives de Harriet Steinhaus. Peut-être qu'il les découvrirait dans l'un d'entre eux — par exemple dans *Résolvez vos problèmes : comment Ken Rosenthal doit se secouer et cesser d'être si en colère.* Ou peut-être, l'idée lui plaisait, dans un tableau qui n'était encore qu'une toile vierge posée dans un coin.

Rosenthal regarda à droite, puis à gauche, après quoi il descendit du trottoir et, planté au milieu de la chaussée, il se lança dans le discours qu'il avait préparé pour la remise de son prix. Et merde, s'était-il dit, je ne vais pas laisser perdre le seul discours que j'aie jamais écrit. En outre, il l'avait si soigneusement répété qu'il le connaissait par cœur. Il s'éloigna alors à pas vifs dans les ténèbres miroitantes, déclamant devant un public composé de bouches d'incendie, de chiens errants et de voitures en stationnement. Au bout d'un moment, s'écartant de son texte et, il entreprit de remercier tous les gens qu'il avait connus au cours de sa vie.

Au bord du gouffre

Allongé sur son lit d'hôpital, Shifman, le nouvel arrivant, attendait son dîner. Il jeta un coup d'œil hésitant vers celui avec qui il partageait la chambre, un homme d'une cinquantaine d'années au visage triste nommé Weiner dont le lit se trouvait sous une rangée de larges fenêtres. En dehors d'un vague bonjour échangé au moment de son entrée, ils ne s'étaient pas dit un mot. Weiner, constatant que Shifman le regardait, lui demanda aussitôt : « Alors, jeune homme, vous êtes là pourquoi ? » Puis il fut pris d'une violente quinte de toux.

« Oh, on doit me faire un peu de chirurgie exploratoire, répondit Shifman. Je me sens parfaitement bien, mais j'ai une petite grosseur. » Il abaissa le col de sa chemise — il n'avait pas encore passé l'espèce de chemise de nuit qu'on lui avait donnée —, mais Weiner, toussant toujours, ne le regardait plus. « Une toute petite grosseur, poursuivit Shifman. On me l'enlève demain matin, et dès jeudi je retourne travailler. Je suis dans la publicité. Bowles & Humphries, dans le centre-ville, vous connaissez ? C'est là, vous voyez ? » Il désigna la base de son cou, juste au-dessus de la clavicule gauche. « Je me sens prêt à disputer une partie de tennis en trois sets. C'est ridicule de m'avoir fait hospitaliser pour ça. Mon médecin est complètement malade. »

Weiner émit un petit grognement et changea de position dans son lit. « Vous feriez mieux d'enfiler cette chemise, mon vieux, dit-il. S'ils arrivent avec le dîner et qu'ils vous trouvent comme ça, ils sont fichus de vous oublier.

— Bon, bon. » Shifman se mit debout, puis commença à se déshabiller. « Je n'avais encore jamais été à l'hôpital, expliqua-t-il. Sauf à ma naissance, bien sûr. C'est une expérience tout à fait nouvelle pour moi. C'est comme aller dans un camp scout, non ? »

Weiner haussa les sourcils. « Vous avez quel âge ? demanda-t-il avant d'être pris d'une autre quinte de toux.

— Vingt-sept ans. Dites donc, qu'est-ce que vous toussez ! Vous avez quoi, une pneumonie ?

— Non, non, c'est la vésicule biliaire. » Le visage de Weiner s'enfla comme si un nouvel accès de toux le menaçait, mais il ne se passa rien et, un instant plus tard, il s'affala contre ses oreillers.

« Waouh ! la vésicule biliaire ! s'exclama Shifman. Je n'aurais pas cru que ça faisait tousser comme ça.

— Vous avez vingt-sept ans, qu'est-ce que vous pouvez en savoir ? » marmonna Weiner en secouant la tête.

Shifman enfila la chemise d'hôpital, noua sans trop les serrer les cordons derrière sa nuque, puis il remonta dans son lit et entreprit de s'adresser un petit discours d'encouragement. Il adorait les discours d'encouragement et il s'en adressait un tous les deux ou trois jours, même quand tout allait bien. Bon, se dit-il, demain matin mardi, on va faire une biopsie de ma grosseur. Une bricole — comme si je m'étais coupé en me rasant. On ne trouvera bien entendu rien et mercredi, je sors en superforme. Je me repose quand même un peu l'après-midi, par simple précaution, et jeudi, je suis de retour au bureau. On me demandera sans doute comment s'est passé mon séjour à l'hôpital. « Une plaisanterie, répondrai-je. Comme un week-end à la mer, le bronzage en moins. J'ai fini mon polar de Nero Wolfe, discuté le coup avec les toubibs et pincé quelques infirmières où elles aiment bien qu'on les pince. » Ouais, pas mal, ça. Bien trouvé !

Shifman désirait par-dessus tout se montrer à la hauteur. Il désirait passer, y compris à ses propres yeux, pour un type déterminé, plein de punch et d'entrain — en fait, il avait toujours désiré être ainsi, depuis qu'il était tout gosse. Simplement, il avait eu jusqu'à présent la vie si facile que ces qualités n'avaient pas eu l'occasion de se manifester.

Eh bien, songea-t-il, je tiens enfin ma chance.

Dieu merci, ses parents n'étaient pas là en ce moment, sinon ils auraient insisté pour venir, pris le train de Cleveland à Chicago, et il en aurait entendu parler pendant des jours et des jours. Il les avait pratiqués toute sa vie et il ne les connaissait que trop bien : des heures durant, ils se plaindraient de leur chambre, la comparant à celles des hôtels et motels où ils étaient descendus par le passé ; ils essaieraient de se faire bien voir des médecins en distribuant des bons de réduction pour des chaînes de restaurants ; et son père, un comédien frustré, tiendrait à se livrer devant les infirmières à son numéro de cabaret, une série de blagues douteuses racontées avec toute une gamme d'accents étrangers bidons.

Heureusement, comme chaque printemps, ils se trouvaient en Europe centrale où, dans le cadre d'un voyage organisé, ils faisaient visiter les camps de concentration à un groupe de Juifs d'un certain âge originaires de Cleveland. Tous les étés, ils faisaient de même visiter l'Espagne, passant des sites des martyrs de l'Inquisition aux bars à tapas. Et l'automne venu, ils partaient pour leur croisière annuelle de dix jours dans les Caraïbes avec buffets de Roch hachanah à volonté, séances de projection de *Hellzapoppin* à bord et, pour Yom Kippour, escale exotique à Curaçao — *Le jeûne de votre vie !* à en croire les brochures de ShifTour. L'affaire marchait à merveille et les Juifs de Cleveland inscrits sur les listes d'attente trépignaient dans l'espoir d'un hypothétique désistement.

En ce moment même, se dit Shifman, ils devaient être à Bergen-Belsen — et peut-être, à cette minute précise, en train de visiter un four crématoire. Quand ils appelleraient, il serait de retour chez lui, assis dans son lit à regarder un match des Chicago Cubs à la télévision tout en répétant les petites plaisanteries post-opératoires qu'il aurait préparées afin d'impressionner Leo Spivak, son patron à l'agence.

Vers sept heures, Weiner reçut la visite de sa femme et de sa fille. Shifman, caché derrière son exemplaire du *New Yorker*, examina celle-ci à la dérobée. Elle était grande, mince et belle d'une manière quelque peu excessive, hystérique presque. Quoique leur conversation, d'après ce qu'il pouvait en saisir, parût calme et agréable, la fille de Weiner se comportait comme s'ils évoquaient son exécution prochaine : elle ne cessait de se tordre les mains, de renifler, de se triturer les joues et le nez, de gémir et, de temps en temps, de se mordre le poing. Ses cheveux étaient ramenés tant bien que mal sur le sommet de son crâne en ce qui aurait pu être un chignon si elle avait été plus adroite dans le maniement des épingles.

Plus tard dans la soirée, une fois que les infirmières eurent fait sortir la femme et la fille de Weiner, les deux hommes se retrouvèrent seuls. Shifman envisagea un instant de dire quelque chose au sujet de la fille, mais il préféra en définitive tourner ses pensées vers ce qu'il ferait en ce moment s'il était chez lui : après s'être sans doute ouvert une bière, il contemplerait les lumières de la ville. En ce mois d'avril, il y avait encore des tempêtes de neige au-dessus du lac et il s'imaginait voir les flocons poussés par le vent jusqu'à Chicago qui tombaient doucement, comme la neige dans un film de Frank Capra. En appuyant la joue contre la vitre de son living et en inclinant la tête selon un angle précis et plutôt inconfortable, il parvenait à distinguer un bout miroitant du lac Michigan par une trouée entre deux tours. À cette heure-ci, il serait donc en train de regarder les flocons de neige et le ruban argenté du lac qui scintillait dans le clair de lune, tandis que sa joue commencerait à s'engourdir au contact du carreau froid. Il ferma les yeux un instant, se représentant la scène dans son appartement... et soudain la fille de Weiner vint troubler le tableau : elle se tenait tout près de lui dans le séjour, l'air à la fois éthéré et fiévreux, et ses cheveux en désordre lui caressaient l'autre joue. Il était là, collé contre elle, une bière à la main, dominant la ville... et quand il finit par regarder du côté de Weiner, il s'aperçut que celui-ci avait les yeux fermés et que sa respiration s'échappait en petites bouffées haletantes, comme s'il s'efforçait de souffler une rangée de bougies. Le clair de lune qui filtrait dans la chambre par une fente entre les rideaux projetait sur les ondulations des draps de Weiner un rayon lumineux gris qui semblait le protéger.

Le lendemain matin, à la première heure, alors que l'hôpital paraissait encore dormir, un grand Noir assez âgé vint raser la nuque et le torse de Shifman. Se sentant curieusement apaisé, celui-ci vit avec stupéfaction la peau blanche et lisse apparaître sous la toison qui couvrait auparavant sa poitrine. Un peu plus tard, une infirmière entra pour lui faire une injection de Demerol.

« Demerol ? s'étonna-t-il.

— Pour que vous soyez bien détendu, expliqua l'infirmière.

— Mais je le suis.

— Pas autant que vous allez l'être. »

Le Demerol produisit son effet au bout d'une minute ou deux. Putain ! Ça c'est nouveau ! se dit Shifman. Attends que je raconte ça au bureau ! On le roula le long du couloir en direction de l'ascenseur. Il leva les yeux et regarda défiler les plaques insonorisantes du plafond tout en écoutant grincer sur le lino les roues du chariot.

Une fois qu'on l'eut installé sur la table d'opération, des tas d'infirmières se pressèrent autour, lui enfoncèrent des ꞌtrucs partout, le tournèrent d'un côté, puis de l'autre. Shifman s'en fichait. Elles finirent par lui appliquer un masque sur le visage en lui demandant de compter à rebours à partir de cent. Pas de problème, voulut-il dire. Cent. Quatre-vingt-dix-neuf. Quatre-vingt-dix-huit…

Il se réveilla deux heures plus tard.

Hé, c'est pas mal, se dit-il. Excepté qu'il avait les idées un peu confuses, comme au lendemain d'une soirée trop arrosée, il se sentait bien. Il éprouvait juste un picotement, une légère pulsation à la base du cou sous son épais bandage, comme s'il avait reçu un bon coup de bâton à cet endroit. Quand il bougeait la tête, il ressentait une douleur, aussi il évita de le faire. De retour dans sa chambre pour le déjeuner, il dévora tout le contenu de son plateau.

« Alors, comment ça s'est passé, jeune homme ? demanda Weiner.

— Du gâteau. Je me sens en pleine forme, répondit Shifman. À propos, je voulais vous le dire hier soir, reprit-il. Vous avez une très jolie fille. Et je suis sincère. » Il ne savait pas vraiment pourquoi il venait de dire ça. Peut-être le Demerol ou peut-être simplement le sentiment de bien-être dont son cœur débordait.

« Ne me parlez pas d'elle ! répliqua Weiner. Elle m'afflige. Vingt-deux ans et complètement déboussolée. Elle ne s'intéresse qu'aux estropiés, n'allez pas me demander pourquoi. On ne l'a pas élevée pour être comme ça. On l'a élevée pour être normale. Elle traîne tout le temps au troisième étage, le service des prothèses, à séduire les amputés. Vous vous rendez compte ? La semaine dernière, on l'a flanquée deux fois dehors.

— Oui, c'est terrible, compatit Shifman, regrettant de n'avoir pas su tenir sa langue.

— Si seulement elle essayait un autre type, un qui a tous ses membres ! Je sais que ça lui plairait si elle acceptait d'essayer. Je vous ai parlé de mon offre ? Mille dollars à celui qui a dix doigts, dix orteils, et qui sort avec elle. Comme si j'avais mille dollars en trop ! Ça serait le prix du sang, vous pouvez me croire.

— Vraiment ? fit Shifman. Ça, c'est quelque chose. J'espère que tout finira par s'arranger pour vous.

— Et pour vous aussi, répondit Weiner qui, de colère, bourra son oreiller de coups de poing.

— Bon, je ferais bien de donner quelques coups de fil — voir un peu ce qui se passe au bureau. » Shifman prit le téléphone posé sur sa table de chevet et sentit le picotement à la base de son cou s'accentuer. « Miriam, ma chérie, bon après-midi à toi aussi, c'est Ed Shifman l'Invincible qui t'appelle du bord de la tombe, dit-il après que sa réceptionniste préférée eut décroché.

— Tiens, l'abruti, ça fait plaisir de t'entendre », dit Miriam. Depuis le premier jour où il avait mis le pied à l'agence, elle n'avait pas arrêté de l'insulter, mais il avait l'intuition que, en dépit des apparences, ses paroles désobligeantes ne servaient qu'à dissimuler la profonde affection qu'elle lui portait.

« Je viens de remonter de la salle d'opération, lui annonça-t-il. Et bien que je sois encore un peu dans les vapes, j'ai pensé que je pourrais te dire un petit bonjour.

— Je constate donc qu'ils ne t'ont pas achevé, rien. Du moins pas encore, dit-elle d'un ton déçu.

— Tu rigoles ? Je viens de manger tout ce qu'il y avait sur mon plateau. Je suis un dur de dur. J'aurai juste une petite cicatrice au cou, c'est tout. Je raconterai que je l'ai récoltée au cours d'une bagarre dans un bar.

— Sois un peu réaliste. Qui irait te croire ?

— C'est très réconfortant de s'entretenir avec toi, Miriam, riposta Shifman. Tu es une perle rare. Un diamant à l'état brut. Dis-moi, ça ne te dérange pas de me passer Greta Braunschweig aux comptes clients ?

— Si, ça me dérange, mais ne quitte pas. »

Greta Braunschweig, une fille svelte et désirable, fascinait Shifman depuis maintenant plus d'un an sans qu'il puisse tout à fait s'expliquer pourquoi. D'abord, elle détestait les Juifs et se plaisait à le lui répéter chaque fois qu'il la serrait de trop près. « Fous les Chuifs, fous êtes si inzistants, disait-elle avec un faux accent allemand en écartant sa main d'un petit geste méprisant, comme pour se débarrasser d'un mégot de cigarette. Ôte tes sales pattes de Chuif, *schwein*. » Dans un coin de l'esprit de Shifman sommeillait l'espoir que Greta Braunschweig, quand elle aurait appris à le connaître, à véritablement le connaître, s'apercevrait que les Juifs n'étaient pas si mal que ça — et qu'en fait, à condition qu'on leur en offre l'occasion, ils pouvaient même se montrer héroïques, fonceurs et aussi séduisants que n'importe qui. Jusqu'à présent, elle ne paraissait nullement en prendre le chemin, mais il ne désespérait pas, entre autres raisons parce qu'elle avait un corps ensorcelant, un corps sinueux qui ne cessait d'onduler. Et même lorsque, debout à côté du distributeur d'eau, elle parlait du prix du steak haché au supermarché Treasure Island, ses hanches se lançaient dans une frénésie de mouvements giratoires dignes d'une danseuse du ventre du quartier grec. Shifman se l'imaginait nue, glissant dans un sommeil léger tout en continuant à onduler, à se trémousser d'un plaisir extatique et à geindre : « Viens, Ed, prends-moi encore. »

Certes, il y avait un autre petit problème avec Greta : personne à l'agence n'ignorait qu'elle entretenait à l'heure du déjeuner une liaison scandaleuse avec Mr. Hargrove, le brillant et richissime directeur général de Bowles & Humphries. Du reste, pratiquement chaque minute qu'elle avait passée cette année en compagnie de Shifman, elle l'avait consacrée à vanter en long et en large les prouesses sexuelles de Hargrove. « Ça, c'est un homme ! disait-elle à Shifman avec un petit gémissement quand il l'invitait à déjeuner. Il a appris des trucs pendant la guerre — des techniques perfectionnées auprès des putes parisiennes après la Libération. Lui, il sait comment me faire crier de plaisir. »

Et Shifman ne pouvait s'empêcher de répliquer : « Écoute, je crois que je suis amoureux de toi, alors épargne-moi ce genre de détails, tu veux ? » Sur ce, Greta se mettait à bouder et lui passait une main taquine dans les cheveux jusqu'à ce qu'il lui pardonne, mais si jamais il s'aventurait à quelque caresse, elle le fusillait d'un regard noir de gestapiste qui donnait à Shifman l'envie de hurler : « MES PAPIERS SONT EN RÈGLE ! »

« Tu vois, Greta, je suis déjà remonté dans ma chambre », poursuivit-il au téléphone. L'appareil lui paraissait froid et lourd contre sa joue. « On m'a fait ma biopsie, si bien que je suis plus léger d'une grosseur. Tu peux m'appeler Rambo. Je pète le feu ! Et tu sais quoi ? J'ai fini tout mon plateau. Tu te rends compte ? On m'a opéré ce matin et j'ai déjà déjeuné de bon appétit. Soupe de palourdes à la Manhattan, pâtes au thon, salade, crumble aux pommes, et cetera.

— Formidable, Ed. Et toi, devine ce que je faisais il y a environ une heure ? Hargrove m'a entraînée dans un placard à balais à côté des toilettes des cadres et j'ai eu droit à vingt minutes de la meilleure séance de baise que j'ai connue de toute mon existence, dit Greta. Quel étalon !

— Tu crois que j'ai vraiment besoin que tu me racontes ça en ce moment ? demanda Shifman. Ça t'aurait fait mal d'attendre un peu ? » Comme elle ne répondait pas, il reprit un instant plus tard : « Bon, je serai de retour jeudi, alors dis à tout le monde que ce n'est pas la peine de venir me voir.

— Il aurait fallu que tu entendes tout ce que Hargrove m'a dit ce matin. Les trucs qui sortaient de sa bouche. Des fois, rien qu'à l'écouter, je prends mon pied. La langue qu'il emploie !

— Tu t'imagines que ça m'intéresse, Greta ? Réfléchis donc. Je suis cloué sur un lit d'hôpital, nom de Dieu ! Si je te téléphone, ce n'est pas pour parler de Hargrove, mais de moi ! J'appelle simplement pour que tu te souviennes que j'existe, vu ? Je voulais te dire que je me sentais en pleine forme, parce que je pensais que tu aimerais le savoir. Je sors demain, et jeudi, je suis au bureau. C'est pour ça que je t'ai appelée.

— Excuse-moi, mais c'est tellement présent dans mon esprit.

— Bon, bon, fit Shifman d'un ton conciliant, tandis que ses pensées s'égaraient sur les hanches ondoyantes de Greta. Si quelqu'un cherche à me joindre, je me tire d'ici demain matin. Pas question de garder Ed Shifman la Grosseur plus longtemps. » Il allait ajouter quelque autre commentaire insouciant quand son chirurgien, le Dr. Teplitz, entra dans la chambre. « Bon, Greta, il faut que je te laisse. Le toubib vient d'arriver. » Et il raccrocha.

Le Dr. Teplitz, un homme à la peau grise et au regard hanté, s'avança vers le lit de Shifman, serrant tellement le dossier qu'il avait à la main que ses jointures en blanchissaient.

« Bonjour, Mr. Shifman, dit-il. Comment vous sentez-vous ?

— Bien, fabuleusement bien.

— Tant mieux, tant mieux. Vous avez la maladie de Hodgkin.

— Pardon ? fit Shifman.

— Je sais que ça fait un choc. On va vous trimballer à droite, à gauche, vous soumettre à un tas d'analyses, vous bercer de fausses espérances pendant deux ou trois semaines avant de vous l'annoncer, poursuivit impitoyablement le médecin d'une voix saccadée. Moi, je préfère vous le dire sans détour. » Il soulignait ses paroles en cognant le dossier sur le cadre métallique du lit. « Des Hodgkin, j'en ai vu dans ma vie, et je peux vous affirmer que ce matin, c'est une jolie tumeur Hodgkin que je vous ai enlevée. De la taille d'une noix.

— Vous êtes sûr ? » demanda Shifman. Il avait l'impression que sa voix provenait d'ailleurs.

« Bien sûr que je suis sûr. Je ne serais pas venu vous voir si j'avais encore des doutes. On l'a examinée au microscope. Granulomatose — quitte à avoir un de ces trucs-là, autant avoir celui-là. Vous avez des chances de vous en sortir.

— C'est vraiment ça que j'ai ? Vous êtes certain ?

— Ouais. Comme je vous l'ai dit, ils vont retarder le plus possible le moment de vous l'annoncer. Tout le monde joue la prudence, ici. Mais vous pouvez me croire. Je n'y mets peut-être pas la manière, mais je sais reconnaître un Hodgkin quand j'en vois un. Et c'est bien ça que vous avez. Bon, il faut que je vous laisse, maintenant. » Il arrêta de taper sur le lit avec son dossier. « Haut les cœurs ! Ça aurait pu être bien pire. On l'a pris de bonne heure. Jeune comme vous êtes, vous allez vous tirer de là frais comme une rose. Vous pouvez me croire sur parole. »

Le Dr. Teplitz quitta la chambre et Shifman eut alors le sentiment qu'il régnait un silence si total qu'il entendait son sang circuler à toute allure dans ses veines et dans son corps avec un souffle d'accélération. Il s'adossa à ses oreillers, un peu tassé sur lui-même. La pièce lui parut soudain pâle et fraîche. Je l'ai pour de bon, songea-t-il. C'est incroyable. La maladie de Hodgkin. Je l'ai. Il éprouva un frisson d'excitation, tandis qu'une impression de soulagement lui effleurait la nuque comme une main invisible. C'est ce que j'espérais, s'entendit-il dire d'une voix claire s'élevant telle une brise jaillie de nulle part qui le renversa et lui coupa la respiration.

C'est ce que j'espérais. C'est ce que je désirais.

Quand, cinq jours auparavant, il avait remarqué pour la première fois la grosseur sur son cou, il s'était précipité chez le médecin, pris de panique. « Au pire, qu'est-ce que ça pourrait être ? demanda-t-il après qu'on lui eut palpé le cou.

— Laissons le pire de côté, répondit le médecin. Je vais vous faire hospitaliser pour qu'on pratique une biopsie, et ensuite on verra. Il y a des chances pour que vous n'ayez qu'une simple infection des ganglions lymphatiques. Un petit traitement aux antibiotiques et vous êtes sur pied en un rien de temps.

— Mais au pire ? insista Shifman. J'ai besoin de savoir.

— Vous, vous êtes bizarre.

— Bon, d'accord, je suis bizarre, mais je tiens à savoir. Appelez ça de la morbidité.

— Eh bien, la maladie de Hodgkin, je suppose, dit le médecin d'un ton qui se voulait désinvolte.

— La maladie de Hodgkin ?

— C'est une espèce de cancer du système lymphatique — un lymphome. Mais vous n'avez pas la moindre inquiétude à avoir. Vous pouvez me faire entière confiance. Vous avez une infection des ganglions lymphatiques. »

Le frisson d'excitation et le soulagement que Shifman avait ressentis un instant plus tôt s'évaporèrent au contact des draps froids de son lit d'hôpital, et il fut envahi d'un sentiment de solitude comme il n'en avait jamais connu au cours de son existence. Il avait le pire qu'il pouvait avoir. Il éprouva une sensation de vide et son estomac se noua, quelque chose de comparable à la terreur qui l'avait saisi des années auparavant quand il s'était fait flanquer à la porte de son premier boulot dans une petite agence de publicité du nom de Burkholder, Schine & Fioretta. Il y avait néanmoins une différence : ce jour-là, tout le monde au sein de l'équipe de création avait été viré en même temps que lui — les rédacteurs, les directeurs artistiques, tout le monde sans exception. On aurait dit qu'un fléau s'était abattu sur la boîte. Bill Loomis, le type qui avait été spécialement embauché par Burkholder, Schine & Fioretta pour faire le ménage, se serait même débarrassé du coursier si on ne l'avait pas retenu. Après avoir appris la nouvelle, tous les membres du service de Shifman étaient allés se consoler ensemble et avaient fini par faire une sacrée foire, écumant les bars du quartier nord et hurlant : « Hé ! on vient de se

faire virer ! Qu'est-ce que vous en dites ? » à l'intention des
barmen et des passants.

Et maintenant, ça ! La maladie de Hodgkin, nom de
Dieu ! Il était le seul à l'avoir. Il ne pouvait la partager avec
personne. Elle était à lui. À moi, rien qu'à moi, se disait-il.
Le voudrait-il qu'il ne pourrait pas en céder une part à qui
que ce soit. (Tenez, prenez-en dix pour cent, si, si, je vous
en prie.) Eh bien, impossible.

Extraordinaire. Il l'avait donc pour de bon, et c'était
arrivé pour de vrai. Et pas à quelqu'un d'autre, non, à lui,
à lui en personne. Il avait vingt-sept ans et rien, absolument
rien ne lui était arrivé jusqu'à présent. Il n'arrivait des choses
qu'aux autres : le garçon assis derrière lui au cours moyen
s'était coupé le gros orteil avec une tondeuse à gazon ; deux
gamins habitant en face de chez lui avaient eu un grave accident de voiture alors qu'ils étaient en vacances avec leurs
parents dans le Colorado ; le père d'un de ses copains du
Talmud Torah s'était électrocuté en bricolant les fils électriques dans le grenier de leur maison. Lui, il avait fallu qu'il
attende vingt-sept ans pour que quelque chose lui arrive !

Dorénavant, peut-être qu'on cesserait enfin de lui dire
combien il avait l'air jeune. Alors qu'il approchait de la
trentaine, de vagues connaissances l'abordaient au cours
des soirées pour le féliciter de l'aspect adolescent de son
visage, lequel, rond et anonyme, paraissait avoir été moulé
dans de la gelée. Son front était parfaitement lisse et aucune
ride ne marquait les coins de ses yeux et de sa bouche. Il
avait beau essayer et s'entraîner devant la glace à plisser sa
face de bébé afin de conférer une ombre de caractère à ses
traits, il ne parvenait pas à faire apparaître ne serait-ce
qu'une ridule. Eh bien, ça allait changer, se dit-il. Il se figurait déjà entendre les rides se former — un petit froisse-
ment semblable à celui d'un morceau de papier qu'on
roulerait en boule à côté de lui.

Il se sentait porté par des courants chauds et tranquilles,
et il glissa dans un paisible sommeil sans rêve. Quand il se

réveilla vers la fin de l'après-midi, il eut l'impression d'être plus léger et comme purifié. Il sonna pour appeler l'infirmière et lui demanda s'ils avaient des ouvrages traitant de sa maladie. Tout en parlant, il admirait le calme de sa voix. Il trouvait qu'il faisait magnifiquement face à la situation, alors que, pourtant, il ne se savait malade que depuis quelques heures. L'infirmière revint cinq minutes plus tard et lui déposa pieusement entre les mains une brochure de la Ligue américaine contre le cancer comme s'il s'agissait d'un tract religieux.

« Comment vous sentez-vous ? demanda-t-elle. Vous souhaitez en parler ?

— Non, non, ce n'est pas nécessaire. Pour le moment, ça va, dit-il d'une voix qui tremblait un peu. Mettons que je… je digère la nouvelle. »

L'infirmière lui adressa un regard empreint de pitié et, l'espace d'un instant, elle parut sur le point de dire quelque chose, mais elle se ravisa et se contenta de soupirer puis, avec un petit signe de tête, elle sortit de la chambre. Shifman s'installa pour lire la brochure. À mesure qu'il en apprenait davantage sur sa maladie, son excitation renaissait et il sentait vibrer autour de son cou comme des ailes d'oiseau-mouche.

D'abord, c'était bien un cancer, pas de doute à ce sujet, donc là, il jouait dans la cour des grands. Maintenant, il pouvait très bien commencer à s'apitoyer sur son sort — et plus sérieusement qu'il ne l'avait jamais fait. Il n'ignorait pas que l'apitoiement sur soi-même était méprisable, signe de faiblesse, car son éducation l'avait préparé à penser ainsi. Malgré cela, ou peut-être bien à cause de cela, il avait toujours entretenu avec l'apitoiement sur soi-même un amour secret. C'était l'équivalent moral du chocolat : il savait que c'était mauvais pour lui, que c'était dégradant, et il en détestait tout, sauf le goût — et voilà qu'on venait lui dire : vas-y, pas de problème, tu peux te gaver autant que tu veux de chocolat et tu ne baisseras dans l'estime de personne.

73

Les Mauvais Juifs

Il pouvait s'en empiffrer jusqu'à ce qu'il lui dégouline par les oreilles.

Ses parents l'apprendraient probablement dès leur retour de leur voyage avec Holocauste à volonté et, après vingt-sept ans de vains efforts, il allait enfin se gagner leur amour inconditionnel, juste compensation pour le jour où il avait cassé un carreau avec un melon et celui où, à dix ans, on l'avait surpris à lancer des œufs sur les voitures depuis la passerelle qui surplombait la route. Et puis, cela mettrait un terme définitif à leur déception provoquée par sa réticence à sortir avec toutes les adorables et parfaites filles juives auprès desquelles ils s'étaient ingéniés sans succès à le caser pendant ses années d'université. Quand ils sauraient qu'il avait la maladie de Hodgkin, ils oublieraient toutes les fois où il les avait déçus pour un tas de petites choses : peut-être iraient-ils même jusqu'à lui pardonner sa note catastrophique de trigonométrie en troisième. Désormais, il n'aurait plus droit qu'à des fleurs.

Sans oublier le côté romantique. Shifman dressa machinalement la liste de tous les mélos traitant de maladies mortelles qu'il avait vus au cinéma, depuis *Dark Victory* jusqu'à *Love Story*, et s'attribua le rôle du protagoniste appelé à mourir. Il avait l'intuition que son sex-appeal allait s'en porter à merveille. Jusqu'à cette séduisante antisémite de Greta Braunschweig du service comptabilité clients qui pourrait fort bien fondre entre ses bras, car sa froideur germanique, pensait-il, céderait probablement à la vue du courage poignant dont il faisait preuve. Il s'imaginait leur couple enlacé sur un banc au milieu d'un parc dominant un lac de montagne suisse — dans l'une de ces villes d'eau ultra-chic du XIXe siècle où les malades célèbres atteints de phtisie et de la maladie de Hodgkin venaient vivre un dernier amour passionné avant de mourir. Il sentait déjà l'haleine chaude de Greta sur sa joue. « Oh, *mein* prafe petit Chuif », lui soufflerait-elle à l'oreille, tandis que ses mains impatientes s'acharneraient sur sa braguette.

« Brave ? répliquerait-il de sa voix suave marquée par le cancer et entrecoupée d'un petit rire condescendant de tuberculeux. Au-dedans de moi, naturellement, je suis glacé de terreur. Le tout, comprends-tu, c'est de ne pas le montrer. Garçon ! Encore du champagne ! »

Oh oui, il avait attendu cela toute sa vie.

Son frère Charlie devait passer le voir dans l'après-midi, et Shifman se demandait s'il allait ou non le mettre au courant. Bien entendu, Charlie l'apprendrait tôt ou tard, et deux minutes après, il serait probablement pendu au téléphone pour essayer de joindre leurs parents dans quelque coin sinistre d'Europe centrale, entouré de barbelés. Pour le moment, Shifman envisageait plutôt de garder la nouvelle pour lui. Sans qu'il sache très bien pourquoi, cette attitude lui semblait dégager un petit parfum de courage et de stoïcisme, ce qui lui suffisait. Le seul problème, c'est qu'il ne servirait à rien de garder la nouvelle pour lui si personne ne le savait et ne lui vouait de ce fait une formidable admiration. Il consacra une bonne heure à tâcher de trouver un moyen pour que Charlie l'apprenne autrement que par sa bouche, mais toutes les solutions supposaient la complicité de Weiner, le tousseur qui partageait sa chambre, et si Shifman était sûr d'une chose, c'est qu'il ne voulait rien avoir à faire avec lui.

Néanmoins, lorsque Charlie arriva, le caractère poignant de la situation frappa Shifman avec la violence d'un coup de massue, et il éclata aussitôt en sanglots. « Je hais cet endroit, dit-il. Hier, je me sentais en pleine forme, et aujourd'hui, je suis complètement déprimé. » Il adressa à son frère un regard suppliant. « Il faut que tu fasses quelque chose.

— Tout ce que tu voudras, Ed. »

Shifman fit signe à Charlie de tirer les rideaux blancs autour de son lit et, une fois qu'ils furent isolés, il baissa la voix et agrippa la manche de son frère. « Il faut que tu me fasses sortir de cette chambre, murmura-t-il avec un petit geste de la main en direction des fenêtres. Je ne supporte pas ce type.

— Je m'en occupe, vieux. Je vais parler aux infirmières. » Charlie tapota gentiment la tête de Shifman, ouvrit les rideaux et quitta la pièce.

Weiner était assis dans son lit, les yeux rivés sur Shifman. « J'ai entendu ce que vous venez de dire. Vous voulez changer de chambre. Je ne vous en veux pas.

— Je n'ai pas dit ça.

— Mais si, j'ai entendu. C'est pas grave. J'en ai eu d'autres dans ma chambre, des gens, vous ne le croiriez pas. Ça fait deux semaines que je suis là — vous êtes le quatrième. Ils arrivent, ils partent. Qu'est-ce que vous vous imaginez ? »

Une toux grasse le secoua, et une masse de flegme monta du fond de sa poitrine comme une coulée de lave.

Shifman, immobile, patienta un instant. Son cou l'élançait. Il se tenait la tête bien droite, craignant de la laisser aller contre l'oreiller. « Je suis simplement déprimé, dit-il.

— C'est ma fille, voilà ce que je pense. Elle débarque, et elle déprime tout le monde, affirma Weiner. Vous l'avez vue hier soir ?

— Elle est très jolie.

— Je vous ai parlé de mon offre, non ? J'en parle à tout le monde — de vive voix, il paraît que c'est la meilleure publicité. Mille dollars, reprit-il d'un ton amer. Où est-ce que je vais trouver une somme pareille ? J'aimerais bien qu'on me le dise. »

Charlie entra à pas vifs, tira de nouveau les rideaux et s'assit au bord du lit de son frère. « C'est réglé, dit-il. On te change de chambre demain matin. C'est comme si tu étais déjà de retour chez toi, et jeudi, tu seras au boulot ! Qu'est-ce que t'en penses ? »

Les yeux de Shifman se gonflèrent de larmes qui débordèrent de ses paupières et roulèrent sur ses joues. « Non, je n'y serai pas, réussit-il à murmurer d'une voix hachée. Je ne voulais pas te le dire — je ne tenais pas à t'imposer ça et je ne voulais pas que tu appelles papa et maman pendant leur voyage. Parce que pour le moment, je ne vais nulle part. J'ai la maladie de Hodgkin. »

Charlie, devenu tout pâle, parut saisi de panique. « Tu veux dire que ce salaud te l'a dit ? » lâcha-t-il après un instant de silence. Il se leva. « Je croyais qu'ils ne le disaient qu'au plus proche parent, pour qu'on puisse te mentir — tu sais bien, pour que tu gardes le moral. »

Shifman cessa brusquement de pleurer. « Tu veux dire que...

— Quelle ordure ! C'est une violation de tous les principes médicaux, non ? l'interrompit Charlie. Comment s'appelle le serment qu'ils prononcent, déjà ?

— Tu m'as dit que je serais de retour au travail jeudi alors que tu savais pertinemment que ce n'était pas vrai ?

— Mais si, ils prononcent un serment, insista Charlie. Un peu comme le Serment d'allégeance.

— Tu as dis ça et tu savais que j'étais malade ? Tu m'as menti ?

— C'est pour ça que je suis là, espèce d'idiot, dit Charlie en lui tapotant gentiment la joue.

— Et pour la chambre aussi tu m'as menti ?

— Naturellement. Je te le répète, c'est pour ça que je suis là. On n'est pas dans un motel, Ed — d'accord, il y a des chambres avec des lits dedans, mais la similitude s'arrête là. Tu ne peux pas descendre à la réception pour réclamer une meilleure chambre. Ici, c'est un hôpital et tu es malade. » Charlie baissa la voix. « De toute façon... tu t'imagines que ce type est bizarre ? Tu ne peux pas le sentir ? chuchota-t-il avec un geste du pouce en direction de Weiner. Eh bien, comparé à certains déchets humains que j'ai vus traîner dans le secteur, ce type est un vrai père modèle, tu peux me croire. »

Vers huit heures du soir, une nuée de médecins envahit la chambre de Shifman et vint former un cercle autour de son lit. « Il faut qu'on vous fasse une série d'examens, Ed, déclara le Dr. Chaikin, le petit hématologue au teint basané.

— Inutile de tourner autour du pot, répliqua Shifman. J'ai la maladie de Hodgkin. Le Dr. Teplitz me l'a annoncé juste après l'opération.

— Maudit soit-il ! fit le Dr. Hofstader, le grand radiologue à moustache. Je déteste quand il se permet ça. C'est tout à fait contraire au code professionnel. Vous ne devez absolument pas en tenir compte.

— Vous voulez dire que je n'ai pas la maladie de Hodgkin ? »

Les médecins gardèrent le silence et se massèrent au pied de son lit. Au bout d'un moment, le Dr. Peltz, l'oncologue, pointant le doigt sur Shifman, déclara : « Tant que nous n'avons pas dit que vous l'avez, vous ne l'avez pas. Et nous ne l'avons pas encore dit. »

Quelques minutes après leur départ, un homme assis au chevet de Weiner lança : « Hé, fiston, toi là-bas sur l'autre lit, tu veux que je te raconte une histoire horrible, vraiment horrible ?

— Non, je ne pense pas, mais merci quand même, répondit Shifman. Je suis déjà assez déprimé comme ça. »

L'inconnu se leva et s'approcha de son lit. « Vraiment horrible, je veux dire. J'ai entendu les toubibs t'engueuler. Les salauds. Tu crois en baver, hein ?

— Les heures de visite ne sont pas terminées ? s'enquit Shifman. Vous ne devriez pas être parti ? Il est tard. »

Le type déboutonna sa chemise, dévoilant une surface de tissu cicatriciel brillant sur le côté gauche de son torse qui ressemblait à un emballage de plastique rose tout fripé. « Regarde un peu ça. Tu vois ? »

Shifman eut un mouvement de recul et se recroquevilla à la tête de son lit, juste en dessous des divers appareils. « Mon Dieu, croassa-t-il. Oui, c'est vraiment horrible.

— On m'a fait une mastectomie, s'écria le type. Je suis un homme et j'ai eu un cancer du sein ! Tu te rends compte ? C'est quelque chose, non ? Une plaisanterie, ou quoi ? C'est juste, ça ? Je te le demande, est-ce que c'est juste ? Qu'est-ce que je suis, une espèce de monstre de foire ? Et les types au bureau, tu ne crois pas qu'ils se sont bien marrés en apprenant ça ? » Il reboutonna sa chemise et retourna vers le lit de Weiner plongé dans la pénombre.

Shifman s'affala contre ses oreillers. « Merci infiniment de m'avoir montré ça », dit-il, puis il roula sur le côté et enfouit son visage dans l'oreiller. Son cou lui paraissait soudain faible, sans défense et enflé, comme si quelque chose poussait à l'intérieur, quelque chose qui n'avait plus la taille d'une noix mais d'une pomme, une pomme brutale, furieuse, pourrie, et qui lui en voulait terriblement.

Le lendemain matin après le petit déjeuner, deux garçons de salle vinrent l'informer que, en définitive, on allait le mettre dans une autre chambre. Il y avait des formulaires à signer, et pendant qu'il griffonnait son nom, il déclara : « C'est une surprise. Je ne pensais pas qu'on pouvait changer de chambre comme ça. Vous savez, ce n'est pas un motel, ici.

— Ah bon ? fit l'un des garçons de salle. Putain, vraiment ? Hé, Maurice, tu savais que c'était pas un motel ?

— Ben merde, quoi, n'importe quel imbécile le sait que c'est pas un motel. C'est le Hilton », répliqua le second, et les deux hommes s'esclaffèrent comme s'ils venaient de faire une plaisanterie hilarante.

Shifman, ignorant s'ils riaient de lui ou avec lui, préféra, dans le doute, les imiter, et instantanément les garçons de salle redevinrent boulot boulot et entreprirent de le tourner et le retourner comme un vulgaire morceau de viande.

« Souvenez-vous de mon offre, jeune homme, lui lança Weiner comme on roulait son lit hors de la chambre.

— C'est une très jolie fille, et je suis sincère, mais je ne vais pas avoir la forme avant un bout de temps, lui cria Shifman.

— Vous avez peut-être un copain à qui en parler ! Mais rappelez-vous : pas d'estropiés ! » Les paroles de Weiner résonnèrent le long du couloir.

La nouvelle chambre de Shifman se trouvait au même étage, mais dans une aile plus récente où tout était plus grand, plus clair, et où il y avait la télé en couleurs dans chaque chambre. Il partageait la sienne avec un certain Connally, un homme assez âgé au visage aimable, au teint rose et aux cheveux gris, qui avait la voix douce et le sourire malicieux. Il était veuf et possédait une kyrielle d'« amies » qui se succédaient à longueur de journée et lui apportaient des petits cadeaux ou de quoi grignoter. Quant à la chambre elle-même, elle était fraîche et lumineuse, et le cou de Shifman s'en porta aussitôt beaucoup mieux.

Ainsi qu'ils l'avaient annoncé, les médecins le soumirent à une batterie d'examens. Tous les matins et tous les soirs, ils se massaient au pied de son lit pour lui palper les aisselles, l'aine et le cou à la recherche de tumeurs. On lui faisait jusqu'à deux ou trois prises de sang par jour. Tous les après-midi, on venait lui prendre des radios du thorax. Il eut droit à une biopsie du foie ; deux jours plus tard, on lui préleva un échantillon de moelle épinière ; à la fin de cette même semaine, on lui injecta un colorant dans les jambes et, le lendemain, on lui introduisit par les cous-de-pied pour les faire remonter le long de ses veines de minuscules cathéters aussi fins que des spaghettis chinois, puis on rajouta une dose de colorant ; la semaine suivante, on l'obligea à ingurgiter une espèce d'infâme bouillie, après quoi il dut rester une heure parfaitement immobile pendant qu'une machine spéciale explorait sa poitrine et prenait des sortes de photos qui, développées, ressemblaient à des tranches de fromage de tête.

Un après-midi, quelques jours après sa biopsie du foie, il eut la visite surprise de Greta Braunschweig. Mr. Connally, l'autre occupant de la chambre, était descendu pour des analyses, si bien qu'ils se retrouvèrent seuls. Shifman s'empressa de se soulever sur les coudes pour montrer à Greta les cicatrices dont son corps était couvert. « Qu'est-ce que tu en penses ? demanda-t-il. C'est excitant ou pas ? »

Elle prit tout son temps, examinant en silence les diverses parties de l'anatomie de Shifman, un doigt méditatif pressé au coin de ses lèvres, comme si elle pesait du regard un poulet fermier dans la vitrine d'un magasin de produits de luxe. Elle finit par déclarer avec un haussement d'épaules : « Je te répondrai d'ici une petite minute ou deux. » Elle se débarrassa de ses chaussures, puis grimpa sur le lit d'hôpital.

« Hé, une seconde, je ne crois pas que tu puisses faire ça », protesta Shifman, pris de panique tandis qu'elle se lovait contre lui. Il sentait son parfum, mélange de Chanel et d'un mets délicieux qu'elle avait mangé au déjeuner. « Écoute, je sais que j'espérais cet instant depuis le jour où mes yeux se sont posés sur toi pour la première fois, reprit-il. Mais ce n'est pas l'endroit pour ça.

— Tais-toi et embrasse-moi, idiot », ordonna Greta, et Shifman s'exécuta. Elle se pressa contre lui, écrasant ses seins contre sa poitrine douloureuse. C'est à ce moment-là que la patrouille du sang surgit, prête à percer de nouveau le bras de Shifman, et l'infirmière en chef qui était aux commandes du chariot aboya : « Descendez du lit, mademoiselle ! » d'une voix si pleine de venin que Greta elle-même dut obéir. Elle se glissa à bas du lit, le regard sombre, l'air maussade et chiffonné, puis elle remit ses chaussures et rentra son corsage dans sa jupe avec des gestes indignés.

« Attends-moi, lui cria Shifman d'une voix rauque de désir. Je sortirai bien un jour ou l'autre, et on reprendra où on s'est arrêtés.

— Peut-être, dit Greta, haussant de nouveau les épaules. Qui sait ? Il n'est pas impossible que tu sois là pour quelque temps encore. Et Mr. Hargrove m'a invitée à l'accompagner à Aruba dans les Caraïbes. Je vais m'offrir nue au soleil pendant quatre longues journées. D'ailleurs, il va falloir que je pense à emporter de l'écran total pour mes seins. Mr. Hargrove les aime fermes mais souples.

—Je ne veux rien en savoir », répliqua-t-il, mais elle avait déjà franchi la porte.

Les examens terminés, il se sentit dans un état épouvantable. Il avait les bras tout noir et bleu à cause des prises de sang. À voir ses pieds, on aurait cru qu'on lui avait planté des clous dedans. Son foie lui faisait mal à la suite de la biopsie, il avait le dos en capilotade et des escarres. Oui, des escarres ! Et en plus, on l'avait mis au régime — bouillon maigre, salade cuite, escalopes de dinde bouillies et infusions —, si bien que pour la première fois de sa vie, il se couchait en ayant encore faim.

Heureusement, au milieu de ce désastre, il y avait son nouveau compagnon de chambre, Mr. Connally, un homme amical et compatissant, quoique d'un optimisme indécrottable. Le mal dont il était atteint — un truc avec ses reins — ne le faisait pas beaucoup souffrir, et, à l'image du représentant en appareils ménagers qu'il était, il avait la conversation facile. Son fils, à peu près à l'âge de Shifman, avait été tué dans un horrible accident de voiture quelques années auparavant, et il tendait un peu trop à établir de lourdes comparaisons entre son fils disparu et Shifman, mais sinon, estimait celui-ci, on ne pouvait guère espérer tomber mieux dans un hôpital. « Si je m'en sors entier, ne cessait-il de répéter à Mr. Connally, je voudrais bien finir comme vous. »

Après trois semaines d'examens, l'heure sonna où tous les médecins de Shifman entrèrent ensemble dans sa chambre, s'attroupèrent au pied de son lit, tirèrent les rideaux et se placèrent en cercle autour de lui.

« Nous avons à vous parler, déclara à voix basse le Dr. Hofstader, le radiologue grand et moustachu. Il semblerait que le Dr. Teplitz ait eu raison. Vous avez bien la maladie de Hodgkin. Mais ne vous affolez pas — nous la prenons de bonne heure. Vous avez quatre-vingt-dix pour cent de chances de survie. Et peut-être même davantage.

— Bon, dit Shifman nonchalamment. Quatre-vingt-dix pour cent, ça me paraît plutôt encourageant. Je savais depuis le début que je l'avais.

— Vous prenez très bien la chose, dit le Dr. Chaikin, le petit hématologue au teint basané. Certains patients se mettent à crier et à se débattre dans leur lit. Nous devons les placer sous sédatifs. C'est affreux.

— Je ne suis pas du tout comme ça.

— Parfait, parfait, dit le Dr. Peltz, l'oncologue, avec un soupir. Il faut néanmoins que nous vous mettions au courant d'un léger détail. Vous allez devoir subir une importante opération.

— Quoi ? fit Shifman.

— Chirurgie exploratoire. Abdominale. On appelle ça une laparotomie. En gros, il s'agit d'une incision pratiquée du sternum jusqu'au nombril ou à peu près.

— Quoi ? » fit de nouveau Shifman.

Le Dr. Hofstader lui fourra une liasse de papiers sous le nez. « Vous vous répétez, mon vieux. Tenez, signez là, voulez-vous ?

— Pourquoi cette opération ? demanda Shifman en gribouillant son nom au bas des pages. La tumeur était dans le cou ! Alors pourquoi l'abdomen ? poursuivit-il d'une voix flûtée. Qu'est-ce qui vous reste à explorer ? Vous ne me connaissez pas encore sous toutes les coutures ?

— Nous désirons juste jeter un coup d'œil. Une petite visite touristique, en quelque sorte. Couper un petit morceau de ceci, un petit morceau de cela. Nous assurer que tout est en ordre, expliqua le Dr. Chaikin. Au passage, on va aussi vous ôter la rate. C'est l'habitude dans les cas comme le vôtre.

— La rate ? Holà ! une seconde ! Je n'en ai pas besoin de ma rate ?

— Absolument pas. D'accord, c'est agréable d'en avoir une, mais franchement, vous savez, c'est encore un de ces organes facultatifs, répondit le Dr. Hofstader. Vous avez une rate ? Très bien ! Vous n'en avez pas ? Très bien, pas de problème ! » Il prit les formulaires des mains de Shifman. « Bon, nous voudrions opérer après-demain. Ne vous en faites pas, ce n'est pas plus grave que tomber de sa hauteur.

— Et se faire écraser par un camion, ajouta le Dr. Chaikin, donnant une bourrade à l'épaule de Shifman. Allons ! je plaisante ! »

Cette fois, le Noir d'un certain âge le rasa du cou au bassin. « Hé, attention ! » murmura Shifman avec un rire nerveux comme le rasoir approchait de son entrejambe. Le Noir pouffa, aspira pour remettre son dentier en place, puis dit : « Vous inquiétez pas, le vieux Pete fait ça depuis longtemps, très longtemps », ce qui, bizarrement, ne rassura pas Shifman le moins du monde. Ensuite, en proie à un désespoir absolu, il contempla son sexe qui, sans sa toison pubienne, lui parut tout timide et incompétent. Qu'est-ce que Greta Braunschweig en penserait maintenant ? Un peu plus tard, une infirmière entra et lui introduisit un tube en caoutchouc dans la gorge — une expérience terrifiante qui lui provoqua de violentes nausées et le laissa en sueur, une vraie loque. Après quoi, elle lui injecta une bonne dose de Demerol et, une minute plus tard, il eut l'impression de recevoir un coup de poing en plein front.

« Pourquoi vous ne m'en avez pas donné avant le tube ? griffonna-t-il d'une main faible sur un bloc-notes.

— J'ai oublié », répondit l'infirmière en haussant les épaules, puis elle sortit.

Shifman demeura allongé dans l'attente que le Demerol le calme un peu. Les garçons de salle arrivèrent pour le descendre au bloc opératoire.

Il y avait encore plus de masques verts autour de la table d'opération que la première fois. L'anesthésiste entreprit de le relier à un tas d'appareils. « Inspirez », lui ordonna-t-il enfin, et Shifman inspira. Puis, tandis que, l'esprit vaseux, il glissait dans un trou noir qui béait au milieu de sa tête, il avait clairement conscience de ce qu'il pensait : cette fois, se disait-il, ça ne va pas être une partie de plaisir.

Des heures plus tard — ou peut-être des jours pour ce qu'il en savait — Shifman reprit connaissance en salle de réveil. Il souffrait atrocement. Son ventre le brûlait comme un fer rouge et sa gorge desséchée lui semblait toute craquelée. Il chercha sa respiration et parvint à repousser ses couvertures. « En voilà un de vivant », entendit-il vaguement dire quelqu'un. Puis il sombra de nouveau dans l'inconscience.

Il se réveilla quelque temps après et vit des rayons de lumière terne filtrer par les lattes des stores d'une rangée de fenêtres sur sa droite. Il ignorait où il était. Une douleur aiguë l'élançait dans tout le bassin, plus forte que celles qu'il avait jamais connues, même fugitives. Plus rien d'autre n'existait, et elle le laissait plaqué contre le drap, les lèvres blanches, terrifié. Une infirmière arriva et lui écarta une mèche collée sur son front. « Comment se sent-on ? » demanda-t-elle. Il avait toujours son tube dans la bouche, et il émit un gargouillis. Il n'avait aucune idée de ce qu'il avait eu l'intention de dire. L'infirmière vérifia la perfusion, puis elle le tourna doucement sur le côté pour lui faire une piqûre.

Shifman se sentit flotter, libéré de la douleur ou, plus exactement, libéré de la crainte de la douleur. Il s'éleva au-dessus du lit et se regarda, couché là, souillé, immonde, misérable. Pauvre type, se dit-il — bon Dieu ! je suis drôlement content d'être là-haut plutôt qu'en bas.

L'après-midi s'écoula paisiblement. Il dormit d'un sommeil léger mais ininterrompu. De gentilles infirmières bien en chair venaient de temps en temps le voir. Elles lui parlaient, lui disaient des choses qu'il ne comprenait pas, l'essuyaient, le caressaient et lui tapotaient le sommet du crâne comme s'il était un bébé. Il devint clair qu'il pouvait avoir autant de Demerol qu'il voulait : il lui suffisait de sonner et elles arrivaient pour lui faire une nouvelle injection.

Les stores ne laissaient pénétrer que très peu de lumière, de sorte qu'il était difficile de mesurer le passage du temps. Un autre malade arriva qui ne cessait de hurler. Shifman l'observa placidement et l'écouta pousser ses cris gutturaux. On lui ôta le tube qu'il avait dans la gorge, mais il resta sous perfusion. À son deuxième jour dans le service postopératoire, deux infirmières entrèrent. Elles venaient pour l'obliger à se lever et à marcher un peu. « Vous plaisantez, je suppose », murmura-t-il lorsqu'elles le lui annoncèrent. C'était la première phrase entière qu'il prononçait depuis son opération, et il éprouva un certain plaisir à entendre le son de sa propre voix. Les infirmières l'aidèrent à s'asseoir au bord du lit et attendirent qu'il rassemble ses forces. Elles lui enfilèrent aux pieds des espèces de petits chaussons, puis le soutinrent pendant qu'il se mettait debout. Il sentit l'incision de son abdomen se tendre et, l'espace d'un instant, il eut l'impression que ses entrailles allaient se déverser par terre. Encadré par les infirmières, il fit quelques pas dans le couloir à une allure d'escargot, une main sur le ventre pour contenir ses intestins, l'autre accrochée à la potence à roulettes de sa perfusion.

La plupart du temps, il était trop abruti par les drogues pour réaliser ce qui se passait. Il se réveillait, regardait le liquide goutter dans son bras, écoutait les bruits étouffés et les cliquetis occasionnels autour de lui, et attendait l'heure de sa piqûre. Les journées s'écoulaient, les rayons qui filtraient par les lattes des stores se déplaçaient, venaient jouer sur les draps de son lit, puis s'en allaient et finissaient par disparaître. Ses parents commencèrent à se matérialiser à son chevet plusieurs fois par jour, accompagnés par Charlie. Ils avaient sans doute écourté leur visite organisée annuelle des camps de la mort, songea Shifman — à moins qu'il ait perdu toute notion du temps et qu'en fait ils soient rentrés à la date prévue. « Il faudrait que tu voies la *shmutsiké* (chambre de motel) où on est, répétait à chaque fois son père. On n'accepterait pas ça à Cleveland, tu peux me croire. Chez nous, au moins, les gens savent ce que c'est qu'un balai. » Ensuite, il se tournait vers l'une des infirmières et se mettait à lui raconter une blague cochonne dans un dialecte quelconque, mais Shifman n'entendait jamais au-delà de la première phrase, car à ce moment-là il s'endormait régulièrement.

À peine une semaine après son opération, des garçons de salle entrèrent un matin et roulèrent son lit jusqu'à un ascenseur pour le faire monter à l'étage du dessus et l'installer dans une chambre normale de l'aile nord. Mr. Hurlburt, son nouveau compagnon de malheur, était un vieux Noir agonisant. Il gisait, immobile, les yeux dans le vide, les mains crispées, le front mouillé de sueur. Toutes les deux ou trois minutes, il poussait une série de petits cris perçants. Son lit était entouré d'une forêt de perfusions, de moniteurs et de machines diverses qui émettaient une variété déconcertante de bips et produisaient des bruissements, des sifflements et autres borborygmes, comme si elles soumettaient le malade au cycle de rinçage d'un lave-linge.

À peine arrivé dans sa nouvelle chambre, Shifman ressentit une douleur dans le ventre atteignant le niveau auquel il avait fini par se référer comme « le niveau Demerol ». Négligemment, il pressa le bouton pour appeler l'infirmière. Quelques instants plus tard, celle-ci entra.

« Je voudrais ma piqûre », dit Shifman d'une voix faible, lui adressant un sourire doucereux et pathétique.

L'infirmière étudia le dossier accroché au pied du lit. « Plus de piqûres, annonça-t-elle sèchement. On ne tient pas à devenir dépendant, n'est-ce pas ? » Elle le considéra, sourcils froncés, comme si elle attendait sa réponse. « Je peux vous donner de l'aspirine si vous voulez », finit-elle par ajouter.

Il éprouva alors une douleur fulgurante qui le saisit à la gorge et le plaqua contre ses oreillers. « Plus de piqûres ?

murmura-t-il, craignant de respirer. Vous voulez dire défi-nitivement ? Même pas une dernière. Mais j'ai mal !

— Bien sûr que vous avez mal. Je vous apporte de l'aspi-rine tout de suite. »

Au fil des jours, ses souffrances devinrent petit à petit sup-portables, mais il ignorait si c'était parce que son état s'amé-liorait ou parce qu'il finissait simplement par s'y habituer. On débrancha sa perfusion et on l'autorisa à boire de petites quantités de liquide. Les médecins venaient le voir tous les matins et, l'air enjoué, se congratulaient avec effusion devant les résultats qu'ils avaient obtenus. Ils lui tâtaient l'aine, les aisselles, le cou, notaient l'absence de tumeurs, lui prenaient le menton, lui racontaient des blagues, puis repartaient.

Dieu merci, ses parents étaient retournés à Cleveland, mais ils lui téléphonaient presque tous les jours pour pren-dre de ses nouvelles. « De mon temps, disait son père, tu avais un cancer, terminé — on te creusait ton trou, tu es poussière, etc., et fin de l'histoire. » Il semblait éprouver un vague ressentiment, comme lorsqu'il évoquait l'époque où, pendant la Crise de 1929, il devait marcher dans la neige pour aller à l'école. « Est-ce qu'on connaissait les opéra-tions ? Tu avais un cancer ? Eh bien, salut tout le monde, rideau. Ça m'en bouche un coin la façon dont les toubibs te rafistolent aujourd'hui. De mon temps, tu ne t'en serais sans doute pas tiré. Bon Dieu ! je voudrais bien savoir comme ils font !

— C'est leur boulot, papa. Je suppose qu'ils ont suivi des études de médecine, qu'ils ont lu leurs bouquins de cours — tu sais comment ça fonctionne, expliqua Shifman sur un ton d'excuse, comme pour faire comprendre à son père que ce n'était pas de sa faute à lui si on avait trouvé le moyen de guérir la maladie de Hodgkin. « Tu sais, je ne suis pas à l'abri d'une rechute », ajouta-t-il, tâchant de soutenir le moral de son père, mais il était évident que celui-ci ne le croyait pas.

À présent capable de se lever seul et de marcher, il parcourait plusieurs fois par jour les couloirs d'un pas traînant. Il continuait à maintenir d'une main ses entrailles en place, mais il devenait de plus en plus ambitieux dans ses explorations. Un midi, il prit l'ascenseur pour descendre à la cafétéria de l'hôpital et, se mêlant à la file, il longea lentement le comptoir, salivant devant les plats proposés. Il nota la présence de personnes étrangères en vêtements de ville, sans doute des visiteurs, qui le fixaient du regard, se demandant certainement quel horrible sort le guettait. Il était devenu l'un de ces spectres à la peau grise et à la démarche traînante que lui-même, lorsqu'il était en bonne santé, avait autrefois dévisagé ainsi. Il se rappela avoir lu — il ne se souvenait ni où ni quand — que le gouffre le plus profond et le plus infranchissable au sein de l'espèce humaine est celui qui sépare les malades des bien-portants. C'est seulement maintenant qu'il comprenait toute la portée de cette réflexion.

Un soir, Mr. Hurlburt mourut dans le lit à côté du sien. Les alarmes des moniteurs et des pompes autour de lui se déclenchèrent avec des bruits stridents de sirènes. Les médecins et infirmières de service accoururent, se jetèrent sans ménagement sur le vieux Noir, lui firent des électrochocs, le frappèrent, le secouèrent, le poussèrent et le tirèrent jusqu'à ce qu'il ressuscite et se remette à hurler. Le lendemain, il mourut deux fois, et les deux fois, les équipes d'urgence déboulèrent en trombe et le ramenèrent tout aussi brutalement à la vie. Après le troisième épisode, Shifman se surprit à espérer qu'on laisse ce pauvre homme mourir pour de bon et qu'on n'en parle plus. Il se demanda si l'intéressé serait d'accord, mais il conclut que ce n'était pas le genre de question à poser à un homme qu'on ne connaît pas.

« Ce n'est pas que je me plaigne, dit-il quelques jours plus tard à son frère Charlie. En un sens, c'est plutôt passionnant, mourir et puis ressusciter — il y a même là quelque chose qui touche au spirituel, comme Lazare, tout ça, mais je t'assure que ça me gêne pour dormir. Attention, je te répète que je ne me plains pas. C'est fini, je ne me plains plus du tout, je sais très bien que tu ne peux rien faire. À moins que je me trompe ?

— Nous en avons déjà discuté, Ed. On n'est ni au Ritz ni au Carlton. Tu ne peux pas t'adresser à la réception, ni te faire monter une bouteille de champagne, tu vois ce que je veux dire ? Allez, mon vieux, courage.

— Je croyais, pourtant.

— Eh bien, non. Et ce n'est pas même pas une auberge de jeunesse. On pourrait continuer comme ça, mais je pense que tu as pigé. »

À cet instant, Mr. Hurlburt mourut encore, et les sirènes retentirent, plus fort que les fois précédentes. « Waouh ! en effet, c'est vraiment impressionnant », s'exclama Charlie, tandis que les membres de l'équipe d'urgence faisaient irruption dans la chambre et s'abattaient sur le Noir avec tout le contenu de leur chariot. « Bon, je vais voir ce que je peux faire », reprit peu après Charlie d'un air mécontent.

Le lendemain matin, des garçons de salle vinrent pour changer Shifman de chambre. Il n'était pas autrement étonné, et il comprit qu'il se passerait un certain temps avant que quelque chose l'étonne de nouveau. « Je me demandais si ce Mr. Connally était toujours dans le coin, dit-il. Un type sensationnel, ça je peux vous l'affirmer. Un type du tonnerre. S'il est encore là, vous croyez que vous pourriez me remettre avec lui ? »

L'un des garçons de salle eut une petite grimace et, après un instant de silence, il répondit : « Mr. Connally est décédé — y a peut-être une semaine. Un chouette malade. Triste de le voir partir comme ça, c'est sûr. »

Shifman demeura immobile sur le chariot, les bras et les jambes en coton. Il regarda un moment défiler les plaques insonorisantes du plafond, la vue brouillée par leur rapide succession, puis il tourna la tête et ferma les yeux. Il avait un putain de mal à l'estomac.

Lorsqu'il rouvrit les paupières, il constata qu'il se trouvait devant son ancienne chambre, celle qu'il avait partagée avec Weiner avant de savoir qu'il avait le « pire qu'il pouvait avoir ». Les garçons de salle le laissèrent dans le couloir le temps d'amener le lit qui avait été celui de Weiner, après quoi, ils l'installèrent à la place de ce dernier, près des fenêtres.

« Hé ! dit-il. Vous ne devinerez jamais ? C'est la chambre que j'occupais quand je suis arrivé. Qu'est-ce que vous en dites ? C'est une coïncidence ou quoi ? »

Les garçons de salle échangèrent un regard résigné, puis haussèrent les épaules. « Comme il vous plaira, Mr. Shifman », marmonna l'un d'eux. Ils sortirent, tandis qu'adossé aux oreillers, sous la rangée de fenêtres de Weiner, Shifman les suivait des yeux.

Il avait du temps devant lui. Il passa la matinée à imaginer qu'il pourrait se remettre au violon, repartir de zéro, apprendre ses gammes, tendre avec soin l'archet, s'exercer tout au long de la nuit pour parvenir à produire le vibrato déchirant qui émouvait aux larmes jusqu'aux hommes adultes. « Voici une petite pièce que j'ai composée la semaine dernière, se voyait-il annoncer sur scène devant un public fasciné. Je crois que je vais l'intituler... "Danny Boy". »

Petit, il avait été une véritable catastrophe au violon. Son professeur, un homme lunatique au physique en poire et à la peau grise du nom de Bruno Peshke, un survivant des camps de la mort, venait chez eux toutes les semaines, lui hurlait dessus et, parfois, lui tapait sur les doigts avec une baguette blanche de chef d'orchestre. Entre deux visites de Mr. Peshke, Shifman ne touchait pratiquement pas à son instrument. Pour être franc, et malgré trois années de leçons rythmées par les hurlements de son professeur, il n'avait jamais été au-delà de la mélodie plaintive des *Bateliers de la Volga*. Ce n'était pas entièrement sa faute. Les rares fois où il sortait le violon de son étui et le contemplait avec désespoir à la pensée de sa prochaine leçon, son frère (et de temps en temps même ses parents) se précipitait à l'autre bout de la maison en criant « au secours ». Maintenant, il allait leur montrer ! Dès qu'il serait rentré chez lui et qu'il aurait repris des forces, il s'y remettrait, et ce coup-ci, il s'exercerait cinq heures par jour et ne s'arrêterait pas avant d'avoir dépassé le stade des *Bateliers de la Volga* et maîtrisé cette saloperie de vibrato.

Deux jours après qu'il avait réintégré son ancienne chambre, les médecins vinrent lui ôter ses agrafes. Il éprouva une sensation bizarre. Il ne regardait pas, bien sûr, mais il sentait les fils qu'on lui retirait de la peau et, en imagination, il se représentait point par point ce qui se passait. Il prenait de profondes inspirations pour contenir son envie de vomir. « Bon, je suppose que je suis sorti de l'auberge maintenant, non ? demanda-t-il avec un soupir une fois la dernière agrafe enlevée. Je sens déjà mon appétit renaître. Je crois que j'aimerais un bon cheeseburger. Ouais, ça me plairait bien, poursuivit-il, alors qu'une énergie nouvelle circulait dans ses veines. Garçon ! un cheeseburger ! »

Le Dr. Chaikin fit semblant de noter la commande : « Vous désirez la promotion du jour ? Cheeseburger, frites et salade de chou ou salade verte au choix ? demanda-t-il avec un grand rire. Allez, on vous flanque dehors demain matin. Fini de squatter l'hôpital. Vous êtes de retour à la vie civile.

— Je me sens brusquement en pleine forme », dit Shifman. Il se vit aussitôt en compagnie de Greta Braunschweig. Il lui attachait les poignets aux montants du lit avec les lambeaux de ses sous-vêtements, tandis qu'elle murmurait d'une voix chavirée : « Mr. Hargrove ne m'a jamais prise comme toi, mon prafe petit Chuif ! » En réalité, Shifman n'avait jamais attaché personne à des montants de lit — de fait, le champ de ses expériences sexuelles ne couvrirait pas le premier chapitre d'un manuel victorien pour jeunes mariés — mais il était tout disposé à apprendre.

« Je comprends que vous vous sentiez en pleine forme, dit le Dr. Hofstader. Et vous allez continuer à vous sentir en pleine forme, du moins tant que nous n'aurons pas entamé les séances de radiothérapie.

— Radiothérapie ?

— Oui, bien sûr. On ne vous en a pas parlé ? s'étonna le Dr. Peltz, l'oncologue. Ah non, peut-être pas. On avait l'intention de le faire, mais avec tout le reste, il est possible qu'on ait oublié. C'est absolument indispensable. Vous avez toujours la maladie de Hodgkin, vous savez. Nous l'avons prise de bonne heure, et vous vous en tirerez, mais vous n'êtes pas pour autant guéri. Vous l'avez encore en vous, ancrée dans votre corps, et c'est très fâcheux. Il faut qu'on aille la déloger et la tuer avant qu'elle grandisse et devienne trop méchante.

— Radiothérapie ? fit de nouveau Shifman.

— Voilà qu'il recommence à se répéter, marmonna le Dr. Hofstader.

— Ce n'est pas si terrible que ça, mon vieux, dit le Dr. Peltz d'un ton rassurant en tapotant le bras de Shifman. Je ne dirais pas pareil de la chimiothérapie. Ça, c'est autre chose. Je préfère ne même pas en parler. À côté, la radiothérapie, c'est une journée à la plage. » Le médecin détourna la tête avant de poursuivre : « Vous ne perdrez même pas vos cheveux — si, si, c'est vrai. » Ses confrères le dévisagèrent d'un air estomaqué, et il revint à Shifman. « Bon, d'accord, vous en perdrez un petit peu, mais des fois, ils repoussent. Et il arrive même que des gens n'aient pas de nausées. Non, non, je ne vous raconte pas d'histoires. Ou, s'ils en ont, ce n'est pas tellement grave. Et puis, vous maigrirez peut-être un peu, et alors ? Vous êtes légèrement enrobé et après quelques petites séances de radiothérapie, vous retrouverez votre ligne de jeune homme. Le look Gandhi, les filles en sont folles. Elles voudront toutes vous nourrir. J'ai vu ça se produire des milliers et des milliers de fois.

— Oh ? La radiothérapie fait réellement ça ? demanda Shifman.

— Il faudra que vous les chassiez à coups de bâton. Mais naturellement, pendant un moment vous aurez à peine la force de taper, dit le Dr. Hofstader.

— Quelques mois de radiothérapie, et vous serez comme neuf. Juste plus mince, ajouta le Dr. Chaikin.

— Vous ne me mentez pas ? interrogea Shifman.

— Non, bien sûr que non. On vous mentirait à la rigueur si vous deviez mourir ou quelque chose comme ça, affirma le Dr. Hofstader d'un ton qui se voulait réconfortant.

— Attention, vous mourrez quand même, intervint le Dr. Chaikin. Il n'y a aucun doute là-dessus. Mais pas de la maladie de Hodgkin, c'est tout. »

Le lendemain matin, pendant qu'il attendait que Charlie vienne le chercher pour le ramener chez lui, Shifman regardait par la fenêtre le lac Michigan et les voiliers qui dansaient sur les vagues. Le printemps avait fini par s'installer et le ciel était tout bleu. D'ici, il jouissait d'une bien meilleure vue que depuis son appartement où, la joue collée au carreau de la fenêtre de son séjour, il ne parvenait à distinguer qu'une minuscule surface miroitante. Là, il pouvait admirer le lac dans toute sa splendeur : une immense étendue d'eau dont on ne voyait pas le rivage opposé, une mer intérieure assez vaste pour frapper les esprits. Le soleil brillait sur l'eau, ses rayons se fragmentaient et éclaboussaient les vagues d'une pluie d'étincelles dorées. C'était un spectacle d'une beauté saisissante, et Shifman se figea pour s'en imprégner cependant qu'il s'imaginait respirer l'odeur enivrante et revigorante de l'eau fraîche et du soleil chaud. Il ferma les yeux, se figurant entendre le clapotis contre l'étrave, sentir le sloop monter et descendre sur les vagues avec le soleil qui semblait jouer au yo-yo.

Charlie arriva derrière lui.

« Tu as déjà vu quelque chose d'aussi beau dans ta vie ? interrogea Shifman avec un petit mouvement de tête en direction du lac.

—Allez, Ed — hop, dans le fauteuil roulant », se contenta de dire son frère. Shifman demeura encore un moment devant la fenêtre, incapable de s'arracher au spectacle qui s'offrait à ses yeux. « Des épreuves comme celles que tu viens de traverser, ça aide à remettre les choses en perspective, non ? » demanda Charlie, et Shifman hocha la tête avec sagesse.

Mais il se rendit compte que, en réalité, il avait le sentiment de n'avoir traversé aucune épreuve.

Suskind l'imprésario

1

Il y avait de nombreux génies au musée de l'Esprit, mais Elliot Suskind ne comptait pas parmi eux. Relégué dans une petite pièce encombrée et sans fenêtre située au fond d'un couloir poussiéreux, il passait ses journées en quarantaine à tâcher de concevoir des campagnes publicitaires pour les manifestations organisées par le musée. Son boulot consistait principalement à recycler des adjectifs : *d'une beauté stupéfiante,* qualifiait-il les expositions dans ses communiqués à la presse — *lumineuse, aveuglante, ingénieuse,* et cetera. Et pendant ce temps-là, dans les bureaux vastes et clairs où se faisait le travail sérieux régnait une atmosphère d'intelligence aussi épaisse et odorante que le brouillard de San Francisco. Doug Escobar, par exemple, un neurobiologiste qui venait de recevoir une bourse MacArthur pour financer ses recherches sur le liquide céphalo-rachidien : un type brillantissime, une grosse tête. Dans le bureau voisin, on trouvait Arthur Wexler, un physicien lunatique aux épaules voûtées qui touchait une subvention de la National Science Foundation si énorme que personne n'en connaissait le montant exact : brillantissime, lui aussi. Sans parler de Ellen Watanabe dans le bureau d'en face qui, tout juste trois semaines auparavant, dînait à la Maison Blanche en compagnie des autres bénéficiaires de bourses de la fondation

96

Rockefeller : n'était-elle pas brillantissime ? Suskind l'avait repérée dans un reportage du journal télévisé du soir pendant qu'il mangeait sa barquette de plat chinois achetée au restau du coin : assise sous l'éclat des sunlights à côté du secrétaire d'État au Travail, l'entretenant probablement de quelque controverse sur le développement in utero du cerveau, tandis qu'elle dégustait à petites bouchées son sorbet aux mûres.

Brillantissimes, ils l'étaient tous, sans aucune exception. Les plus brillantissimes des brillantissimes.

Raison pour laquelle, un lundi matin vers dix heures, quand Doug Escobar passa la tête dans le placard à balais de Suskind, celui-ci l'accueillit avec un sourire à la fois hésitant et timide. Personne n'était venu le voir depuis des semaines, et ces derniers jours, il s'était pris à penser — et même à espérer — que dans tout l'éclat de leur splendeur intellectuelle, ils avaient décidé d'oublier jusqu'à son existence. Il ne leur en voulait d'ailleurs pas. On ne tarderait pas à lui désigner la sortie du musée de l'Esprit, et il le savait. Il y a longtemps que les services de Santé auraient dû interdire l'accès à son minuscule bureau.

Escobar s'adossa à la cloison en aggloméré et adressa un bref sourire à Suskind. « Alors, Elliot, dit-il. Nous attendons tous.

— Vous attendez ?

— La publicité pour *La mémoire du chemin* — l'exposition sur l'orientation et la mémoire. » Escobar fit semblant de frapper à une porte. « Toc, toc, y a quelqu'un ?

— Ah oui. Bien sûr. Naturellement. *La mémoire du chemin* : orientation et la mémoire.

— Allons, Elliot, réveillez-vous, mon vieux. On attend encore votre truc pour l'inauguration. Vous savez bien — la grande attraction. Le truc promotionnel. Votre boulot, quoi. On en a reparlé ce matin au cours de la réunion. Là-haut, ils croyaient que c'était déjà bouclé. Ce coup-ci, la date limite est dépassée depuis longtemps. Vous deviez avoir terminé il y a deux mois. On vous a donné plusieurs fois votre chance, Elliot. L'expo ouvre lundi prochain. Alors, qu'est-ce que vous avez à me montrer ? »

Suskind reposa son journal, le *Chronicle,* et se redressa dans son fauteuil. « J'y travaille, Doug, dit-il, mentant plus ou moins. Si, si, vraiment. C'est un projet sur lequel je fonce à toute vapeur. Garez-vous tout le monde, Superman est arrivé !

— Lundi prochain, c'est-à-dire dans exactement une semaine. » Escobar pianota sur le montant de la porte de ses doigts longs et fins d'homme brillantissime. Il ne semblait pas du tout amusé. « Vous savez combien de jours il vous reste ? reprit-il.

— Non, ne me le dites pas ! s'écria Suskind, feignant le désespoir. Voyons... c'est un chiffre impair... » Escobar tourna brusquement les talons et disparut. « Allez... je plaisantais, lui cria Suskind. Maintenant, je suis sérieux. Sept ! Ça fait sept jours ! »

Tout le monde au sein du musée de l'Esprit savait que Suskind était con comme la lune, et on ne manquait pas de le lui faire comprendre. Pourquoi, dans ce cas, l'encouragerait-on et le traiterait-on gentiment, comme Babe Ruth et Lou Gehrig le faisaient dans *Au service des Yankees,* un roman qu'il avait lu dans sa jeunesse et qui racontait les aventures d'un gros garçon qui n'avait aucune chance, absolument aucune d'entrer dans l'équipe des Yankees et qui, grâce aux encouragements virils de Babe, y était cependant parvenu. Quel livre inspirant ! Et des années plus tard, voici Elliot Suskind, *Au service des Brillantissimes* — seulement personne ne l'encourageait, et on ne pouvait pas dire, loin de là, qu'il réussissait. Comment le pourrait-il ? Après tout, il demeurait le même Suskind incapable de résoudre une équation, de disséquer une grenouille ou d'expliquer la différence entre une roche ignée et une roche métamorphique. Le Elliot Suskind devenu chauve et ventripotent à cinquante ans, quel droit avait-il de bavarder avec l'équipe du musée de l'Esprit, les bénéficiaires de bourses MacArthur et des fondations Rockefeller, Guggenheim et Ford, les biophysiciens et les sémioticiens de renommée internationale, les neurobiologistes, les psycholinguistes et les généticiens, rien que des génies ! Tenez, la semaine dernière aux toilettes, il avait pissé juste à côté d'un petit bonhomme émacié en chemise rose qui avait figuré sur la liste des candidats au prix Nobel de physique. Le prix Nobel, vous vous rendez compte !

Depuis maintenant une décennie, il les observait jour après jour, pénétré d'un respect quasi religieux, soupirant sans espoir, ébloui par leur splendeur, tandis qu'il poursuivait ses tâches prosaïques, son travail alimentaire. Autrefois, il y a longtemps déjà, il se réjouissait d'être en leur compagnie, mais aujourd'hui, il se ratatinait devant eux, dégoûté de savoir que pour un seul d'entre eux, il existait des centaines et des milliers de gens comme lui : des crétins, des bons à rien, des minables, tous les *shmocks* ordinaires qui ne pigeaient rien à rien.

En outre, la présence de Stuart Wisotsky ne contribuait pas à arranger les choses. Wisotsky, une sommité dans le domaine de la perception de la douleur (LE Wisotsky, — celui de l'échelle Wisotsky de la Douleur) débarquait dans le bureau de Suskind au moins une fois par semaine pour lui donner un coup de poing à l'épaule en demandant : « Ça fait mal ? » Si Suskind ne répondait pas, il tapait plus fort et demandait : « Et là ? » Ensuite, il se moquait de lui avec des questions du genre : « Expliquez-moi comment fonctionnent les neurones, Elliot. Allons, c'est un musée de la science ici, vous devriez le savoir, n'importe quel écolier le sait. C'est dans le *Quid.* C'est même dans *Rue Sésame,* bon sang ! On ne vous a donc rien appris à l'université ? Vous avez bien été à l'université, non ? Parlez-moi un peu des neurones. Et des synapses. Dites quelque chose sur le bulbe rachidien. Même un mot ou deux. Voyons, j'attends.

— Excusez-moi... je n'ai pas la moindre idée. Je suis trop bête », répondait Suskind avec un sourire engageant.

De fait, il aurait bien aimé en savoir davantage sur les neurones et les synapses. N'importe qui à sa place en saurait plus que lui. Il aurait voulu pouvoir participer à la conversation quand elle portait sur le mécanisme inhibitif de l'appareil sous-synaptique. Il aurait adoré lâcher un petit commentaire sur les dernières recherches dans le domaine de l'aphasie et l'apraxie. Autant espérer voler !

Suskind avait été un enfant rempli de curiosité. Toute la journée, il engrangeait des questions qu'il estimait essentielles, et dès que son père s'engageait dans l'allée après de longues heures passées à son magasin de chaussures, le petit Elliot venait l'attendre devant le garage et lui débitait d'une traite : *Pourquoi il y a sept jours dans une semaine, papa ? Comment c'était quand le temps n'existait pas ? Dis, papa, pourquoi les aiguilles d'une montre tournent dans le sens des aiguilles d'une montre ? C'est où la fin de l'univers ? Hé ! papa ! je me demande : pourquoi le nord est toujours en haut de la carte ?* Suskind père écoutait les questions de son fils, le considérait un instant en silence, l'air accablé, puis finissait par déclarer : « Est-ce que j'ai une tête à le savoir ? »

Inutile, néanmoins, d'en vouloir à son père. Bon Dieu ! le pauvre homme gagnait sa vie en vendant des chaussures pour dames — comment aurait-il pu savoir pourquoi les aiguilles d'une montre tournaient dans le sens des aiguilles d'une montre ? Il avait consacré toute son existence professionnelle — et toute son existence, en fait — à reluquer avec espoir sous les jupes des femmes, et quand il mourut à l'âge de soixante-douze ans, il s'y appliquait encore, à genoux comme toujours, terrassé par une crise cardiaque pendant que de ses mains arthritiques il s'efforçait de passer une paire d'escarpins. « Oh, merde », murmura-t-il, puis sa tête tomba comme une noix de coco dans le giron de sa dernière cliente.

Non, c'était sa faute s'il avait une vie de chiottes, il en était l'unique responsable. Il savait très bien ce qui était arrivé. Il avait commis une erreur — une seule erreur —

mais pas la peine de s'appesantir là-dessus. Comme l'avait dit un jour le vieux rabbin Futterman à moitié sénile pendant le cours d'hébreu : *si elle est assez grave, une seule erreur peut suffire.* Il faisait référence à Adam et Ève chassés du Paradis, mais à neuf ans, Suskind avait pris l'avertissement pour lui et, des années durant, il avait été obsédé par la crainte de commettre l'erreur, la seule erreur qui suffirait, de sorte qu'il n'avait cessé de s'inquiéter et de regarder par-dessus son épaule. Et puis, quand elle était arrivée, il ne l'avait même pas vue venir.

Jadis, il avait une famille : une femme du nom de Brenda, un fils du nom de Nick. Oui, mais Suskind avait commis une erreur : il avait lâché la main de Nick un bref instant. Après quoi, sa femme et son fils avaient disparu à jamais. Ô Futterman, Futterman, pourquoi a-t-il fallu que tu aies raison ?

L'affaire remontait à dix ans. Nick avait cinq ans et allait encore à la maternelle. Un samedi de début décembre, Suskind alla se promener avec lui du côté de Union Square. C'était l'époque des soldes d'avant Noël chez Macy's et les autres grands magasins. Il y avait des embouteillages monstres, les trottoirs étaient noirs de monde, envahis par les mendiants et les hordes de touristes venus de tous les coins du globe qui jacassaient dans une multitude de langues et gesticulaient dans tous les sens. Au milieu de cette cohue, Suskind commença à paniquer, traînant Nick derrière lui pour traverser aux carrefours bondés et le soulevant par un bras comme un vulgaire sac de pommes de terre malgré les protestations du gamin qui voulait marcher. Les automobilistes coincés dans leurs voitures déclenchaient des concerts de klaxons. Il tenait fermement la main de son fils tandis qu'ils se frayaient un chemin à travers la foule pour se diriger vers un magasin de jouets dans Maiden Lane où Nick était persuadé d'avoir vu le plus grand ours en peluche du monde — quand, dans une vitrine de Post Street, un blazer en poil de chameau accrocha le regard de Suskind qui s'arrêta net pour l'admirer pendant que le flot des piétons se divisait autour de lui. Il contemplait la veste depuis une bonne minute — non, trente secondes tout au plus — lorsqu'il s'aperçut dans un instant d'affolement que son fils n'était plus là. Il cria son nom, l'écho de son cri résonna dans l'air vif, puis il se précipita comme un fou le long du trottoir, bousculant les gens au passage.

Après une heure d'angoisse, ils se retrouvèrent dans le hall d'un poste de police miteux et malodorant à quelques rues du quartier chinois. Suskind serra son fils dans ses bras, pressa son visage contre le manteau de l'enfant et sanglota pendant un long moment. Au début, il pleura par amour pour son fils, puis il se rendit compte avec un certain malaise qu'il pleurait parce qu'il était ému par ses propres larmes. Durant tout ce temps-là, Nick caressa les cheveux de son père qui commençaient à s'éclaircir, un geste aussi doux que le frôlement d'une aile d'oiseau, et murmura : « Pleure pas, papa, pleure pas. »

Ils rentrèrent en taxi. Suskind avait le cœur léger. Il éprouvait un immense soulagement : près de basculer dans le vide, il avait été sauvé de justesse. Seulement, quand il raconta ce miracle à Brenda — car il lui paraissait en effet miraculeux d'avoir récupéré son fils sain et sauf au milieu de cette foule, son fils qui, en outre, était calme et souriant — elle ne vit pas tout à fait les choses sous le même angle. Et un peu plus tard, silencieuse, les lèvres pincées, elle prépara deux valises, une pour elle et une autre, plus petite, pour Nick. Les veines de son cou battaient cependant qu'elle allait d'une chambre à l'autre, jetait des affaires dans les valises, arrachait les photos des murs, sourde aux prières de Suskind.

La semaine suivante, au cours d'une pénible conversation téléphonique, il la supplia de lui accorder une nouvelle chance. « Pour faire quoi ? hurla Brenda. Pour tuer notre seul enfant ? Tu voudrais que je te laisse essayer encore, pour que tu le balances dans une bouche d'égout, cette fois ? Que tu le flanques dans une poubelle ? Je sais, tu regrettes, tu regrettes, mais regretter ne suffit pas. » Sa voix se brisa. « Et si on ne l'avait pas retrouvé ? bredouilla-t-elle entre deux sanglots. Tu veux une nouvelle chance ? Eh bien, il n'y en aura pas. Prends un avocat. »

Elle n'était pas partie très loin, juste de l'autre côté de la baie, à Walnut Creek, mais ça aurait pu tout aussi bien être Bucarest. Leurs relations pendant ces dix dernières années avaient ressemblé à une guerre de tranchées prolongée, ponctuée d'une succession de manœuvres de diversion et d'attaques par les flancs où Nick jouait le rôle de la Belgique, objet d'une chaude lutte et soumis à un lourd bombardement. Brenda finit par l'emporter, si bien que Suskind se retrouva avec tout juste un album de mauvaises photos écornées et une enveloppe kraft bourrée de billets inutilisables et non remboursables pour aller observer les baleines, assister aux matchs des Warriors et des Giants, visiter Alcatraz, ainsi que de tickets d'entrée pour le zoo, Marine World et même Disneyland, le tout en train de prendre la poussière au fond d'un tiroir.

Nick, aujourd'hui âgé de quinze ans, était un garçon dépressif et rebelle au nez percé d'un clou, et doté d'une formidable capacité à l'ennui. Aux yeux de Suskind, il était devenu un étranger, ce qui n'était pas surprenant dans la mesure où, en une décennie, ils n'avaient passé que quelques week-ends ensemble. Le Nick qu'il connaissait — le seul fils qu'il ait jamais véritablement eu — ne vivait plus que dans son souvenir : un enfant à l'époque de la maternelle, qui avait encore la peau douce et dégageait un parfum de flocons d'avoine et de raisins — le petit bonhomme aux yeux tristes qui, des années plus tôt, lui avait caressé la tête avec tant de douceur.

2

Suskind jeta un coup d'œil sur sa montre : presque dix heures et demie, déjà. Il lui restait une semaine, c'était ridicule. Il était au courant depuis des mois pour *La mémoire du chemin,* naturellement, et il n'avait rien fait. Comment avait-il pu être aussi négligent ? Il s'efforça de se concentrer, de fouiller les décombres de son imagination à la recherche d'idées : orientation et mémoire, mémoire et orientation — se rappeler où on est allé afin de pouvoir y retourner un jour. Il sortit quelques-uns des jouets — des animaux méca-niques — qu'il gardait dans un tiroir de son classeur, les remonta, les disposa en file indienne sur le haut du meuble, puis les regarda marcher vers leur mort. À chaque fois que l'un d'eux basculait dans la corbeille à papier, Suskind accompagnait sa chute de petits cris.

Bon Dieu ! est-ce qu'il s'y connaissait, lui, en orientation et en mémoire ? Chaque fois qu'il quittait la ville, il se per-dait, même quand il se bornait à franchir le pont jusqu'à Berkeley. Et puis, pourquoi faire tout un plat de la mémoire ? D'accord, c'était toujours agréable de se rappe-ler où on avait laissé ses clés de voiture. Et aussi, pas de doute, c'était pratique quand on jouait à *Jeopardy.* Mais, bon sang, pourquoi fallait-il qu'il se souvienne avec tant de pré-cision de la tendresse et de la joie qu'il avait éprouvées en tenant pour la première fois Nick dans ses bras ? Mieux valait être amnésique, voir le passé comme un mur blanc derrière soi. Et puis, à quoi bon se rappeler si nettement la terreur qui l'avait saisi en constatant que la petite main de Nick n'était plus dans la sienne — pourquoi se rappeler ce moment atroce ? Cela ne faisait que le rendre plus malheu-reux. Voilà le rôle fondamental que jouait la mémoire dans sa vie, ainsi en avait-il décidé. C'était la source de toutes les tragédies de son existence, et qui venait sans cesse lui rap-peler ce qu'avait perdu l'homme qu'il était quand le monde et lui fonctionnaient à l'unisson.

L'exposition devait comporter, entre autres, un labyrin-the pour les enfants — en fait, les menuisiers de l'atelier du musée l'avaient déjà presque terminé. Pour l'inauguration, on pourrait peut-être présenter une deuxième version de ce labyrinthe, songea Suskind. Ce serait amusant. Il griffonna quelques minutes, s'efforçant de dessiner un labyrinthe miniature placé à différents endroits sur la pelouse devant le musée où se déroulaient la plupart des inaugurations. Soudain, l'image prit une couleur sinistre : il se figura une petite armée de gosses qui, perdus dans le dédale, poussaient des hurlements hystériques, tandis que leurs parents furieux se ruaient vers l'entrée pour les sortir de là. Non, ça ne colle pas, se dit-il un instant plus tard, et il jeta ses dessins à la poubelle. Que les génies se débrouillent avec les procès qu'on leur intentera.

Escobar allait revenir le voir demain et, planté sur le seuil du minuscule bureau de Suskind, il pianoterait sur le montant de la porte de ses doigts longs et fins de cerveau brillantissime — et pareil le surlendemain et le jour d'après. Et si d'ici mercredi Suskind n'avait pas trouvé quelque chose, il se ferait probablement virer. C'était la onzième heure. Cette fois, il n'y aurait plus de sursis, plus de Stuart Wisotsky venant l'emmerder et lui bourrer l'épaule de coups de poing, plus de séjour aux toilettes à pisser à côté d'un candidat au prix Nobel en chemise rose. Il ferma les yeux et se représenta son travail sous l'apparence d'un paquebot qui appareillait, alors que des panaches de fumée s'échappaient de ses cheminées au milieu d'une pluie de confettis et de serpentins. Au revoir, mon petit boulot chéri ! *Bon voyage !* Cinquante ans, et foutu. Brenda l'avait averti à plusieurs reprises au cours de ces dernières années : elle avait des amis juristes, et si jamais il perdait son travail et se trouvait dans l'incapacité de verser sa pension alimentaire, il reverrait Nick quand les poules auront des dents. Brenda ne lui en voulait plus — sa rancune s'était atténuée et avait fini par disparaître des années auparavant. Parfois, elle semblait même bien l'aimer, mais il n'ignorait pas qu'il s'agissait d'une espèce d'affection desséchée et poussiéreuse — l'empreinte fossilisée d'un sentiment mort. Néanmoins, rien de tout cela ne comptait, et elle ne manquait pas de le lui rappeler. La rancœur, l'amour, c'étaient des luxes qu'elle ne pouvait pas se permettre. Elle avait des factures à régler, voilà ce qui comptait. Elle dépendait de ses chèques pour nourrir et vêtir Nick.

Le téléphone le tira brutalement de ses sombres réflexions. Il décrocha à la troisième sonnerie. « Mr. Suskind ? s'enquit une voix féminine. Le centre médical de l'université de Californie à l'appareil. Le Dr. Stanley Agron nous a demandé de vous appeler. Le Dr. Agron est le cardiologue de votre mère. Elle est chez nous en unité de soins intensifs.

— Ma mère ? Oh ! non ! Qu'est-ce qu'elle a ? Qu'est-ce qui est arrivé ? » *Non, pas maintenant,* songea-t-il — *ce n'est pas le moment* — et aussitôt, il s'en voulut de cette pensée.

« Les médecins attendent le résultat des examens, Mr. Suskind. Je suis sûre que le Dr. Agron se fera un plaisir de vous donner des précisions sur l'état de votre mère. Il n'a pas encore terminé ses visites.

— Son état ? Quel état ? J'ai dîné avec elle hier soir, et elle allait très bien ! »

Suskind, le téléphone à la main, se tassa dans son fauteuil. Il devait reconnaître que *très bien* était un tant soit peu exagéré. Certes, elle avait paru légèrement plus animée qu'un mois auparavant, mais quatre-vingt-trois ans c'était quatre-vingt-trois ans, et sa mère avait passé l'âge d'aller danser. Bien entendu, elle n'avait pas arrêté de jacasser d'une voix rauque pendant tout le dîner, lui infligeant la saga de son groupe de la Hadassah (leur dernier déjeuner, le montant des fonds récoltés pour l'hôpital en Israël, comment la belle-fille de Hilda Feingold, une *shikse,* venait de refaire la décoration du séjour), puis, comme toujours, le harcelant de questions sur les points délicats de son existence. Et puis, elle avait montré un peu plus d'appétit que la dernière fois où il l'avait vue, car elle avait réussi à manger presque la moitié de son repas... mais après, elle s'était endormie dans la voiture et avait ronflé tout le temps qu'il la reconduisait chez elle, et quand il lui avait pris le bras pour l'aider à descendre de voiture, il avait eu l'impression que les chairs au-dessus de son coude étaient sans substance, comme mortes — molles comme de la gelée.

Il s'avéra qu'elle avait eu une congestion cérébrale. « Entre moyenne et grande pointure », lui annonça une heure plus tard le Dr. Agron dans la salle d'attente humide et mal éclairée du service de réanimation, et Suskind, incapable de s'en empêcher, se souvint de son défunt père, le vendeur de chaussures, et se représenta le mal dont sa mère était atteinte sous l'aspect d'un soulier de cuir, taille 44. « Nous allons attendre un jour ou deux, voir comment elle réagit, poursuivit le cardiologue. À mon avis, elle a inhalé de la nourriture. On aura demain les résultats des examens qui nous en apprendront davantage. Je pense qu'elle a également fait une crise cardiaque. Les enzymes nous le confirmeront. Il y a eu aussi un arrêt cardiaque. Nous la traitons pour éliminer le liquide.

— Arrêt cardiaque ? Oh ! mon Dieu ! Merde et merde, fit Suskind d'un ton presque indigné, comme si tout cela était la faute du Dr. Agron.

— Ça la menaçait depuis déjà deux ou trois ans. Nous avons fait tout notre possible, mais étant donné l'âge de votre mère et son passé sur le plan cardiaque... » Le médecin sourit, eut un geste d'impuissance, puis posa la main sur l'épaule de Suskind. C'était un homme petit au nez crochu et affligé d'une bosse dans le dos qui déformait sa blouse blanche. *Putain, mon vieux,* se disait Suskind. *Pourquoi tu ne fais rien pour cette bosse, si tu es un si bon médecin ? Allez, répare-moi ça ! Qui voudrait que sa mère se fasse soigner par un type qui ressemble à Quasimodo ?*

Le Dr. Agron lui souhaita bonne nuit, et Suskind écouta décroître le bruit de ses talons qui faisaient comme un numéro de claquettes sur le lino du couloir. Après quoi, il se rendit au chevet de sa mère qui, adossée à ses oreillers, paraissait dormir, à moins qu'elle ne fût dans le coma, comment savoir ? Plusieurs goutte-à-goutte instillaient divers liquides dans les veines de ses avant-bras, lesquels étaient déjà couverts d'hématomes. Une forêt de moniteurs entourait son lit, émettant une succession de bips, de chuintements et de cliquetis. On lui avait ôté son dentier, et l'aspect de son visage s'en trouvait totalement modifié. Plus rusé, presque espiègle, pareil à ces visages de lutin sculptés dans des pommes séchées qu'on vend sur les marchés d'artisanat. Il s'avisa qu'il ne l'avait jamais vue ainsi. À cinquante ans, il ne savait même pas à quoi sa propre mère ressemblait ! La bouche de celle-ci s'ouvrit sur un ronflement et la lumière au-dessus du lit éclaira une ombre de moustache. *Mon Dieu,* se dit-il avec un soupir, *on passe toute sa vie à vivre avec dignité, avec héroïsme même, et à la fin, voilà ce qui nous attend.*

« Oh, je suis tellement content que tu aies pu venir ce soir. Laisse-moi te regarder », murmura une voix derrière lui. Suskind se retourna d'un bloc. La silhouette d'un petit homme barbu à lunettes, le chapeau à la main, se découpait dans l'encadrement de la porte. C'était... est-ce possible ?... le vieux rabbin Futterman, Jacob Futterman, celui-là même dont les leçons l'avaient conduit jusqu'à sa bar-mitsva en dépit de ses cris et de ses coups de pied rageurs.

« Bonsoir, dit Suskind sur un ton qui était davantage celui d'une question.

— Bonsoir à toi aussi. Eh bien, voyez-moi ça, devenu un grand garçon. Tu as perdu tes cheveux. » Rabbi Futterman fit quelques pas dans la chambre. Non, c'était impossible. Futterman était déjà un vieux bonhomme tout frêle aux allures de saint qui avait largement dépassé l'âge de la retraite quand Suskind s'était tenu devant la *bimah* pour lire son passage de la Torah, à savoir trente-sept ans plus tôt. Il aurait près de cent ans aujourd'hui. Non, cent dix même, si ce n'est plus.

« Rabbi Futterman ? demanda Suskind. C'est vous ?

— Qui veux-tu que ce soit ? répondit doucement le rabbin, posant avec précaution son chapeau au bord d'une petite table.

— Rabbi Futterman... mince alors ! Ça fait une éternité que je ne vous ai pas vu, dit Suskind, se sentant soudain honteux. J'ignorais que vous étiez encore... dans la région. Je croyais que vous étiez... retiré quelque part, après toutes ces années...

— Tu croyais que j'étais mort, fit rabbi Futterman d'un ton léger. Je ne t'en veux pas. Je vais t'avouer la vérité : il y a des jours où moi aussi je crois que je suis mort. »

Suskind eut un pâle sourire. « Oui, je connais ce sentiment.

— Je suis en semi-retraite, admit le vieil homme. Je ne veux pas renoncer complètement à ma charge. Tu connais le vieux proverbe yiddish ? Le travail le plus dur, c'est l'oisiveté. Eh bien, c'est vrai. Maintenant, c'est le rabbi Mink qui assure le service du samedi matin. Je ne pense pas que tu le connaisses, non, non. Il est nouveau ici. Il m'a dit que ses costumes lui avaient coûté six cents dollars. Fabrication italienne. Tu te rends compte ? Il faudrait que tu les voies — des costumes splendides. Il conduit une voiture allemande. » Il haussa les épaules. « Mais j'aime bien le rabbi Mink. Il s'occupe des bar-mitsva et des bat-mitsva, ainsi que des mariages. Les enfants l'adorent. Moi, je fais les enterrements et les visites à l'hôpital. À mon âge, c'est ce qui convient — je me dis que c'est comme une répétition générale. Et toi, qu'est-ce que tu deviens ? Moi non plus, je ne t'ai pas vu depuis une éternité, Elliot. Tu ne vas donc pas à la *shul* avec ta mère ?

— Non, j'ai déserté, si j'ose dire. Petit à petit, au fil des ans. Vous savez, une chose qui en entraîne une autre. Trop de travail, c'est peut-être à cause de ça. » Suskind passa la main sur le couvre-lit blanc pelucheux qui couvrait les jambes de sa mère. Qu'est-ce qu'il pouvait dire d'autre au vieil homme ? Et avait-il seulement quelque chose à lui dire ?

Rabbi Futterman haussa les épaules. « Qu'est-ce que tu fais comme travail, si je peux me permettre de te le demander ? »

Suskind expliqua donc en quoi consistait son boulot au musée de l'Esprit, sans toutefois avoir le courage d'entrer dans les détails. Il donna une rapide description de *La mémoire du chemin* et conclut : « Vous devriez venir visiter l'exposition. Ça vous plairait peut-être. Elle ouvre dans une semaine. À condition que j'arrive à trouver une bonne publicité pour elle. C'est ça mon boulot — du vent, comme ils disent.

— Oui, je vois. Ça m'a l'air très important. Bon, j'ai été ravi de te revoir, Elliot. Que Dieu te bénisse. Il ne faut pas que je tarde. Mon médecin dit que je dois être couché à huit heures, mais qui écoute les médecins ? Avant que je parte, prie un instant avec moi. » Au ton employé, il était difficile de savoir s'il s'agissait d'un ordre ou d'une requête, et sans laisser à Suskind le temps de répondre, le rabbin plaqua une main noueuse sur son épaule et commença à psalmodier des paroles incompréhensibles en hébreu. Penché en avant, il se balançait au rythme de sa mélopée et Suskind, presque involontairement, se mit à l'imiter.

Plus tard dans la soirée, il appela Brenda pour lui annoncer la nouvelle.

« Eh bien, je suis désolée, Elliot, dit-elle d'un ton contrarié, comme si le coup de téléphone était une accusation en soi.

— Oh, tu n'as pas besoin d'être désolée. Elle a quatre-vingt-trois ans, et ça devait bien arriver un jour ou l'autre.

— Tu n'as pas à me dire si je dois être désolée ou pas, Elliot. J'ai dit que j'étais désolée, alors laisse-moi être désolée.

— Brenda, je t'en prie, ce n'est pas le moment.

— Écoute, tu es mal tombé. J'ai eu une mauvaise journée, et puis ce mois-ci n'a pas été des meilleurs, non plus. » Elle marqua une pause. « Alors, qu'est-ce qu'ils t'ont dit ? Pour ta mère, je veux dire.

110

— Ils ne se prononcent pas encore. Ils attendent le résultat des examens. Je te rappellerai plus tard, si tu préfères.

— Non, non, ça ira. »

Suskind l'entendit allumer une cigarette — le bruit du briquet, la profonde inspiration, puis la longue exhalation.

« Tu as recommencé à fumer ? demanda-t-il.

— Tu sais, répondit-elle après un instant de silence. Tu n'es pas le seul à avoir des regrets.

— Je sais.

— Non, tu ne sais pas. Tu t'imagines avoir le monopole des regrets, Elliot. Tu t'imagines que tous les autres se trimballent dans la vie aussi heureux qu'un chien avec son bâton et qu'il n'y a que toi qui sois sensible, qui regarde derrière toi en regrettant que les choses n'aient pas tourné autrement. Elliot Suskind, le Seul à avoir des Regrets. »

Elle avait bu, il le devinait à la modulation de sa voix, au rythme de ses phrases. Légèrement ivre, elle devenait romantique. Un soir, trois ans auparavant, il l'avait emmenée dîner en ville pour fêter la promotion qu'elle avait obtenue à son travail. Elle avait bu deux martinis vodka comme apéritif, puis un verre de vin avec sa sole et, au café, elle s'était penchée au-dessus de la table pour lui planter un baiser sur la bouche — le premier depuis le jour où elle avait franchi la porte avec Nick et ses deux valises.

« Ça va ? lui demanda-t-il.

— Est-ce que je te pose la question, moi ?

— Et Nick, comment va-t-il ?

— Formidablement bien. Il me répond, il sèche les cours. Je ne le reconnais plus.

— Laisse-moi lui parler, tu veux ? Je tâcherai de savoir ce qui se passe.

— Il traîne avec des voyous. La semaine dernière, il s'est fait prendre à faucher des disques à Tower Records.

— Oh, mon Dieu ! Ils ont porté plainte ?

— C'est son premier délit. La police a mis sur pied un nouveau programme — opération diversion, ils appellent

111

ça. Avec le sourire. Pas de prison. Pas d'amende. Lundi, il faut qu'il aille présenter ses excuses au directeur du magasin, et ensuite il fera quelques heures de travaux d'intérêt général, balayer les rues, peut-être. Je t'assure, il me pousse à bout ce garçon.

— Laisse-moi lui parler, Brenda. Allez, passe-le-moi. Je suis son père, après tout.

— Il est au cinéma avec toute une bande de ses petites frappes de copains.

— Bon... alors, tu lui diras que j'ai appelé ? Je tiens à lui parler. Il faut qu'il sache pour sa grand-mère. Il pourrait peut-être lui téléphoner, je ne sais pas. Il est assez grand pour que ça le concerne.

— C'est un enfant, Elliot. Je comprends, mais ta mère, il la connaît à peine. Combien de fois il l'a vue ? Elle lui envoie une carte deux fois par an, accompagnée d'un chèque de vingt-cinq dollars. Et en dix ans, elle n'a même pas augmenté le montant. » Brenda se tut, et Suskind l'entendit souffler la fumée dans le téléphone. Quelques instants plus tard, elle reprit dans un murmure. « Excuse-moi. Je lui transmettrai le message, okay ? Je suis désolée pour ta mère. Sincèrement. J'espère qu'elle...

— Oui, oui. Eh bien, merci, marmonna-t-il. Et moi, je suis désolé que Nick te cause des problèmes. Faucher dans un magasin... mon Dieu, on devrait peut-être aller voir un conseiller familial, quelque chose comme ça. Je ne sais pas moi, solliciter de l'aide auprès de gens dont c'est le métier. Nous sommes une famille, non ? Enfin, plus ou moins. »

Brenda ne répondit pas. Sans même un au revoir, elle raccrocha doucement.

3

Après sa conversation avec Brenda, et comme cela se produisait si souvent, il eut l'impression que les murs de son appartement commençaient à se refermer sur lui, si bien que, même à cette heure tardive, il préféra descendre manger quelque chose. Au Yet Wah, le chinois au coin de la rue, il s'installa à une petite table près de la fenêtre et commanda une soupe épicée, des nems et un *lo mein* avec des coquilles Saint-Jacques à la sauce à l'ail, aux échalotes et au gingembre. Il vidait son bol de soupe quand Randy, son voisin du dessous, un ado grand et maigre coiffé de dreadlocks blondes et couvert de tatouages multicolores, entra en traînant les pieds. On l'installa au fond, à côté des cuisines. Randy avait emménagé dans l'appartement du dessous un peu plus d'un an auparavant, et Suskind avait bien essayé à plusieurs reprises d'échanger quelques mots avec lui, mais l'autre ne s'était guère montré enclin au bavardage. D'abord, il y avait l'épingle de sûreté plantée dans sa langue qui, imaginait Suskind, devait rendre difficile toute conversation allant au-delà de « bonjour ». De plus, le garçon semblait réellement timide. Les rares fois où ils s'étaient croisés dans le hall humide et odoriférant de leur immeuble, il s'était borné à marmonner deux ou trois paroles d'excuses tout en oscillant sur place comme un mât sous un vent violent. Lorsqu'il ne pédalait pas à travers la ville pour livrer des paquets (il était coursier à vélo, avait cru comprendre Suskind d'après les quelques phrases qu'il avait malgré tout réussi à lui arracher), Randy restait chez lui à écouter une musique incroyablement mauvaise qu'il mettait si fort que Suskind se voyait souvent contraint de se réfugier dans le brouhaha de Clement Street pour trouver un minimum de calme et de tranquillité. Par ailleurs, il paraissait plus que probable que ce garçon ingurgitait des doses massives de drogues illégales. Il consacrait sans doute la moitié de sa paye hebdomadaire à se faire percer quelque nouvelle partie de son anatomie, allant peut-être même jusqu'à verser de l'argent à des gens qu'il ne connaissait ni d'Ève ni d'Adam pour qu'ils lui attachent une cloche à vache au pénis.

Néanmoins, rien de tout cela n'avait plus d'importance. Il était dix heures du soir, songeait Suskind, et son fils était au cinéma avec ses voyous de copains ou, à ce moment précis, peut-être bien en train de comploter l'attaque d'une banque. Sa mère agonisait, son boulot se barrait en couilles, de sorte qu'il se sentait incapable de manger seul dans son coin. Le tête-à-tête avec lui-même était insupportable. Aussi, il se leva et agita sa serviette en direction de Randy. L'ado le contempla un instant, le visage impassible, l'air de ne pas le reconnaître, puis il sourit et s'approcha de sa table. « Tiens, c'est vous ! Le Type du Dessus. Comment ça va ? C'est la première fois que je vous vois ici. Vous venez souvent ?

— Assez, oui. Asseyez-vous. Ce n'est pas la peine qu'on se retrouve chacun seul devant son assiette. »

Randy prit une chaise. « C'est marrant, je pensais justement à vous hier — hier soir, en fait. Ma musique était encore trop forte ? Vous savez, vous pouvez me le dire franchement.

— Hier soir ? Non, je ne sais plus. Quand est-ce que trop fort c'est trop fort ? »

Bien sûr qu'il l'avait mise trop fort. Il se fichait de lui, ou quoi ? Le plancher de son appartement avait résonné jusqu'à trois heures du matin. Il avait regardé les planches vibrer et aurait même juré les avoir vues se soulever à chaque battement. Mais à quoi bon en parler maintenant ?

« Je fais des efforts, vrai de vrai, reprit Randy. J'essaie de baisser, mais c'est dur. Vous voyez ce que je veux dire ? Très dur. »

Suskind eut un petit sourire. Il s'imaginait le garçon aux prises avec sa chaîne stéréo, la main sur le bouton du volume, luttant contre lui-même. « Oui, oui, je comprends, dit-il.

— Vous avez l'air crevé, mon vieux. Vous ne m'en voulez pas de vous le dire ? »

On servit les nems de Suskind, et Randy les considéra avec une lueur de tendresse dans le regard.

« Allez-y, ne vous gênez pas, dit Suskind en faisant glisser le plat vers lui. Ils sont délicieux ici.

— Hé, merci », fit Randy. Il enleva discrètement l'épingle qui lui traversait la langue, puis enfourna deux nems. « Mmmm... ils sont vraiment sensationnels », dit-il avec un petit gémissement de plaisir tout en tapant doucement du poing sur la table. « Waouh, super ! » Il repoussa l'assiette vers Suskind. « À vous, mon vieux. Prenez-en un. De la dynamite ! » Un gentil sourire aux lèvres, il regarda Suskind manger, puis il poursuivit : « Alors, le Type du Dessus, dites-moi la vérité : vous allez bien ? Vous avez une sale tête, vous savez.

— Bah, répondit Suskind. Ça a déjà été mieux. Ma mère est à l'hôpital. Quatre-vingt-trois ans. Je l'aime beaucoup. Elle est au centre médical de l'Université de Californie, vous y avez déjà été ?

— Oh non. Moi, les hôpitaux, je les fuis comme la peste. C'est l'horreur. » Randy eut une grimace qui fit ressembler son visage à une prune plissée.

« Et pendant ce temps-là, continua Suskind, je déconne à plein tube dans mon boulot. Je dois présenter un projet et je n'aboutis à rien. J'ai une semaine pour trouver, sinon, on me vire. En fait, il ne me reste plus que deux ou trois jours. Je le sais depuis des mois, mais je n'ai pas été capable de m'y atteler. Ces derniers temps, je me sens plutôt mal foutu, vous connaissez ça, je suppose ? Déprimé, quoi. En tout cas, je vais sans doute me faire vider quoi qu'il arrive. Ils en ont marre de moi, et je ne peux pas leur en vouloir. Et si je perds mon travail, je suis sûr que mon ex-femme s'arrangera pour que je ne puisse plus revoir mon fils. » Il prit un autre nem qu'il examina un instant avant de le fourrer dans sa bouche. « À part ça, conclut-il, tout va très bien.

— Eh ben, mon vieux, vous êtes gâté ! fit Randy. On peut dire que vous êtes réellement dans la merde. » Il secoua la tête et se tortilla sur son siège. « Bon... et c'est quoi le projet sur lequel vous devez bosser ? »

On apporta le *lo mein*, une véritable montagne, et ce coup-ci, ils ne se firent pas de politesses. Suskind réclama une autre assiette, puis il partagea les nouilles en deux. Pendant qu'ils mangeaient, il expliqua en quoi consistait son travail au musée de l'Esprit, puis il parla de l'exposition *La mémoire du chemin*, cette fois avec un peu plus d'enthousiasme qu'il n'avait été capable d'en manifester auprès du rabbin Futterman. Tandis qu'il écoutait le récit des malheurs de Suskind, Randy dévorait de bon cœur, assaisonnant généreusement son plat d'huile pimentée et de sauce de soja. Il utilisa d'abord les baguettes, puis la fourchette, et enfin les doigts.

Une fois que Suskind eut fini de parler, il garda un moment le silence, puis, affichant un large sourire, il dit : « Hé, vous savez quoi ? Je vais peut-être pouvoir résoudre votre problème, mon vieux.

— Oh, vraiment ? À quoi vous pensez ? Vous croyez pouvoir m'obtenir un emploi de coursier ? Je sais faire du vélo... si, si, je ne vous raconte pas d'histoires. Bon, j'ai peut-être quelques kilos en trop, mais je me débrouille. »

Il ne restait plus dans le plat qu'une petite flaque de sauce. Randy laissa traîner son index dedans, le porta délicatement à ses lèvres, puis le suça avec délices. Ses yeux bleus brillaient. « Écoutez un peu ça », dit-il, et il se pencha par-dessus la table avec un air de conspirateur.

4

« Une course », expliqua Suskind à Doug Escobar le lendemain matin à neuf heures. Assis au bord d'un fauteuil dans le bureau de ce dernier, il soulignait ses paroles en tapant du plat de la main sur ses genoux selon un rythme syncopé. « C'est ça mon idée pour le jour de l'inauguration — une course cycliste dans les rues de San Francisco. Toute une équipe de coursiers, vous les avez sûrement vus en ville, de vrais fous, des casse-cou, prêts à prendre tous les risques.

Il se trouve que j'en connais un, et c'est comme ça que l'idée m'est venue. Je dois rencontrer aujourd'hui la direction d'une de ces messageries. Ces types-là sont des athlètes. Ils escaladent les rues les plus à pic de la ville, de véritables cinglés. Ils adorent faire la course. Quand ils ne travaillent pas, un tas d'entre eux participent à des compétitions. Il y en a même deux qui s'entraînent pour le Tour de France, vous vous rendez compte ! On va donc organiser une course qui empruntera un itinéraire compliqué à travers la ville. Diaboliquement compliqué, voilà le terme exact. J'adore ça — *diaboliquement compliqué* —, pas vous ? Cet adverbe-là, je ne l'avais encore jamais utilisé. Il faudra qu'ils s'orientent — on mettra des barrages, on les fera tourner en rond, parcourir la ville dans tous les sens. L'arrivée sera jugée devant la pelouse du musée. Il y aura des ballons, du pop-corn et des hot-dogs pour les enfants. Voilà ! Ce sera l'événement qui marquera le début de l'exposition sur *La mémoire du chemin*. Alors… qu'en dites-vous ? »

Escobar leva les yeux de l'ordinogramme étalé sur son bureau et considéra Suskind par-dessus ses lunettes. « Ces coursiers, ils sont assurés par leurs employeurs ?

— Absolument. »

Escobar haussa les sourcils et esquissa un petit sourire. « Brillant », lâcha-t-il enfin.

Brillant ? Avait-il jamais qualifié de brillant un seul des projets de Suskind ? C'était bien la première fois ! Certes, ce n'était pas l'idée de Suskind, mais celle de Randy. Mais quand même. Brillant !

« Oh, merci, fit-il d'une voix étranglée.

— Non, c'est moi qui vous remercie », répliqua Escobar, esquissant un deuxième petit sourire à l'intention de Suskind qui, avec force courbettes, sortait à reculons du bureau, se cognant dans les fauteuils au passage.

De retour dans son placard à balais, il appela les Messageries Mercure, la firme où travaillait Randy, et demanda à parler à une femme du nom de Temple, la patronne et dispatcher des coursiers. Randy lui avait précisé qu'elle s'occupait également des œuvres sociales. D'ailleurs, avait-il ajouté, elle s'occupe de tout. Sa voix avait la tonalité d'une scie circulaire mordant dans le béton et Suskind, réprimant une grimace, dut écarter le téléphone de son oreille. « Le musée de l'Esprit, c'est ça ? s'enquit Temple. J'ai vu une de vos expositions il y a deux ans. Pas du tout mon truc — bon, mais je dois reconnaître que je ne suis pas facile à contenter. Je suis comme ça et j'ai toujours été comme ça. Je manque de générosité, je suis froide et impitoyable, j'ai le cœur d'un serpent. Alors, qu'est-ce que vous avez dans votre esprit à vous ? »

Après un instant d'hésitation, Suskind lui débita le baratin qu'il venait de servir à Escobar. Sa tirade le laissa hors d'haleine et, tout essoufflé, il attendit la réaction de Temple.

« C'est l'idée de Randy, non ? aboya-t-elle enfin. Ce petit crétin invente sans arrêt des conneries de ce genre. C'est un perturbateur et un menteur, et depuis le moment où il a franchi le seuil de mon bureau, il n'a été pour moi qu'une source d'ennuis. Je voudrais qu'il se fasse écraser par un bus. Non, c'est quand même trop méchant. Disons que je voudrais simplement qu'il parte, qu'il aille un peu travailler pour d'autres. Voir comment ceux-là le supporteront. » Elle marqua une pause. « Néanmoins, je veux bien envisager de souscrire à cette idée ridicule. Attention, je n'ai pas dit que j'y souscrivais, mais que j'envisageais d'y souscrire, et je vais vous expliquer pourquoi.

— Oui, pourquoi ?

— Parce que je suis une forte femme, voilà pourquoi. Et parfois, je me dis même que je suis une trop forte femme.

— Eh bien, j'en suis ravi, dit Suskind avec ferveur, comme si on lui avait demandé son avis. Est-ce qu'on pourrait entrer un peu dans le détail ? Aborder les questions de logistique ? Je dois faire très vite.

— Jeudi, à midi, dit-elle d'un ton brusque. Mon bureau. Apportez l'itinéraire proposé. Je regarderai et je vous dirai oui ou non. Il n'y aura pas à discuter.

— Il n'est vraiment pas possible de se voir avant ? Je suis très...

— Jeudi midi. Essayez de venir plus tôt et je vous arrache la tête.

— J'ai le sentiment que nous allons nous entendre à merveille », déclara Suskind qui s'empressa ensuite de raccrocher.

L'après-midi, il retourna voir sa mère à l'hôpital. Il trouva le Dr. Agron à son chevet. Les rayons de soleil qui filtraient à travers les lattes des stores faisaient des rayures sur les draps du lit et, dans l'esprit de Suskind, les transformaient en un gigantesque châle de prière pareil à ceux dont s'enveloppaient comme de linceuls les vieillards à la synagogue qu'il fréquentait quand il était petit — ces vieux *kakers* tout tremblants et aux yeux chassieux qui avaient fui les horreurs de l'Europe. Il fit deux pas en arrière en direction de la porte.

« Voici la situation, lui annonça le cardiologue *sotto voce,* jouant avec son stylomine. Nous avons d'abord une attaque d'apoplexie, peut-être parce qu'elle a inhalé de la nourriture, ou peut-être pas, c'est difficile à dire. Ensuite, une crise cardiaque. Et enfin, pour couronner le tout, une pneumonie. » Il agrippa Suskind par l'épaule et le guida vers le couloir. « Je vais être franc avec vous, votre mère et moi nous nous connaissons depuis plus de quarante ans, et je sais que c'est ce qu'elle désirerait. Je ne vous cacherai donc rien. La situation n'est guère brillante. Avec sa pneumonie et tout le reste, il faudra sans doute qu'on la place bientôt sous respiration artificielle, et je dois vous avertir qu'une fois qu'elle y sera, il y a de fortes probabilités pour qu'on soit obligés de l'y laisser. Je ne pense pas qu'elle aurait voulu cela, mais nous n'avons aucune demande écrite de sa part

119

en ce sens, de sorte que nous devrons probablement la mettre quand même sous respirateur, à moins que vous ne vous y opposiez. Vous êtes son fils, et c'est à vous de prendre la décision.

— La décision ? Quelle décision ?

— Nous lui administrons des diurétiques pour éliminer le liquide dans ses poumons, mais nous courons le risque de la déshydrater. Nous faisons de notre mieux pour contrôler sa tension, mais elle ne cesse de monter. La crise d'apoplexie... que voulez vous que je vous dise ? Si nous l'avions prise sept ou dix heures plus tôt, nous aurions peut-être pu faire quelque chose, mais là...

— Quelle décision ? répéta Suskind, criant presque. Qu'est-ce que je suis censé décider ? »

Le Dr. Agron eut un geste d'impuissance. « Nous lui donnons des anticoagulants pour le sang, ce qui est susceptible de provoquer des hémorragies internes. Il ne manquerait plus que ça ! Mais si nous ne lui donnons pas d'anticoagulants, elle nous fera une autre attaque. Vous voyez où je veux en venir ? » Il lâcha l'épaule de Suskind et se voûta. Sa bosse parut alors grossir, comme si elle se gonflait à l'instar d'un ballon. « Vous êtes son fils et c'est à vous de décider.

— De décider quoi ? D'accord, je suis son fils, mais je suis dans les relations publiques ! Vous êtes son médecin, c'est vous qui êtes supposé prendre des décisions ! Bon Dieu ! comment pourrais-je savoir ce qu'il faut faire ? C'est pour ça que vous avez une blouse blanche, et moi pas. »

À cet instant déboucha au coin du couloir une troupe d'internes qui griffonnaient furieusement sur leurs planchettes porte-papiers tout en marchant. Le Dr. Agron consulta sa montre, assena une petite claque sur l'omoplate de Suskind, marmonna quelques vagues paroles d'encouragement que ce dernier ne saisit pas très bien, puis alla se joindre au défilé qui progressait lentement le long du corridor. Suskind regarda sa bosse s'éloigner sous l'éclairage cru des néons.

Il rentra dans la chambre. Sa mère avait les yeux ouverts et elle lui sourit. Il lui prit une main entre les siennes et sentit ses doigts boudinés se refermer autour de son pouce et le serrer.

« Hé, fit-il. Tu es de retour. Bienvenue parmi nous. Où étais-tu partie ?

— Tartakow », souffla-t-elle, et ses paupières retombèrent.

Douze ans auparavant, à la fin d'un voyage en Europe de l'Est organisé par la Hadassah, elle s'était mise à la recherche de Tartakow. Veuve depuis peu, encore pimpante et alerte, elle avait insisté pour essayer de le retrouver — le misérable *shtetl* que ses parents avaient quitté à la fin du XIXᵉ siècle — pendant qu'elle en avait l'occasion. « On n'est pas très loin, et qui sait si je reviendrai un jour par ici. Je tiens à le voir. Alex Haley est retourné en Afrique, et moi, je veux retourner à Tartakow. C'est là que sont mes racines », déclara-t-elle. Ainsi, alors que les autres participants restaient à Varsovie pour assister à une inoubliable soirée de ballets et à un banquet d'adieu dans la grande salle du Zecheta Gallery, Miriam Suskind prit le train jusqu'à Lublin où elle loua une voiture, une espèce de boîte à sardines au levier de vitesses qui grinçait, et roula au travers des prairies ondoyantes de la campagne polonaise en quête des vestiges du pauvre village que ses parents avaient fui.

Un peu plus tard, de retour à San Francisco, elle téléphona à son fils pour le régaler du récit de son aventure : « Oh, tu vas être fier de ta petite maman. Tartakow ne figure sur une aucune carte, mais je me suis dit qu'un village ne pouvait pas s'évaporer comme ça. Tu es bien d'accord ? Alors, j'ai continué à rouler, déchiffrant les panneaux indicateurs. Je savais où aller. Je me souvenais que mon père m'avait dit que c'était près d'un bourg appelé Sokal. Papa, qu'il repose en paix — mais je crois te l'avoir déjà raconté —, avait entendu dire par quelqu'un de son *Landslaït* que Tartakow avait été entièrement détruit durant la guerre. Cette nouvelle l'a achevé — la veille il allait très bien, le lendemain, il s'est couché, et ça a été la fin. Je lui ai servi un verre de schnaps, mais il l'a écarté d'un geste. Pourtant, tu peux me croire, ton grand-père ne crachait pas sur un petit whisky de temps en temps. Quoi qu'il en soit, je n'ai eu aucun problème pour arriver jusqu'à Sokal. Un endroit atroce, une véritable porcherie, tu ne peux pas imaginer. J'ai demandé le chemin de Tartakow. "Tartakow", me répond le bonhomme — c'était au prétendu Musée juif, une sinistre bâtisse avec une étoile de David dessus, qui avait des relents d'égout et paraissait sur le point de s'écrouler — donc, il me répond, ce vieux bonhomme à la caisse — plus vieux que moi, je veux dire —, il prend un gros livre, comme un livre de comptes, tu vois, relié de cuir, il le feuillette, et là, il me dit, en yiddish : "Fini". Il fait le geste de se trancher la gorge. "Fini", il répète.

« Bref, pour résumer, je ne suis pas allée à Tartakow. Personne ne sait où c'est, personne ne se souvient. Comment est-ce possible ? Une ville peut-elle disparaître comme ça ? Je voudrais bien le savoir. »

Suskind, debout au chevet de sa mère, se remémorait cette conversation. Douze ans avaient passé, et il se rappelait comme si c'était hier ce qu'il avait pensé pendant que, assis dans sa cuisine, il écoutait au téléphone le récit de sa mère. Il avait pensé à un documentaire sur l'Holocauste qu'il avait vu longtemps auparavant au Talmud Torah, peut-être l'année de sa bar-mitsva. Installé dans une salle de classe au sous-sol de la synagogue, il regardait le rayon de lumière qui tombait du soupirail effleurer le haut de l'écran et écoutait le ronronnement grinçant du projecteur. Dans la pénombre, il distinguait ses doigts étalés sur son pupitre comme des pinces de crabe. Le film se composait de courts extraits de reportages nazis sur les camps de la mort, réservés au public allemand durant la guerre, et entrecoupés de cartes animées figurant les mouvements de troupes ainsi que le nombre croissant de victimes. Suskind ne comprenait pas un traître mot du commentaire des passages nazis, aboyé par une voix off aux accents stridents. Un plan d'ensemble montrait de la fumée s'échappant d'une haute cheminée. À l'époque, rien de tout cela n'avait produit sur lui une forte impression — il s'agissait encore d'un film destiné à prouver que tout le monde détestait les Juifs et, l'un dans l'autre, il aurait préféré aller jouer au basket dehors. Pourtant, l'image de la cheminée crachant de la fumée était demeurée gravée dans son esprit et, tandis qu'il écoutait le récit des aventures polonaises de sa mère, il croyait voir s'élever ce panache de fumée noire. Maintenant, il savait que c'était celle des cendres de Tartakow.

« Hé, m'man ? dit-il, tendant le bras au-dessus du drap zébré de raies lumineuses pour lui caresser la main. Tartakow ? Tu te souviens du voyage que tu as fait en Europe peu après la mort de papa ? »

Mais elle s'était rendormie.

Lorsque Suskind arriva mercredi matin à dix heures, un petit homme usé en costume bleu marine défraîchi campait devant son bureau, fumant une cigarette malgré les panneaux INTERDICTION DE FUMER qui s'étalaient partout. L'inconnu portait un panama odorant couvert de taches de sueur et des bottes dont les épaisses semelles étaient maculées de ce que Suskind espérait n'être que de la boue. « Zeldin, Sol, se présenta l'homme d'une voix rauque de fumeur, tendant une main noueuse et parcheminée. Mon vieil ami Futterman m'a téléphoné ce matin. Je lui suis redevable d'un tas de choses, des faveurs qu'il m'a faites, trop nombreuses pour que j'en parle. En tout cas, me voici. À votre service.

— Vous désiriez me voir ?

— Vous êtes bien Suskind, Elliot ?

— Oui.

— Alors, c'est bien vous que je suis venu voir. »

Suskind prit ses clés, ouvrit, puis fit signe au petit homme d'entrer et de s'installer dans un fauteuil. Après quoi, il

123

ferma la porte derrière lui, alla s'asseoir à son bureau et regarda la fumée de la cigarette de Zeldin s'élever vers le plafond. Il fouilla dans le tiroir du bas à la recherche de quelque chose qui pourrait faire office de cendrier mais, ne trouvant rien, il se contenta de pousser une corbeille à papier métallique vers Zeldin. Celui-ci se cala dans son fauteuil, ôta son panama et le débarrassa d'une poussière imaginaire. Il avait le crâne tanné, presque entièrement chauve, et criblé de taches d'aspect précancéreux.

« J'ai déjà dit une *maïsses beraïches* pour votre mère ce matin, elle devrait vivre jusqu'à cent vingt ans », dit-il, soufflant comme un phoque. Il tenait sa cigarette entre le pouce et le majeur. « À propos, j'ai bien connu votre père, qu'il repose en paix. Le dimanche matin, quand vous n'étiez encore qu'un bébé, on se retrouvait, tout un groupe, à la *delicatessen* Beckman sur Arguello. Le poisson fumé était comme ci, comme ça, mais on était contents d'être ensemble. Votre père, ça c'était quelqu'un ! Ah, les histoires qu'il racontait ! » Zeldin eut une expression nostalgique. « Et pour vendre des chaussures, il savait vendre des chaussures ; je le dis avec tout le respect que je lui dois. Il avait le don.

— Il a toujours aimé son travail, affirma Suskind. Donc, rabbi Futterman vous a téléphoné ?

— Oui, ce matin de bonne heure, il a appelé, répondit Zeldin, écrasant son mégot contre la paroi intérieure de la corbeille. J'étais aux toilettes. À mon âge, vous savez, on ne laisse pas passer l'occasion de déféquer un bon coup. Des fois, c'est le meilleur moment de la journée. Vous permettez ? demanda-t-il, tirant un paquet de cigarettes de sa poche. Je devrais arrêter, mais qu'est-ce qui me reste d'autre ? Vous êtes jeune, vous avez encore toutes vos facultés. À mon âge, pourquoi je ne me permettrais pas ces petits plaisirs ? »

Suskind haussa les épaules, puis la tête inclinée, les yeux plissés, il observa Zeldin qui allumait sa cigarette. Il se figurait entendre une pendule égrener les secondes. Il avait des coups de fil à passer, il fallait qu'il prépare son rendez-vous de demain avec Temple, la femme des messageries Mercure — et aussi, seigneur ! il y avait l'hôpital, l'hôpital qui l'attendait encore et encore. « Qu'est-ce que... que puis-je pour vous ? demanda-t-il enfin. Vous devez comprendre, avec ma mère malade et tout le...

— Mon ami Futterman pense que je pourrais vous être utile. Vous lui avez bien parlé d'une exposition ? Quelque chose qui concerne votre travail ? »

Suskind se hérissa. C'était toujours la même histoire avec sa mère et ses amis. « En effet, je lui ai parlé de mon travail, mais je ne me rappelle pas avoir dit que j'avais besoin d'aide.

— Ah bon ? Alors, c'est qu'il aura mal compris. Il avait dans l'idée que je pourrais vous rendre service. Je suis parti tôt ce matin de Philo, une circulation, vous n'imaginez pas ! Un monde fou sur la route !

— C'est très gentil de votre part. À dire vrai, j'avais des problèmes avec cette exposition, mais je crois les avoir résolus. Je crains que vous ayez fait le voyage pour rien. »

Ce fut au tour de Zeldin de hausser les épaules. « Comme je vous l'ai dit, je suis infiniment redevable à Futterman. Bon, je vois qu'il s'agit d'un malentendu. » Il ficha sa cigarette entre ses lèvres et se souleva du fauteuil avec un grognement.

« Et qu'est-ce que vous faites à Philo ? s'enquit Suskind, un peu honteux du ton irrité qu'il avait employé quelques instants auparavant. Restez encore un moment, le temps de finir votre cigarette. Je peux aller vous chercher un café, si vous voulez. »

Zeldin se rassit et secoua sa cendre dans la corbeille. « Des pigeons voyageurs, répondit-il. Un thé, si vous avez.

— Des pigeons voyageurs ?

— Ce n'est pas une entreprise, plutôt un hobby. À mon âge, est-ce qu'on a encore besoin de s'occuper d'une entreprise ? Mais je ne vais pas vous raconter de blagues, j'en sais

davantage sur les pigeons voyageurs que quiconque sur la
côte Ouest. » Zeldin lissa d'une main noueuse le pli de son
pantalon. « Je suis ce qu'on appelle un expert, reprit-il,
soufflant un rond de fumée vers le plafond. Tous ces
embouteillages ! Ces voitures ! *Oï ! gevald !* J'ai consommé
la moitié d'un réservoir rien que pour arriver jusqu'ici, avec
tous ces coups de klaxon et le *mishegas'n.*
— Des pigeons ? répéta Suskind.
— Voyageurs. Des pigeons voyageurs, le corrigea Zeldin.
Cette exposition... qu'on puisse organiser une exposition
sur l'orientation et la mémoire sans inclure les pigeons voyageurs, ça me dépasse. C'est impensable. » Zeldin s'interrompit et toussa avant de reprendre : « Imaginez ça, Mr. Suskind :
un vol de pigeons voyageurs. » Il ferma les yeux, leva la main
en l'air d'un geste théâtral. « Essayez de vous représenter
toutes ces ailes... »
Son bras décrivit un arc de cercle afin d'englober le ciel,
toute l'étendue de bleu moucheté de blanc au-dessus des
eaux de la baie — cette baie que Suskind aurait pu admirer
de la fenêtre de son bureau s'il en avait possédé une. Puis
Zeldin se radossa contre les coussins du fauteuil, prit une
profonde inspiration et afficha sur son visage buriné un sourire aux chicots jaunis. « Vous pouvez en croire Sol Zeldin,
ça déclencherait l'enthousiasme des foules.
— Euh, oui, bien sûr, finit par dire Suskind. Ça doit être
quelque chose. Un tas de pigeons voyageurs, ah bon ? » Il
s'imaginait surtout voir les merdes de pigeons pleuvoir sur
les spectateurs. « Très, très intéressant. C'est dommage,
mais je pense avoir résolu mon problème pour l'inauguration. Tout est déjà réglé. Il est vrai que la situation a été un
peu délicate pendant quelque temps, mais grâce à Dieu, j'ai
trouvé la solution. Je vous remercie néanmoins de votre
proposition. Et comme je vous l'ai dit, je regrette infiniment
que vous ayez fait tout ce chemin pour rien. » Il s'apprêta
à tirer son portefeuille. « Je me ferai un plaisir de vous
dédommager pour l'essence.

— Vous aviez mentionné un thé, il me semble ? » Zeldin se passa la langue sur les lèvres. « Une gorgée de thé, et je m'en vais, Mr. Suskind, promis. Je sais que vous êtes un homme très occupé. »

Suskind alla chercher une tasse de thé au distributeur de boissons et l'apporta à Zeldin qui le but à petites gorgées au travers d'un morceau de sucre qu'il sortit de sa poche. Lorsqu'il eut fini, il déclara : « Vous savez, tout le monde a une théorie sur les pigeons voyageurs. » Il prit un Kleenex et s'essuya la bouche. « Le professeur Slotkin de Harvard affirme qu'ils ont une espèce de gyroscope programmé dans le cerveau. Le professeur Plotkin de Yale affirme, lui, qu'ils sont capables de déterminer l'angle du soleil — et hop ! à la maison. Mais je vais vous confier un secret. » Il se pencha vers le bureau et posa la main sur le bras de Suskind. « Slotkin, Plotkin et les autres, ce sont peut-être des grosses têtes, mais ils ne sont pas fichus de faire la différence entre des *boubkes* et des pigeons voyageurs. Pourquoi un pigeon voyageur est-il un pigeon voyageur, je vous le demande ? Eh bien, pour une seule et unique raison : un pigeon voyageur est un pigeon voyageur parce qu'il a le mal du pays, point final. Il n'a qu'une envie, c'est de rentrer chez lui, et c'est ce qu'il fait. » Sur ce, il hocha la tête comme pour saluer et répondre aux applaudissements, puis il vissa son chapeau sur son crâne et croisa les mains sur un genou.

« Eh bien, dites-moi, en effet », fit Suskind après un moment de silence. Il esquissa un sourire et jeta un coup d'œil à sa montre. Il ne pouvait pas s'en empêcher. Il avait des choses à faire.

Zeldin le considéra d'un air sceptique, puis, sans lui laisser le temps de le remercier une nouvelle fois, il marmonna un brusque au revoir et fila vers la porte, abandonnant sur le lino, souvenir de son passage, une traînée brune malodorante.

Si ce n'étaient ces traces couleur de merde et l'odeur de cigarette qui flottait dans son bureau, aussi tenace que celle de l'encens, Suskind aurait pu se demander une demi-heure plus tard s'il n'avait pas rêvé la visite de Zeldin. Derrière sa porte, le monde réel s'activait dans la joie. Il entendait résonner les coups de marteaux — ceux des ouvriers qui mettaient la dernière touche au labyrinthe pour *La mémoire du chemin*. Des spécialistes de l'Académie des Sciences de Californie achevaient la construction d'un gigantesque aquarium rotatif qu'on devait remplir d'anguilles afin de démontrer trois fois par jour pendant toute la durée de l'exposition la sûreté de leur sens de l'orientation. Des menuisiers et des techniciens du département vidéo du musée installaient une série d'écrans vidéo interactifs, chacun diffusant un film différent. Suskind les avait tous visionnés. L'un montrait la danse élaborée que les abeilles effectuaient pour indiquer aux autres où se trouvaient les fleurs pour le miel et comment revenir ensuite à la ruche. Un deuxième expliquait comment on avait inventé le sextant. Un troisième s'attachait à un groupe de macareux qui s'orientaient au-dessus des mers gelées avec une précision infaillible. Et un quatrième, s'adressant surtout aux enfants, donnait une méthode simple pour déterminer un cap à l'aide de la position des étoiles.

L'une de ces vidéos avait particulièrement frappé Suskind. Elle racontait l'histoire étrange de Violet Beecham, une femme âgée de plus de quatre-vingts ans habitant Bodega Bay, qui avait passé une grande partie de ces dernières années à faire des dessins étonnamment exacts de Witbury, la petite ville minière du Yorkshire où elle avait vécu les quatre premières années de sa vie. Elle n'y était jamais retournée, ses talents de dessinatrice étaient limités au minimum, et pourtant, ses souvenirs des rues et des bâtiments de la ville anglaise étaient d'une précision surnaturelle. Comme le montrait le film, la ville elle-même, touchée de plein fouet par la crise économique ayant suivi la Première Guerre mondiale et restée à l'écart du progrès du XXᵉ siècle, était demeurée aux cottages, aux rues et aux pavés près telle que Violet Beecham l'avait dessinée.

Alors, comment Tartakow, le petit *shtetl* de ses grands-parents, avait-il pu disparaître ainsi de la surface de la terre — volatilisé, transformé en fumée et en cendres —, tandis qu'à des centaines de kilomètres de là (sur une carte murale d'Europe, il mesura la distance approximative entre son pouce et son index), Witbury avait été si parfaitement, si amoureusement préservée, comme figée dans l'ambre ? C'était incompréhensible.

La journée l'attendait, peuplée de promesses. Suskind alla se resservir un café, puis il revint s'asseoir à son bureau devant une carte de San Francisco qu'il étudia avec une attention et un plaisir qu'il n'avait pas ressentis depuis des mois. Bon, se dit-il, tu peux encore sauver ta peau, espèce de crétin. C'est la onzième heure et on t'a lancé une corde. Tu n'as qu'à l'attraper et te tirer de là avant de te noyer. Cette fois, il le savait, il faudrait que tout se déroule sans la moindre anicroche.

Au fil des ans, il avait appris à ses dépens combien la foule pouvait être inconstante. Autrefois, il s'était bâti une réputation d'imprésario grâce à des fantaisies du style Tour de Babel, un spectacle qu'il avait conçu onze ans auparavant pour l'inauguration de l'exposition sur *l'Acquisition du langage.* Quel boulot cela avait été de dénicher tous ces autochtones parlant toutes ces langues, soixante au total, et quel groupe ils formaient : une vraie séance des Nations-Unies, tous en costumes traditionnels, qui se parlaient en iban et en nogay, en tongan, en kasmiri et en chujs, qui faisaient de grands gestes, qui lançaient des plaisanteries en samoan, en vepse ou en gujarati, qui agitaient les mains, qui dansaient, qui chantaient en baloutchi et déclamaient en nicobarais.

Au milieu de ce pandémonium, il était inévitable qu'un incident se produise : une innocente remarque en papago se révéla par hasard être une insulte en muong, et la mêlée qui s'ensuivit fut filmée par une équipe locale de télévision à la recherche d'un sujet en l'absence de nouvelles importantes. Les trois chaînes locales diffusèrent la bande aux informations du soir et, dès le lendemain, une foule de visiteurs se pressa au musée où les tourniquets placés à l'entrée se mirent à tourbillonner comme les pales d'un ventilateur. Un matin au parking, Suskind compta des plaques minéralogiques venant de dix-huit États. Ce fut son heure de gloire.

La Tour de Babel était maintenant de l'histoire ancienne. Ces dernières années n'avaient été qu'une succession de désastres, à l'exemple de l'inauguration de l'exposition intitulée *Notre extraordinaire cerveau* pour laquelle il avait fait appel à un tas de types bizarres, transformant la pelouse du musée en fête foraine où ne manquaient même pas les aboyeurs haranguant la foule. La vedette qu'il avait engagée, un petit bonhomme tout ratatiné venant de San Pablo qui se présentait sous le nom de Monsieur Mnémonique, possédait le don assurément étrange de calculer quel jour de la semaine tombait le 20 avril de n'importe quelle année. Quelqu'un lançait « 1963 ! » et Monsieur Mnémonique, après un long moment de suspense, lâchait d'une voix rauque : « Mercredi. Vous pouvez vérifier. » Puis il s'épongeait le front avec un bandana rouge et recueillait quelques applaudissements polis. Malheureusement, c'était la seule attraction, et au bout d'une heure de ce petit jeu, les spectateurs, lassés, regagnaient leurs voitures. Le lendemain, les critiques dans le *Chronicle* et l'*Examiner* furent catastrophiques, et malgré des mois de préparation minutieuse, *Notre extraordinaire cerveau* ferma au bout de deux semaines.

Le printemps suivant, Suskind eut la possibilité de se racheter avec *Qu'est-ce que le hasard ?*, une exposition consacrée au calcul des probabilités. Cette fois, il réussit à attirer la multitude dont il rêvait — mais quand on découvrit que les jolies étudiantes de Berkeley qu'il avait embauchées pour séduire la foule tenaient une partie de bonneteau sur le parking, le musée se vit traîner en justice, si bien que chaque *cent* que rapportaient les entrées croissantes allait tout droit dans les poches des richissimes avocats de Montgomery Street.

Eh bien, tout cela était désormais derrière lui. Il tournait une nouvelle page — non, oubliez ça : il commençait un nouveau livre. Ce pauvre vieux Mr. Zeldin, faire tout ce trajet pour rien. À ce propos, il ne faudrait pas qu'il oublie de remercier rabbi Futterman la prochaine fois qu'il le verrait, et aussi de lui dire que le problème était réglé. Il devait cependant s'avouer que, l'espace d'une minute, le vieux bonhomme avec son histoire de pigeons ayant le mal du pays l'avait ému. Mais qui avait le temps d'être ému ? Pas lui, en tout cas — et surtout pas en ce moment, non merci. Il se cala dans son fauteuil, ferma les yeux, et se représenta un petit peloton de coursiers à vélo qui dévalaient le dédale des rues de la ville, hurlant comme des démons cependant qu'ils franchissaient le sommet de collines incroyablement abruptes, prenant des virages à quarante-cinq degrés au risque de tomber, pédalant à des vitesses inouïes, à la limite de leurs forces. Il imaginait des gens — une foule de gens — qui les acclamaient, qui trépignaient d'enthousiasme, massés près de la ligne d'arrivée devant le musée. *Ça y est ! les voilà !* Le bruit des pédaliers qui tournaient à toute allure noyé sous les cris et les vivats, les genoux ensanglantés qui moulinaient comme des pistons, les coureurs agrippés à leurs guidons qui, tête baissée et fesses en l'air, sprintaient côte à côte...

Oh oui, Suskind l'imprésario, le maestro qui contrôlait tout, était de retour sur la scène après toutes ces années.

6

Le soir, il retourna à l'hôpital au chevet de sa mère. Même quand elle semblait reprendre connaissance, ce qui se produisait par intermittence, elle n'était plus tout à fait elle-même. On injectait au goutte-à-goutte du glucose et

Les Mauvais Juifs

autres liquides dans les veines de ses bras couverts de bleus.
D'un côté du lit, son urine couleur d'ambre foncé s'écoulait
dans une lourde poche de plastique. Elle avait repoussé les
couvertures et ses jambes gisaient sur les draps, protégées
par des bas gonflables qui évoquaient des instruments de
torture. Une odeur de moisi et d'humidité — celle de la
mort ? celle de la pourriture ? — imprégnait l'atmosphère
au-dessus du lit.

Son mécanisme de déglutition ayant été endommagé à
la suite de l'attaque dont elle avait été victime, les médecins
avaient interdit de la nourrir par la bouche — que ce soit
avec des aliments liquides ou solides — de crainte que
quelque chose pénètre dans ses poumons et entraîne des
complications à sa pneumonie. Ses lèvres toutes craquelées
étaient souillées d'une épaisse couche écailleuse de matière
visqueuse, et elle était tout le temps terriblement assoiffée.
Suskind trempait dans de l'eau une petite éponge fichée
sur un bâtonnet de sucette, l'insérait avec précaution entre
les lèvres de sa mère et la laissait sucer quelques secondes
à chaque fois. Les paupières closes, elle refermait avec délices ses gencives édentées autour de l'éponge.

Autre séquelle de son attaque, elle avait un coin de la
bouche paralysé, de sorte que quand elle ouvrait lentement
les yeux et s'efforçait de sourire à son fils, elle paraissait affi-
cher une expression ironique. « Hé, m'man », disait Suskind. Il passait doucement la main dans ses cheveux raides
et clairsemés, puis lui caressait le front qui était frais sous
sa paume. « Comment ça va ? Tu te sens mieux ? »

Elle le dévisagea, son petit sourire narquois aux lèvres.
« Tu veux que je te dise quelque chose ? fit-elle d'une voix
rauque. Vieillir, c'est l'enfer. »

Là, il la retrouvait : Miriam Suskind, sa mère qui se croyait
si maligne ! « Bonjour, m'man, bonjour. »

Mais son regard se voila de nouveau, et elle reperdit
connaissance. Suskind s'affaissa soudain, les coudes sur le
lit, la tête entre les mains. Bon sang ! qu'est-ce que rabbi

Futterman fabriquait ? Il devrait être là dans des situations pareilles. Qu'est-ce que lui, Suskind, pouvait bien en savoir ? Vieillir, c'est l'enfer ? Et la cinquantaine, alors ? Est-ce qu'elle s'imaginait que c'était une partie de plaisir ? Futterman pourrait lui dire quelque chose pour la réconforter — de sages paroles dignes d'un vieil oncle. Qu'est-ce qu'il avait d'autre à faire ? Jouer au golf ? Surveiller le cours de ses actions ? Suskind se redressa et tâcha de se reprendre. « Rabbi Futterman est passé te voir, aujourd'hui ? » demanda-t-il à sa mère.

Elle entrouvrit les yeux et le regarda à travers les fentes luisantes de ses paupières, sans que ne la quitte son sourire ironique.

« M'man, rabbi Futterman est passé, aujourd'hui ? répéta-t-il.

— Non, croassa-t-elle en secouant la tête avec irritation et en roulant les yeux comme si la question était manifestement absurde.

— Je l'ai vu ici il y a deux jours, lui apprit-il. Nous avons bavardé un peu. Il a l'air en pleine forme, compte tenu de son âge, j'entends. Il doit avoir plus de cent ans, non ? »

Elle secoua de nouveau la tête, puis ferma les yeux et s'endormit aussitôt.

Quand, plus tard au cours de la soirée, Suskind pénétra dans le hall de son immeuble, il aperçut Randy à moitié dissimulé dans l'ombre.

« Hé, vous croyez que mon idée pourrait marcher ? l'interpella le coursier.

— Ouais, je crois. En fait, je crois même que ça m'a évité de me faire virer. Non, non, je ne vous raconte pas de blagues. Je vous dois une fière chandelle, Randy.

— Waouh ! Vous me devez une fière chandelle ! s'exclama le jeune homme avec stupéfaction. Incroyable. Personne ne m'a jamais rien dû ! Dites, notre petite bande de chez Mercure, on fait une fête samedi soir. Ça vous tenterait ?

— Mon Dieu, je ne sais pas. Merci pour l'invitation, en tout cas, dit Suskind sur un ton de regret. Pour être franc, je ne sors pas beaucoup, et de toute façon, avec ma mère à l'hôpital...

— Ah ouais, c'est vrai. Comment elle va ?

— Pas très bien. À son âge... Quoi qu'il en soit, je pense que j'irai la voir et que je passerai quelques heures à son chevet. Vous savez ce que c'est... chaque fois que je la vois, je me dis que c'est peut-être la dernière fois. » Il ouvrit sa boîte aux lettres d'où il tira une petite pile de factures et de publicités pour des cartes de crédit.

« Ouais, ouais, je vois ce que vous voulez dire. Mais vous devriez quand même sortir de temps en temps, vous amuser un peu. Prendre un peu de bon temps, quoi. On fait des fêtes formidables, on s'éclate tous, c'est pas du baratin. Il nous manque un mec, et je pense que ça devrait être vous, le Type du Dessus.

— Il vous manque un mec ? s'étonna Suskind. Je... je ne sais pas. J'ai cinquante ans. Est-ce que je suis encore un "mec" ? Pour moi, un "mec', comme vous dites, il aurait plutôt dans les vingt-cinq ans. »

Randy sourit. « Vous êtes vraiment un marrant, vous. Un sacré rigolo. Allez, tâchez donc de venir. Ça vous fera du bien de vous amuser un peu. Vous me devez une fière chandelle, non ? Alors, samedi soir, huit heures. L'occasion de rencontrer tous les mecs de chez Mercure, les mecs qui feront la course, vous voyez ? »

Suskind haussa les sourcils. « Bon, laissez-moi le temps de réfléchir, d'accord ? Vous avez peut-être raison. Je devrais peut-être me détendre un peu. Je vais y penser.

— Vous pouvez juste passer, si vous voulez, c'est sans cérémonie. Tenez, et n'oubliez pas. » Randy griffonna une adresse sur un bout de papier plein de taches qu'il fourra entre les mains de Suskind avant de s'enfoncer dans la pénombre du hall.

7

Lorsque, le jeudi matin, Doug Escobar, Ellen Watanabe, Stuart Wisotsky et Arthur Wexler défilèrent dans son bureau afin de lui témoigner leur sympathie pour sa mère, Suskind, penché au-dessus d'une grande carte de San Francisco, était occupé à tracer en vue de son rendez-vous avec Temple l'un des itinéraires possibles de la course prévue pour le jour de l'inauguration. Le sourire aux lèvres, il s'appliquait à le marquer au feutre jaune. Celui-là partait de Battery East Road près de l'accès sud du Golden Gate Bridge, empruntait les routes étroites du Presidio qui semblaient tourner en rond comme un ivrogne avant de zigzaguer à travers la Marina, puis grimpait vers Pacific Heights, descendait par le quartier de Western Addition et remontait par Nob Hill pour déboucher devant la grande pelouse du musée en face de l'Embarcadero.

À l'entrée d'Escobar et des autres, Suskind sursauta et leva les yeux de la carte. Stuart Wisotsky se pencha comme pour le réconforter, puis il le pinça très fort à l'endroit sensible au-dessus du coude. Ses doigts s'enfoncèrent dans la chair comme les crocs d'un loup qui chercherait à arracher un morceau de viande pour le dévorer. « Pouvez-vous me décrire en dix mots maximum la douleur que vous ressentez ? demanda-t-il. Allez, je plaisantais. Quoique... ça fait un mal de chien, non ?

— Hé, les enfants, vous voyez ça ! s'écria Escobar. Il est en plein travail pour la grande course. N'est-ce pas, Elliot ? Eh bien, c'est formidable. Quelle preuve de conscience professionnelle ! alors que vous devriez être à l'hôpital au chevet de votre mère. Enfin, je présume que vous savez ce que vous faites. Vous devez être accablé de chagrin, et vous n'avez pas besoin de vous soucier de dire des choses sensées ou de sauver les apparences. Étant donné la situation, nous n'allons pas vous mettre la pression. Vous pouvez raconter tout ce qui vous passe par la tête et nous ne nous en formaliserons pas. »

Ellen Watanabe lui posa la main sur l'épaule, serra doucement et lui sourit, les yeux humides comme il convenait. « Elliot, je voulais juste vous dire que je pensais à vous et que j'étais de tout cœur avec vous, murmura-t-elle d'une voix tremblante. Je voudrais pouvoir vous aider davantage, ajouta-t-elle.

— C'est très gentil de votre part. À propos, vous savez, je vous ai vue l'autre jour à la télévision ! J'étais en train de dîner et je vous ai aperçue aux infos du soir, c'était pour une espèce de surboum à la Maison Blanche avec les boursiers de la fondation Rockefeller. Tous ces forts en thème. Tiens, des Rocke-forts on devrait les appeler. Vous saisissez, des Roqueforts ! »

Un nuage assombrit le visage de porcelaine d'Ellen.

« Waouh ! c'est marrant, ça ! Des Roqueforts. À se tordre, non ?

— Très amusant, en effet, dit-elle, les yeux secs à présent.

— Qu'est-ce que je vous disais ? Il raconte n'importe quoi. J'aurais préféré qu'il s'en dispense, mais que voulez-vous ? dit Escobar, ne s'adressant à personne en particulier. Mon Dieu, vous devez être réellement fou de chagrin. Bon, eh bien, continuez de faire du bon travail. Nous comptons sur vous, Elliot. Maintenant, il faut qu'on vous laisse, le boulot, toujours le boulot », conclut-il en tapotant la tête de Suskind.

Arthur Wexler s'attarda après le départ des autres.

« Je peux vous parler une minute ? demanda-t-il. C'est important.

— Bien sûr », répondit Suskind, les yeux écarquillés de surprise.

Il indiqua le fauteuil en face de son bureau. En onze ans, Wexler n'avait jamais échangé la moindre parole avec lui, pas même un simple bonjour — ni même un geste, ne serait-ce qu'un haussement de sourcils. Il faisait comme si Suskind n'existait pas, et ce dernier l'avait depuis longtemps catalogué comme l'un de ces génies silencieux du musée, l'un de ces spécialistes muets et solennels qui hantaient les couloirs brillamment éclairés, se cognaient les uns aux autres d'un air absent et flottaient dans un espace intellectuel plus profond et plus complexe qu'aucun langage ordinaire ne saurait l'exprimer.

C'est ce que Suskind avait toujours supposé, du moins jusqu'à maintenant. Wexler planta ses avant-bras sur le bureau et commença : « Je vais vous confier ce que j'ai sur le cœur. Ma femme m'a quitté il y a deux ans. Douze années de mariage envolées comme ça, d'un seul coup. » Il fit claquer ses doigts. « Elle est partie avec nos deux enfants, un garçon et une fille. La dernière fois que j'ai été les accueillir à l'aéroport, je brandissais une pancarte avec mon nom écrit dessus en gros parce que je craignais qu'ils ne me reconnaissent pas. Vous vous imaginez ? Un panneau publicitaire sur lequel j'avais écrit WEXLER en capitales ! C'est vrai, vous et moi, on ne se connaît pas, mais j'espère que je ne vous ennuie pas trop en vous racontant tout ça. Je me disais que vous comprendriez peut-être, avec votre mère et le reste. Je pensais que vous sauriez de quoi je parle. De toute façon, vous êtes juif, non ?

— Oui », répondit Suskind, puis il haussa les épaules et ajouta : « Enfin, plus ou moins. »

Il repensa à sa rencontre avec le rabbin Futterman au chevet de sa mère, à sa main noueuse et tavelée posée sur son épaule comme pour une bénédiction. Mais est-ce que ça comptait ? Un instant de paix et d'introspection, peut-être, mais rien de plus, ponctué par quelques marmonnements en hébreu auxquels il n'avait rien compris. Pour ce qu'il en savait, Futterman aurait très bien pu être en train de commander une pizza.

« Il me semblait bien, reprit Wexler. Moi aussi. Ça signifie quelque chose, non ?

— Je présume que oui. Je ne sais pas. Et vous ? »

Qu'est-ce que Wexler avait à l'esprit ? Est-ce qu'ils étaient censés échanger quelque signe secret de reconnaissance entre Juifs, engloutir un hareng à la crème, se mettre à *daven* ensemble au titre de la fraternité du ghetto ?

« Moi non plus, je ne sais pas. Je posais juste la question.

— Bof, ce n'est pas bien grave, dit Suskind.

— C'est terrible pour votre mère. J'ai perdu la mienne l'année dernière. Je m'y attendais, elle était malade depuis un moment, un cancer, mais j'ai bien cru mourir. Il a fallu que j'appelle mes enfants pour leur annoncer le décès de leur grand-mère. Mon Dieu, j'étais dans un état. Ils ont pleuré une demi-heure au téléphone.

— Moi, j'ai appelé mon fils l'autre soir, dit Suskind. Je voulais lui dire que sa grand-mère était mourante. Il n'était pas à la maison — il était au cinéma avec ses voyous de copains, probablement pour voir en douce un film porno. D'ailleurs, il n'y a plus que ça : le sexe et la violence. De toute façon, il ne m'a pas rappelé. Mon ex-femme a dû oublier de lui transmettre le message.

— Avec mon ex-femme, c'est pareil. Note-le, je lui répète tout le temps. Ce n'est pourtant pas difficile. Mais elle ne le fait jamais.

— Et ce n'est pas tout : il s'est mis à faucher dans les magasins. Mon fils, je veux dire. Il a quinze ans et à l'allure où vont les choses, avant vingt ans, il sera en prison.

— Demain, on aurait fêté nos quatorze ans de mariage.

— Nous, le mois dernier, ça aurait fait dix-sept ans. Je ne me souviens même pas à quoi ça ressemble d'être marié. C'est quelque chose, non ? J'ai foutu toute ma putain de vie en l'air ! » Suskind allait continuer, mais il s'interrompit soudain. À quoi jouaient-ils ? Ils faisaient un concours, ou quoi ?

Wexler se leva et poussa un long soupir. « Merci de m'avoir écouté, dit-il. Je me sens beaucoup mieux.

— Ah bon ? fit Suskind qui, lui, se serait senti plutôt plus mal.

— Ouais. Étonnant, non ? Je me demande pourquoi.

— Vous... vous voulez qu'on déjeune ensemble ? ou une autre fois, peut-être ? Qu'on parle encore un peu de tout ça ?

— Non, vous savez, en général je me contente de manger un yaourt dans mon bureau », répondit Wexler qui, les épaules voûtées, sortit à pas pesants du placard à balais de Suskind.

Temple Hodge était moins moche que sa voix ne l'aurait laissé croire. Suskind s'était imaginé un dragon de cent cinquante kilos qui se cinglait la cuisse avec une cravache, qui arborait de grandes bottes noires, un monocle, et dont le visage était couturé de cicatrices récoltées à la suite de duels à la Heidelberg. De fait, Temple était à peu près de son âge, assez massive, certes, mais ses chairs paraissaient plutôt fermes. Elle portait un gilet par-dessus un col roulé, une jupe en jean, et il n'y avait pas l'ombre d'une cravache en vue. Installée derrière un bureau où trônait un ordinateur doté d'un immense écran et flanqué d'un pupitre de commande sur lequel clignotaient un tas de lumières, elle accueillit Suskind d'un simple : « Asseyez-vous », tout en lui servant une tasse de café.

« Je vous ai apporté des cartes sur lesquelles j'ai tracé différents itinéraires pour que vous y jetiez un coup d'œil », dit-il, poussant vers elle une petite liasse de photocopies.

Elle étala devant elle les plans marqués au feutre jaune, puis les étudia un instant. « Ainsi, vous êtes l'un de ces tarés du musée ? demanda-t-elle. Quand j'étais à l'université, je suis sortie avec un type du département de physique. Ça a duré six mois et il n'a jamais été capable de trouver l'emplacement de sa braguette. Un soir, il a passé deux heures à essayer de dégrafer mon soutien-gorge, alors que je n'en portais pas.

139

— Moi, j'étais très mauvais en physique, affirma Suskind. Si, si, je vous assure. Je m'occupe juste de la publicité. Je ne suis pas un de ces génies. »

Temple leva les yeux et le dévisagea. « Non, en effet, je ne crois pas. Bon, vous désirez ma collaboration ? Très bien, je n'ai rien contre. Laissons ces petits cons s'entretuer si ça les amuse. Ils veulent faire la course à travers la ville avec des chicanes partout ? Eh bien, si c'est ça leur idée du plaisir, libre à eux. Seulement moi, je dirige une affaire, une entreprise de services, et si mes coursiers se retrouvent sur la touche parce qu'ils se sont cassé la figure, je ne peux pas fournir mes services et je ne suis pas payée. Et si je ne suis pas payée, j'arrache la tête du coupable à coups de dents. Vous pigez ?

— Oui, oui, parfaitement, acquiesça Suskind.

— Bon, alors voici les règles du jeu. Premièrement : pas de mêlée générale dans les virages au risque de provoquer des chutes. Je vous donne six coursiers : un par itinéraire, et ce n'est pas à discuter.

— Très bien.

— Ne dites pas "très bien" tant que je ne vous aurai pas dit de le dire. Deuxièmement : départ à huit heures pile. Troisièmement : arrivée, pas une seconde au-delà de onze heures. Voilà mes conditions. Je n'accepte aucune modification. Comme sur les menus, pas de changements. Vous vous avisez d'en réclamer un, je vous arrache la tête à coups de dents sur-le-champ.

— C'est tout ? Rien que ces trois conditions ? Et vous me laissez organiser une course avec six participants ? » Il avait envie de se pencher pour l'embrasser sur le front, mais il était sûr que, s'il esquissait un geste de ce genre, elle le mordrait avec toute la férocité d'un pitbull.

« Maintenant que vous m'y faites penser, une dernière chose. Randy m'a dit qu'il vous avait invité pour samedi soir ? » Elle le considéra, la tête inclinée, un sourcil haussé.

« Euh, oui, il m'en a parlé. Je lui ai expliqué qu'avec ma mère à...
— Soyez-y. C'est ma quatrième condition. Je l'avais oubliée. Donc, à moins que vous estimiez mes exigences déraisonnables, auquel cas... » Elle lui adressa un sourire qui dévoila de grandes dents blanches bien plantées.
« Non, non, pas du tout. »

Le soir à l'hôpital, Suskind laissa un bon moment sa mère sucer la minuscule éponge imbibée d'eau. Il savait qu'il ne devrait sans doute pas le faire (les infirmières l'avaient prévenu à plusieurs reprises que son mécanisme de déglutition ne fonctionnait pas correctement et que l'eau risquait de pénétrer dans ses poumons), mais elle avait une telle soif qu'il ne pouvait s'en empêcher. Elle avait les yeux fermés et, à part ses lèvres qui bougeaient faiblement, elle paraissait inerte, insensible. La couche de matière gluante qui couvrait sa bouche semblait animée d'une existence propre et, agissant avec précaution pour ne pas provoquer de saignements, il en enleva un peu. Les poils sur son menton avaient poussé. Il les fixa longuement pendant que sa mère continuait à téter l'éponge. Dans un jour ou deux, il pourrait peut-être la raser, ou demander à une infirmière de s'en charger. Il entendit le cliquetis d'un chariot dans le couloir, puis quelqu'un crier quelque chose du côté du bureau des infirmières — à moins que ce ne fût la télévision. Les derniers rayons du soleil d'un rouge-orange profond, plus profond que la teinte de l'urine de sa mère, pénétraient dans la chambre. La lumière dessinait un large andain sur les meubles en dessous des fenêtres, puis s'étalait sur le lino du plancher avant de remonter vers le couvre-lit blanc, jetant sur tout ce qu'elle touchait un camaïeu de terres d'ombre et de Sienne. Il constata avec étonnement que, plus il restait au chevet de sa mère et la regardait sucer son petit bout d'éponge, plus tout commençait à lui paraître ordinaire, normal presque : le bruit du chariot, les poils au menton de sa mère, le chahut du côté de chez les infirmières, la lueur dorée du coucher de soleil — qui sait s'il ne finirait pas par s'y habituer. Peut-être que toute sa vie allait désormais se dérouler ainsi.

Un peu plus tard — une demi-heure ou peut-être plus, il n'aurait su le dire, mais la lumière avait maintenant disparu et il se tenait dans le noir — une voix s'éleva depuis le pas de la porte : « Papa ? »

Il pivota et distingua une silhouette qui s'encadrait sur le seuil, soulignée par l'éclairage du couloir. « Nick ? fit-il. Mon Dieu, c'est toi ? »

Son fils s'avança. « Maman m'a dit que tu avais appelé. » Apparemment, faucher dans les magasins ne lui réussissait pas mal : il avait grandi, minci et il était même peut-être encore plus beau que la dernière fois où Suskind l'avait vu.

« Comment tu es venu de Walnut Creek ? » demanda-t-il, risquant un pas en avant vers Nick, comme s'il avait l'intention de le serrer dans ses bras. Puis il s'arrêta. Comme toujours en présence de son fils, il sentit sa gorge se nouer. Son père à lui avait-il éprouvé ce même mélange de terreur et d'amour à son égard quand il s'engageait dans l'allée après sa journée de travail ? Si c'était le cas, Suskind ne l'avait jamais remarqué.

« J'ai fait du stop, répondit Nick avec un grand sourire. Ça m'a pris toute la journée. C'était cool. J'ai séché les cours, mais c'est pour la bonne cause, hein ? C'est un type du Népal qui m'a pris.

— Ta mère sait que tu es ici ?

— Non. » Nick détourna le regard et se gratta la joue. « Je voulais lui dire et puis je ne l'ai pas fait. »

Suskind fronça les sourcils et inspira profondément. « Décidément, tu cherches les ennuis, mon vieux, dit-il enfin. Ta mère m'a mis au courant pour l'histoire de Tower Records.

— C'était un malentendu. » Nick secoua la tête et recula en direction de la porte. « C'est vrai, j'aurais dû te téléphoner d'abord. Je voulais juste passer dire bonjour à mamie, c'est tout. » Il la regarda dans la pénombre. « Oh là là, on dirait qu'elle va vraiment mal. Je n'aurais pas cru qu'elle aurait l'air si... si vieille. » Il lança un regard inquiet à son père. « Elle va se remettre ? »

Un souvenir lié à son propre père effleura l'esprit de Suskind. *Est-ce que j'ai une tête à le savoir ?* Il soupira. « Il est trop tôt pour le dire. C'est une femme âgée. Il arrive qu'on tombe malade et qu'on ne guérisse pas.

— Je sais.

— Assieds-toi une seconde, dit Suskind, tapotant le matelas d'un lit inoccupé. Viens, raconte-moi un peu ce que tu as sur le cœur. On appellera ta mère dans un instant pour lui dire que tu es là. Ensuite, je t'invite à dîner en bas. La cafétéria est tout à fait correcte.

— Merci, mais tu sais, papa, je voulais juste...

— Fais-le pour moi, s'il te plaît. » Sa voix s'était faite soudain grêle et fragile, pareille au son d'une coquille creuse. « Tu sais ce que ça représente pour moi que tu sois venu ? » Il se tut, comprenant qu'il serait incapable d'ajouter un mot. Nick s'installa sur une chaise près du lit, tandis que Suskind se laissait tomber dans un fauteuil à côté de la fenêtre, puis tous deux demeurèrent silencieux dans l'obscurité, les yeux fixés sur la poitrine de la vieille femme qui se soulevait avec effort.

Au bout de quelques minutes, Suskind se leva et sortit téléphoner à Brenda. « Oh, le petit salaud, dit-elle d'une voix baignée de larmes. Je me suis fait un sang d'encre, Elliot. Je le cherche partout depuis ce matin. Je vais lui arracher les yeux quand il va rentrer. Préviens-le qu'il a intérêt à faire attention, je n'en supporterai pas davantage de sa part. » Elle poussa un soupir qui ressemblait davantage à un sanglot. « Ça ne te dérangerait pas de le ramener ?

— Non, bien sûr que non. Mais ne l'attends pas. On va d'abord manger quelque chose ici.

— Je ne plaisante pas, Elliot, ce gosse est déjà allé trop loin. »

Suskind vit briller une faible lueur d'espoir tout au fond du tunnel. « Tu sais, dit-il, je pourrais peut-être le prendre quelque temps, juste pour une période d'essai. Il grandit, il est à un âge difficile. Moi, à quinze ans, j'ai cessé de parler à mes parents pendant six mois. Je ne me souviens même plus pourquoi. Je les ai entendus un soir dans la cuisine, alors que j'étais censé être monté me coucher. Ils discutaient, installés à la table, et ma mère pleurait. "Qu'est-ce qu'on a fait pour ça ?" elle a demandé. Je les rendais fous.

— Il tient ça de toi, c'est ce que tu veux dire ?

— Naturellement qu'il tient ça de moi. Plus sérieusement, ce que je veux dire, c'est qu'il a peut-être besoin d'un modèle masculin, d'une figure d'autorité, tu vois. Un homme, quoi.

— Parce que toi, tu es une figure d'autorité ? » fit Brenda avec sarcasme. Elle marqua une pause, puis reprit : « Bon, je vais y réfléchir. On en reparlera la semaine prochaine. On arrivera peut-être à s'arranger, mais il faudra que Nick soit d'accord. Et puis que ça ne pose pas de problèmes du côté du lycée et tout le reste. Il passe par une drôle de période. »

Quand il revint dans la chambre, il trouva Nick endormi sur sa chaise, la tête penchée, la bouche entrouverte. La lumière du couloir tombait sur le clou qu'il avait dans le nez et le faisait étinceler comme un minuscule diamant. Suskind contempla longuement son fils. Était-ce là le visage d'un voleur à l'étalage ? Oui, sans aucun doute — il avait regardé les infos du soir depuis trop d'années pour entretenir encore des illusions sur des choses de ce genre. Mais au diable les infos ! quel rapport avec tout ça ? C'était son fils, l'adorable bambin qu'il avait porté dans ses bras. Il se rappela un épisode intervenu quand Nick avait presque sept ans : le père et le fils étaient réunis pour l'un des rares week-ends empreints de tristesse qu'ils passaient ensemble, et Nick avait amené son meilleur copain de l'époque, un petit garçon très remuant du nom de Josh, cheveux bouclés, jambes arquées et sous-alimenté, le fils d'une femme qui buvait. C'était bientôt l'anniversaire de Nick, aussi Suskind emmena les deux enfants déjeuner au Burger King, puis dans un magasin *Toys R Us* situé dans un centre commercial de Lafayette où il donna vingt dollars à son fils. « Achète ce dont tu as vraiment envie, lui dit-il. Tu n'as qu'un anniversaire par an. Je vous attends dehors, à côté des bancs. Prends tout ton temps. » Les deux garçons partirent en quête du jouet parfait. Une demi-heure plus tard, ils ressortaient, radieux, tenant chacun un gros paquet. Dans la voiture, ils déballèrent fièrement leurs acquisitions : deux panoplies du Rayon de la Mort Zarkon, les modèles de luxe avec bretelles détachables, lance-grenades Hellotron, lunettes à infrarouge et réserves de munitions.

Le soir au moment du coucher, répondant à une question de Suskind, Nick se tourna vers lui d'un air endormi, se frotta les yeux et expliqua : « Tu m'as donné vingt dollars, c'était assez pour en acheter deux. Alors, j'en ai pris une aussi pour Josh. Tu sais, papa, ça n'aurait pas été amusant si j'en avais eu une et pas lui. » Il avait une voix douce et patiente, une expression si solennelle, un regard si confiant — image qui resterait pour toujours gravée dans la mémoire de Suskind. *J'en ai pris une aussi pour Josh. Tu sais, papa, ça n'aurait pas été amusant si j'en avais eu une et pas lui.* Suskind n'avait pas beaucoup de souvenirs datant de l'enfance de Nick — et comment aurait-il pu en avoir, puisqu'elle s'était déroulée presque entièrement sans lui ? —, mais celui-là, il ne l'oublierait jamais. Il lui était impossible de croire que son fils était devenu un mauvais garçon. Cet enfant-là ? Son enfant chéri à la voix de miel ?

Il laissa Nick dormir une demi-heure, puis il le poussa du coude pour le réveiller, et ils descendirent à la cafétéria manger d'infects hamburgers. Après quoi, il raccompagna l'adolescent en voiture. La circulation sur le Bay Bridge était fluide et ils effectuèrent le trajet à travers la nuit veloutée et scintillante en à peine une trentaine de minutes. Comme

145

ils approchaient de l'immeuble où il habitait, Nick se tourna vers son père : « N'oublie pas de dire à mamie que je suis venu la voir. Quand elle se réveillera, je veux dire. D'accord ? Dis-lui bonjour de ma part. Et puis dis-lui que je reviendrai la voir dès que je pourrai.

— D'accord. Et moi, je voudrais te demander de faire quelque chose pour moi. En rentrant, embrasse ta mère et excuse-toi de l'avoir rendue malade d'inquiétude. Promets-lui que tu ne referas jamais une chose comme ça.

— Une chose comme quoi ? lança Nick, exaspéré.

— Que tu ne le referas jamais, c'est tout, insista Suskind. Et peut-être qu'avec un peu de chance, tu échapperas au châtiment suprême. »

Nick fronça les sourcils et roula les yeux. « J'avais l'intention de l'appeler, je te jure. Je voulais juste…

— Je sais, fit Suskind. Allez, bonne nuit, mon fils. Dors bien. »

Nick descendit, se tint un instant sur le trottoir et agita la main. Suskind attendit qu'il soit rentré, puis il fit demi-tour au rond-point au bout de la rue en impasse et reprit le chemin de la ville. La nuit était claire et douce. Il ouvrit sa vitre et offrit son visage à la brise odorante.

8

Le lendemain matin, Suskind arriva à l'hôpital dès six heures et il resta assis, immobile comme un bloc de pierre, le regard fixe, hypnotisé par la poitrine de sa mère qui se soulevait avec difficulté, cela pendant une heure et demie, jusqu'à l'entrée du Dr. Agron et de sa horde d'internes épuisés qui avaient l'air de somnambules. Suskind leva les yeux sur eux, hébété, comme s'il se réveillait d'un rêve. Ils étudièrent l'un après l'autre le dossier de la malade, firent la moue, émirent des bruits de langue incohérents, puis se massèrent en cercle autour du lit et, rapprochant leurs têtes, conférèrent plusieurs minutes entre eux dans un jargon que Suskind n'avait aucune chance de comprendre. Après quoi, ils tournèrent les talons et se précipitèrent vers la porte, le gratifiant chacun au passage d'une tape dans le dos. Agron s'arrêta sur le seuil, et sa bosse parut luire dans la lumière du petit matin. « Dieu m'est témoin que son état n'est pas brillant, dit-il avec un soupir. C'est une brave femme, votre mère. Nous nous connaissons depuis longtemps. Elle a toujours été futée. Pas question de faire prendre des vessies pour des lanternes à Miriam Suskind. » Il secoua la tête, haussa les épaules, puis s'en alla, si bien que Suskind se laissa retomber dans son fauteuil avec lassitude.

À dix heures, il sortit se passer de l'eau sur la figure aux toilettes. Il ne s'était pas absenté plus de deux minutes, mais quand il revint, sa mère était morte. Il demeura planté à côté du lit, retenant son souffle, les yeux rivés sur la poitrine de la vieille femme, comme s'il s'attendait à la voir de nouveau se soulever laborieusement. Il cessa de respirer jusqu'à ce qu'il eût les poumons en feu, puis il aspira une grande goulée d'air, contempla ainsi sa mère durant deux autres minutes, puis cinq — et sa poitrine ne bougeait toujours pas. Petit à petit, la vérité se fit jour en lui, pesante comme une lourde enclume. C'était fini. Il comprit soudain que, aussi horribles qu'eussent été les jours passés à son chevet à la regarder lutter pour respirer alors qu'elle était dans un si triste état, masse de chair agonisante, muette et édentée, dépouillée de toute pudeur, venir dans cette chambre sinistre qui sentait le moisi allait lui manquer, de même qu'allaient lui manquer le sombre garage en sous-sol de l'hôpital, les babioles ridicules en vente à la boutique de cadeaux, la nourriture infecte de la cafétéria, jusqu'au docteur Agron et sa troupe d'étudiants martyrs. Désormais, il n'imbiberait plus de petites éponges pour les donner à sucer à sa mère, il n'enlèverait plus avec tant de précautions le dépôt visqueux sur ses lèvres, il n'écarterait plus les mèches de cheveux collées sur son front, il ne lui murmu-

rerait plus de paroles d'encouragement. Tout cela allait
terriblement lui manquer. Maintenant, il ne pouvait plus
rien faire pour elle. Voudrait-il revenir demain et la veiller
un jour encore, la regarder approcher de la mort inéluc-
table, la respiration de plus en plus difficile, qu'il ne le
pourrait pas.

Que faire à présent des heures de la journée qui restaient ?

Il prit sa main dans la sienne. Elle était encore chaude,
bien que, petit à petit, il la sentit devenir moite à mesure
que le froid gagnait ses doigts comme si elle enfilait lentement des gants de soie glacés. Elle avait les yeux qui
s'étaient profondément enfoncés dans leurs orbites. L'un
était entrouvert, mais Suskind ne pouvait se résoudre à le
toucher. Ce n'était pas sa mère. Sa mère était partie. De
fait, elle était partie depuis un moment déjà. Ce qui était
couché dans ce lit, ce qu'il avait veillé, ce n'était que l'enveloppe cireuse qu'on sera tous un jour, les vestiges d'organes
et le squelette friable, les débris d'une existence.

Il se leva et alla s'adosser au montant de la porte. Il
devrait appeler une infirmière, quelqu'un. D'habitude, il
y avait toujours un véritable défilé dans le couloir — garçons de salle, infirmières, internes, aides-soignantes, labo-
rantins, aumôniers, kinésithérapeutes, parents et malades
qu'on obligeait à marcher, traînant leur goutte-à-goutte
avec eux. Mais là, personne. Il avait l'impression que
l'hôpital était désert. Il resta un long moment à contempler d'un air absent le couloir silencieux, incapable de
décider quoi faire, quand soudain il sursauta au bruit
d'une page qu'on tournait derrière lui. Il pivota d'un bloc
et vit rabbi Futterman qui priait à côté du lit de sa mère
en se balançant sur les talons. Il portait un immense châle
de prière sous lequel il disparaissait entièrement, de sorte
qu'on ne distinguait plus qu'un feutre noir trop petit
d'une taille perché en équilibre sur le sommet de son
crâne. Il pleurait en priant.

Il y avait des papiers à remplir — diverses autorisations, dispenses et déclarations — sur lesquels Suskind apposa consciencieusement sa signature aux endroits indiqués. Entre-temps, d'une cabine téléphonique située à côté du bureau des infirmières, rabbi Futterman appela la synagogue Mandelbaum située sur Geary afin d'organiser les obsèques. Ensuite, il appela le *Chronicle* pour dicter l'avis de décès qui paraîtrait dans le journal du lendemain. Suskind, installé tout près devant sa pile de documents à signer, écoutait d'une oreille la conversation du rabbin. Que Futterman soit capable de se concentrer sur de telles tâches à un moment pareil ne laissait pas de l'émerveiller. Quel drôle de petit bonhomme — débarquer comme ça, au moment précis où l'on avait besoin de lui, avec ses habits et son attirail de deuil, prêt à bondir sur la scène, à prier, à se balancer et à pleurer avec l'énergie contenue d'un homme deux fois plus jeune.

Selon la coutume juive, l'enterrement devait avoir lieu dans les plus brefs délais, mais on était vendredi — le shabbat commencerait au coucher du soleil, et la loi juive interdisait qu'on enterre les morts pendant *shabbes*. Les funérailles furent donc fixées à dimanche treize heures au cimetière Emek Israel à Colma. « Je m'occupe de tout, dit rabbi Futterman en tapotant l'épaule de Suskind tandis qu'il le guidait vers l'ascenseur. Je suis là pour ça. Rentre chez toi, repose-toi, appelle ta femme, ton fils. Prends une douche, fais une petite sieste et, crois-moi, après tu te sentiras mieux. »

Suskind effectua le trajet jusque chez lui comme dans un brouillard, et une fois la porte de son appartement refermée derrière lui, il s'avisa que quelque chose clochait, aussi, avant de donner le moindre coup de téléphone, il entreprit de remettre de l'ordre. Il réorganisa le contenu de son réfrigérateur, rangeant les bouteilles, les pots et les cartons par tailles, séparant les fruits et les légumes en tas bien nets. Il sortit tout ce qu'il y avait sous l'évier et enleva les toiles d'araignée autour du siphon et des tuyaux. Il lava la poubelle et l'essuya soigneusement avec des serviettes en papier. Remarquant une couche de crasse sur l'appui de la fenêtre de la cuisine, il l'attaqua à l'Ajax et au tampon métallique, puis il fit le tour des pièces et infligea le même traitement à toutes les fenêtres. Après quoi, il nettoya la baignoire et frotta le sol de la salle de bains. Il ne se souvenait pas de l'avoir déjà fait. Il n'avait jamais réellement noté que le carrelage de la salle de bains était blanc.

Il passa ensuite au living où il classa tout par ordre alphabétique : ses livres, ses disques noirs, ses cassettes et ses compacts. Puis il entra dans sa chambre avec l'intention de ranger ses vêtements par couleurs, mais ses genoux cédèrent brusquement sous lui à la vue de son lit, et il s'effondra dessus. Quelques instants plus tard, il dormait.

Quand il se réveilla, l'appartement était plongé dans le noir. Son réveil indiquait 23 h 30, bien trop tard pour appeler qui que ce soit, mais Suskind se refusa à en tenir compte. Brenda répondit à la quatrième sonnerie. Elle avait la voix épaisse.

« Ça me fait beaucoup de peine, dit-elle après qu'il lui eut annoncé la nouvelle. Je suis sincère, Elliot. Ta mère a toujours été gentille avec moi. Même quand elle était en colère. Je l'aimais bien — je l'ai toujours bien aimée. C'était quelqu'un ! Je l'admirais, aussi.

— Je t'ai réveillée ? demanda-t-il. On dirait que tu es fatiguée.

— Non, non, mais excuse-moi, il faut absolument que je te laisse. Nick n'est pas encore rentré. Je le lui dirai, d'accord ?

— Je t'ai appelée à un mauvais moment ?

— Plus ou moins. Je ne suis pas seule. Excuse-moi, Elliot, répéta-t-elle. Tu t'en remettras, j'en suis persuadée. On parlera de Nick à l'enterrement, okay ? Je te verrai dimanche. »

À huit heures le lendemain soir, Suskind se tenait devant une fabrique de futons désaffectée, un bâtiment tout en briques et verre de deux étages situé au fond d'une ruelle entre les Sixième et Septième Avenues à quelques rues au sud de Market Street. Il tira de sa poche le bout de papier crasseux que lui avait donné Randy et vérifia l'adresse, puis il haussa les épaules et soupira. Le crépuscule avait fait petit à petit place à la nuit, et l'air avait fraîchi. Bon, il n'allait faire que passer. *Bonsoir, comment ça va, très gentil de votre part de m'avoir invité, mais ma mère vient juste de mourir, oh là là, vous avez vu l'heure, il faut que je me sauve.* Ils comprendraient. Temple Hodge elle-même comprendrait.

D'ailleurs, n'importe qui comprendrait. Par contre, ce qui était un peu plus difficile à comprendre, c'est ce qu'il fichait là. Il n'aurait jamais dû sortir un soir pareil. La mort de sa mère remontait à peine à trente-six heures — on ne l'avait même pas encore mise en terre — et lui, il était déjà prêt à aller faire la fête, alors qu'il aurait dû être à la synagogue, les genoux fléchis cependant qu'il s'efforcerait de dire le *kaddish* en compagnie des amis et de la famille. Ou mieux, il aurait dû être chez lui, assis par terre, portant le sac et la cendre, à gémir, à déchirer ses vêtements, à refuser de boire et de manger.

D'un autre côté, sa mère était morte et on n'y pouvait plus rien. Resterait-il chez lui qu'elle ne ressusciterait pas pour autant. Si elle était encore en vie, elle ne lui reprocherait pas de s'amuser un peu. En outre, Temple lui avait pratiquement ordonné de venir. N'avait-elle pas parlé de lui arracher la tête à coups de dents ? Il avait eu l'occasion de voir ses incisives, et il savait qu'elle n'hésiterait pas à mettre sa menace à exécution.

Si seulement il pouvait être déjà à lundi ou, en attendant, oublier un instant son chagrin, siroter un verre de vin et se comporter l'espace d'une heure ou deux — ou même de trois quarts d'heure — comme si rien ne s'était passé, et puis, après l'enterrement de demain, ce serait le jour de l'inauguration de l'exposition — il regarderait les coureurs débouler sur l'Embarcadero et sprinter vers la ligne d'arrivée, la foule applaudirait, après quoi, il pourrait enfin aller se réfugier quelque part pour lacérer ses vêtements, tous ses vêtements, jusqu'à ce qu'il n'en reste plus qu'un tas de lambeaux.

La porte était entrebâillée. Il entra, aussitôt assailli par une odeur d'urine, puis il s'engagea dans le large escalier en direction d'un murmure de conversations venant d'en haut. Comme il atteignait le premier étage, Randy apparut sur le palier du second baignant dans une lumière trouble. « Hé ! mais voilà le Type du Dessus ! » s'écria-t-il en se penchant. Sa voix résonna dans la cage d'escalier. « Vous êtes venu, montez, mon vieux. La fête a commencé et ça va bientôt être le clou du spectacle. »

Suskind grimpa plus vite. On ne voyait pas grand-chose et c'est seulement arrivé presque en haut qu'il put mieux distinguer Randy. Celui-ci était complètement nu.

Non, pas complètement, en fait. Tout un enchevêtrement de tatouages élaborés lui couvrait le torse, tel un body à motif cachemire, et il avait autour du pénis, maintenu par une lanière nouée autour de la taille, un étui brodé évoquant un petit couvre-théière. « Salut, le Type du Dessus, l'accueillit-il, impassible, cependant que Suskind franchissait les dernières marches. C'est le grand show du samedi soir.

— Euh, Randy, je... je peux vous parler un instant ?

— Bien sûr, mec. Entrez, entrez. »

Il attira Suskind à l'intérieur et referma derrière eux la porte branlante qui donnait sur une vaste pièce faiblement éclairée. Dans un coin se dressait un lit à baldaquin recouvert de draps à fleurs. Il n'y avait pas d'autres meubles. Suskind compta une douzaine de personnes — hommes et femmes, la plupart jeunes, minces et presque entièrement nus. Dans un autre coin, une flûte de champagne à la main,

Temple Hodge l'attendait, les yeux plissés par un sourire. Dieu merci, elle était vêtue d'un poncho, encore qu'il fût évident qu'elle n'avait rien en dessous.

« Oh, mon Dieu », murmura Suskind. À cinquante ans, il n'était plus très frais. S'il n'y avait eu que sa bedaine, ça aurait encore pu aller, mais depuis peu, son cul avait commencé de s'épanouir, étalant ses ailes comme pour prendre son envol, sans compter que des seins naissants lui avaient poussé. « Randy, fit-il à voix basse, il faut que je vous dise quelque chose. Ma mère est morte hier, et je devrais être à la maison. L'enterrement a lieu demain. Je suis juste passé dire bonjour.

— C'est terrible, ça. Je vous présente toutes mes condoléances, mon vieux. Vous devez être triste.

— Oui, bien sûr. Vous savez, je pensais ne rester qu'un instant, faire une courte apparition, dit Suskind, tandis que la sueur lui dégoulinait dans les yeux. En plus, il y a la course de lundi. J'ai l'impression que tout me tombe dessus en même temps, alors vous comprenez, je ne crois pas que ce soit le moment de faire ça, vous voyez ce que je veux dire ? continua-t-il d'une voix suppliante. Si j'avais su que c'était ce genre de... de fête... pendant que ma mère agonisait et tout le reste, vous comprenez ? C'est... c'est une orgie, non ? » Il n'avait jamais participé à ce genre de réjouissances. Au collège, il avait bien joué quelquefois à la danse du tapis, mais c'était tout.

« Une orgie ? Quelle orgie ? s'étonna Randy d'un air candide. On se réunit simplement pour s'amuser un peu. Faut pas en faire tout un plat. Allez, venez, on est associés ou pas ? Lundi, c'est la grande course ! Waouh ! je meurs d'impatience — j'ai tout organisé avec le Sournois, la Fessée, la Grosse Noix, le Vieux Con et le Rat — on est déjà sur la ligne de départ. Temple aussi est tout excitée. Je crois qu'elle vous aime bien, mon vieux, chuchota-t-il à l'oreille de Suskind. Je n'aurais jamais imaginé qu'elle pouvait aimer quelqu'un. Allez, venez. Bon, c'est moche pour votre mère, mais vous devriez peut-être vous décoincer un peu. Vous amuser. »

Suskind prit deux profondes inspirations. Qu'est-ce qu'il ferait en ce moment s'il était enfermé chez lui ? Pleurer ? Probablement pas. Il y avait sur TNT une rétrospective des films de Rory Calhoun *(Rivière sans retour, Le Fouet d'argent, Quatre tueurs et une fille)* et il serait sans doute scotché devant la télé à engloutir des poignées entières de pop-corn et à s'apitoyer sur lui-même. *Et puis zut,* se dit-il. *Elle est morte et maintenant elle s'en moque. Rester me morfondre à la maison ne la fera pas revenir.* Ainsi, avec un soupir, il céda et entreprit de défaire sa ceinture. Après quoi, il sautilla sur place un instant afin de se débarrasser de ses chaussures et de ses chaussettes pour se retrouver en caleçon. Il demeura planté devant ses vêtements en tas, le pouce glissé dans l'élastique de son caleçon, hésitant. Il sentait les yeux froids de Temple Hodge le parcourir des pieds à la tête, et il parvint à lancer un pâle sourire dans sa direction. Son cœur battait à tout rompre dans sa poitrine, comme s'il cherchait en vain à s'en échapper.

« Tenez, mon vieux », dit Randy, lui tendant une espèce de cache-sexe en argent étincelant. Suskind baissa son caleçon et l'enjamba, puis il se hâta d'enfiler le cache-sexe et de nouer la lanière grotesque sous sa brioche. *Eh merde,* songea-t-il. *Me voilà bien !* Il avait le sentiment d'avoir découvert un deuxième sous-sol sous le premier où était cantonnée sa vie.

Temple s'approcha avec une grâce surprenante pour une femme de son gabarit. « Je suis contente que vous ayez décidé de rester, ronronna-t-elle. Personne n'apprécie les rabat-joie. » Elle lui présenta une paire de menottes. « Bienvenue au club, Bel Étalon. Ce soir, vous êtes celui qui enchaîne. »

Bel Étalon ? Suskind déglutit péniblement. Les menottes étaient lourdes, faites en acier forgé bien réel. Il se tourna vers Randy. « Hé, souffla-t-il. Hé, Randy ! Je peux vous dire un mot ?

— Pas maintenant, mon vieux. » Le jeune homme avait les yeux qui brillaient. Il se passa la main dans ses dreadlocks.

« Les menottes sont vraiment indispensables ? demanda Suskind d'une voix pressante.

— Du calme, tout le monde ici est adulte et consentant, répliqua Randy. Relax.

— Ouais, mais des menottes...

— Elle l'exige.

— Qui, elle ?

— Melanie. Elle est mûre, mon vieux. Elle est embarquée dans un trip dingue. C'est sa soirée. Mardi, c'est son anniversaire, alors elle a le droit de choisir son fantasme. Et son truc, c'est le viol.

— Le viol ? » Suskind laissa tomber les menottes qui ratèrent de peu ses orteils. « Oh non. Non, merci, pas question. Le viol ne fait pas partie de mon répertoire. En aucun cas.

— Peut-être, mais c'est son trip à elle, mon vieux. Elle y tient. Je ne plaisante pas. »

Trois autres types, des menottes à la main, se tenaient non loin. Ils considérèrent un instant Suskind, puis échangèrent un regard. Musclés, le corps ferme, incroyablement minces, ils semblaient à peu près du même âge que Randy. L'un avait les mamelons percés de grosses épingles métalliques, un autre, la phrase *Les vrais Américains roulent en voiture américaine* tatouée sur le ventre. Leurs étuis péniens formaient une grosse bosse. Suskind avait la conviction que le sien paraissait bien insignifiant en comparaison. « Alors, pépé, on y va ou pas ? demanda l'un d'eux.

— Il y a un problème ? » intervint Temple. Elle avait ôté son poncho et s'avançait tranquillement, tenant dans ses mains en coupe ses seins impressionnants qu'elle braquait sur Suskind comme deux torpilles chargées. Ils avaient l'air sur le point d'exploser.

« Je ne sais pas. Je... je... j'y vais, je crois. » Suskind avait eu une fraction de seconde le sentiment irrationnel que s'il refusait, Temple allait faire feu et le réduire en un monceau

de cendres fumantes. Il ramassa ses menottes et les entre-
choqua sans grande conviction. « En avant ! s'écria-t-il,
faisant le bravache.

— Bon, alors allons-y, dit l'un des trois autres d'une voix
déterminée. Menottes, prêtes ! »

Une porte s'ouvrit et deux hommes entrèrent, portant
comme s'il s'agissait d'un cercueil une femme toute menue
qu'ils jetèrent sur le lit à baldaquin. Les ressorts du sommier
grincèrent cependant qu'elle rebondissait sur le matelas.
Elle avait un visage ordinaire à la peau très pâle où tranchait
une large bouche soulignée d'un rouge à lèvres vermillon
qui s'était un peu étalé. Elle était vêtue d'une chemise de
nuit blanche jaunie. Suskind l'étudia pour tenter de voir si
elle prenait réellement plaisir à cette mise en scène, mais
elle avait les yeux fermés et son expression impassible ne
trahissait rien. Les autres lui passèrent les menottes autour
des chevilles et d'un poignet, et Suskind voulut les imiter,
mais à peine le métal froid de ses menottes avait-il effleuré
le poignet gauche de la jeune femme qu'elle ouvrit soudain
les yeux et se mit à hurler. Elle avait une voix forte de chan-
teuse d'opéra qui montait et descendait en espèces de cris
mélodieux avant de s'éteindre le temps qu'elle reprenne
son souffle. Suskind se recula à tâtons, tenant les menottes
devant lui comme une offrande, mais les hurlements ne cessèrent pas pour autant. Un des hommes, rouge d'indignation, lui arracha les menottes des mains et acheva le travail
en un clin d'œil.

Les autres invités entrèrent alors en lice et, en quelques
secondes, ils eurent réduit la chemise de nuit en charpie.
Étendue sur le lit, bras et jambes écartés, la jeune femme
se débattait sans arrêter de crier. Ses seins se soulevaient,
son ventre ondulait et ses cuisses douces creusées de fossettes tressautaient comme si elle venait d'être frappée par la
foudre. Suskind, les paumes moites, regardait. Malgré lui,
son sexe commença à s'ajuster à son ridicule manchon.
Oh non, mon Dieu, pas ça ! Une érection maintenant ?

C'était pire que la fois où, en cinquième, il s'était mis à bander avant d'aller au tableau pour parler devant toute la classe des principales exportations de la Bolivie ! Qu'est-ce que cela lui apprenait sur lui-même ? De quelle perversion souffrait-il ?

Tout le monde participait à présent, mordillant les orteils de la jeune femme, grimpant les uns sur les autres pour la téter, lui lécher les seins. Temple Hodge, debout près de la porte, marquait le rythme sur un tambour et scandait : « Hey-ya, hey-ya, hey-ya. » Ce qui rappela à Suskind les rites stupides auxquels il avait dû se prêter chez les scouts : taper sur des tam-tam, chanter des paroles sans queue ni tête et danser autour d'un feu de camp à moitié à poil pendant que les moustiques lui dévoraient les mollets. Maintenant qu'il y réfléchissait, il trouvait que Temple Hodge ressemblait à Mr. Tillinghast, son ancien chef scout qui avait les plus gros seins qu'il eût jamais vu chez un homme. Bon, mais ce n'était pas le moment de penser aux seins de Mr. Tillinghast, car, couvrant les battements du tambour et les incantations de Temple, les cris de la victime se faisaient de plus en plus forts. Ses yeux avaient roulé dans leurs orbites et Suskind crut bien lui voir de l'écume aux lèvres.

Ce fut ce qui le décida. *Là, c'est trop,* se dit-il. Bon, d'accord, il avait eu un début d'érection une minute auparavant — il l'avouait. Certes, sa mère venait de mourir, et au lieu de rester chez lui à la pleurer, ou d'aller à la synagogue dire le *kaddish* pour elle, il s'était rendu à cette ridicule party où il avait ôté tous ses vêtements et menotté une pauvre innocente à un lit à baldaquin pour que des inconnus puissent la lécher partout. Mais là, c'en était vraiment trop. Qui que soit cette jeune femme, elle avait un père et une mère, une sœur peut-être. Bon Dieu ! elle avait peut-être même un enfant !

Aussi, sans plus réfléchir, Suskind sauta sur le lit avec un grognement et se dressa sur le mince matelas, les pieds de part et d'autre de la fille, oscillant comme un youyou ballotté

sur les vagues du large. Comme il s'efforçait d'assurer son
équilibre, il sentit son ventre se balancer en accompagnant
le mouvement de ses jambes. « Bon, la rigolade est terminée ! s'écria-t-il. Le prochain qui la touche devra me passer
sur le corps ! »

Il y eut un moment de silence, puis Temple Hodge lâcha
son tambour et s'approcha du lit. « Pas de problème », dit-
elle, l'air très mécontent. Elle prit son élan et lui envoya son
poing dans la figure.

Un seul coup suffit. Suskind tomba du lit et glissa sur le
plancher. Une violente douleur lui traversa la cage thora-
cique et son cerveau ricocha contre sa boîte crânienne
comme une bille de flipper. Il se réfugia dans un coin et
secoua la tête pour la débarrasser des toiles d'araignée qui
lui emprisonnaient les idées. Il n'entendait plus un bruit,
hormis celui du sang qui battait quelque part derrière ses
yeux. La jeune femme étendue sur le lit le considérait avec
un mélange d'ennui et de ressentiment. Hébété, il la
regarda à son tour. « Ça va, vous n'avez rien, madame ?
croassa-t-il.

— Pauvre connard, répliqua-t-elle. Qui est-ce qui a invité
cet abruti ? »

Suskind se mordit la lèvre et baissa la tête. Il sentait que
son œil droit commençait à enfler.

« Tu me déçois, petit homme, dit alors Temple. Je croyais
que je t'aimais bien, mais je me suis trompée. Ce qui ne
m'arrive presque jamais. J'aurais dû m'en douter. Vous, les
tarés de scientifiques, vous êtes tous pareils. La prochaine
fois que je te trouve sur mon chemin, je t'écrase comme un
vulgaire chien.

— Bon, fit Suskind, se relevant lourdement. Je reconnais
que je viens de faire une erreur. Mais c'est réparable, non ?
On peut reprendre où on en était restés, faire comme si
rien ne s'était passé, non ?

— Dehors ! se contenta de lui ordonner Temple. Et tout
de suite ! »

Elle désigna la porte d'un doigt impérieux et demeura figée dans cette posture jusqu'à ce que Suskind, tout penaud, eût fini de ramasser ses vêtements. Parvenu sur le seuil, il se retourna dans l'espoir d'attirer l'attention de Randy, mais il ne vit que Temple Hodge, nue comme la main — sculpturale, souveraine, le buste imposant — le doigt toujours pointé, tel l'archange aux portes du Paradis.

9

Ce fut un bel office funèbre. La chapelle de Mandelbaum était bondée. Un chantre, un jeune homme que Suskind ne connaissait pas, chanta d'une voix riche de baryton. Dans son oraison funèbre, le rabbin Futterman dit tout ce qu'il y avait à dire sur Miriam Suskind, et de telle manière que chacun pleura. Il évoqua son enfance dans le Bronx, son mariage avec le père de Suskind, leur installation sur la côte Ouest, son travail au sein du Hadassah, sa force de caractère, son courage. Le cercueil en bois de pin tout simple était placé devant, sur une sorte d'estrade, et Suskind ne parvenait pas à en détacher son regard. Il lui semblait petit, pareil à un cercueil d'enfant peut-être — trop petit pour quelqu'un ayant vécu jusqu'à l'âge de quatre-vingt-trois ans. Il n'y avait pas la place pour toute la richesse de son existence à l'intérieur de cette boîte minuscule. Elle devait être ailleurs, songeait-il, dans cet endroit où vont les vies bien remplies, dans cet endroit où elles flottent, libérées de la chair et du sang.

À la demande de Suskind, Brenda et Nick avaient pris place à côté de lui, au premier rang. Son ex-femme avait commencé par hésiter, ensuite elle avait demandé : « Juste par curiosité, où as-tu récolté cet œil au beurre noir ? » et quand, pour seule réponse, il se contenta de hausser les épaules et de secouer la tête d'un air las, il vit ses lèvres se pincer, aussi détourna-t-il le regard. « Comme tu voudras, reprit-elle alors. Ne me le dis pas, ça m'est égal.

— C'est arrivé hier soir. Une histoire ridicule. Ce n'est rien, dit-il, sans toutefois la regarder en face.

— Tu t'es battu, papa ? demanda Nick.

— C'était un simple malentendu, rien de plus. » Suskind entoura de ses bras les épaules de Brenda et de Nick, puis les serra contre lui. Il sentit le parfum de Brenda — se pourrait-il que ce soit le même que celui qu'elle utilisait quand ils étaient encore ensemble ? « Écoutez moi, tous les deux, je voudrais qu'on oublie hier soir, d'accord ? Il ne s'est rien passé. Est-ce qu'on ne pourrait pas redevenir une famille aujourd'hui ? Simplement pour quelques heures ? Je vous assure que j'en ai besoin, réellement besoin. »

Après l'office, ils montèrent tous les trois dans l'une des limousines de Mandelbaum qui prit la tête d'un long cortège et ils traversèrent la ville au milieu de la circulation habituelle jusqu'à Colma où, sous un beau ciel bleu, on descendit dans la tombe le cercueil de Miriam Suskind. « Tu es poussière et tu retourneras en poussière », entonna rabbi Futterman tandis que, de ses mains noueuses et tavelées, il jetait les premières mottes de terre sur le cercueil. Il tendit ensuite à Suskind la petite pelle que celui-ci plongea dans le monticule de terre fraîche, puis il lança la terre en pluie dans la fosse. Le bruit sourd des mottes qui s'écrasaient sur le pin brut avant de cascader le long des flancs du cercueil lui procura un choc. Un son tellement primitif, comme si on avait extrait tel quel un élément de l'un des livres les plus cruels de l'Ancien Testament. Il passa la pelle à Nick qui la passa au suivant, et ainsi de suite jusqu'à la dernière personne de la file. Après quoi, en larmes, ils s'éloignèrent du trou encore béant, laissant les fossoyeurs finir le travail.

Pour le retour en ville, Nick s'installa devant à côté du chauffeur dans l'espoir de recueillir de la part d'un professionnel quelques tuyaux sur la conduite. À l'arrière,

Suskind et Brenda rapprochèrent leurs têtes et soupirèrent de concert.

« Alors, comme ça, tu t'es battu ? demanda Brenda. Je ne te savais pas du genre bagarreur.

— Un homme doit faire ce qu'il a à faire. » Il guetta le rire de son ex-femme, mais comme elle ne réagissait pas, il reprit : « Je ne voudrais pas te bousculer, mais tu as réfléchi au sujet de Nick ? Sur la possibilité qu'il vienne habiter avec moi, je veux dire ? Oublions cette histoire d'œil poché. Ça ne se reproduira plus, je te le promets. Je te le répète, je ne tiens pas du tout à te brusquer, seulement à savoir si tu y as pensé.

— Je ne sais pas, répondit-elle, poussant un petit gémissement. Je change tout le temps d'avis. Aujourd'hui, par exemple, on aurait cru un ange. Ce matin, il m'a dit qu'il m'aimait. Ça faisait longtemps qu'il ne m'avait pas dit une chose pareille. Que veux-tu que je te dise ? Quand il est comme ça, je n'ai pas la moindre envie de le voir partir vivre en ville, même pour une semaine.

— Mais l'autre soir...

— L'autre soir, il m'avait poussée à boire, Elliot. J'avais une demi-bouteille de sherry pour la cuisine qui était rangée sous l'évier depuis plus de cinq ans, et je m'en suis versé trois doigts que j'ai avalés d'un trait. J'ai failli m'étouffer. Tu sais, je crois que pendant quelque temps je devrais prendre les choses au jour le jour. De toute façon, j'aurais mieux fait de me taire. J'étais déprimée.

— Hé, une petite seconde ! » s'écria Suskind d'un ton désespéré. Il sentait une corde invisible, lisse comme de la soie, lui filer entre les doigts. « Peut-être... peut-être qu'on pourrait parvenir à un arrangement... une sorte de compromis. On pourrait avoir la garde alternée de Nick. Un tas de gens font ça.

— Je ne sais pas, dit Brenda avec lassitude. Tu veux qu'on recommence, les avocats, le juge, tout ça ? Ça a été si pénible. Le problème, c'est le trajet entre Walnut Creek et San Francisco. Ce n'est pas la porte à côté.

— Il y a les transports en commun, le BART. Il peut le prendre pour venir, et je le ramènerai en voiture. Ou alors, il pourrait venir lui-même en voiture. Il a l'âge de passer le permis de débutant. Ce n'est plus un enfant.

— Tu as envie de voir notre fils traverser le Bay Bridge au milieu de tous ces fous ? Moi, pas.

— Dans ce cas, c'est moi qui vais venir habiter Walnut Creek, insista Suskind. Je louerai un appartement dans ton quartier. Je suis prêt à faire tout ce qu'il faudra.

— Laisse-moi un peu de temps, Elliot. On en reparlera une autre fois, d'accord ? Je ne veux pas prendre de décisions hâtives.

— Mais en attendant, ça pourrait marcher, non ? » Il se rendit compte que ce n'était pas tant une question qu'une affirmation.

Brenda se tourna vers lui et le dévisagea d'un regard dépourvu d'amour. Elle souligna de l'index les contours de son coquard, une caresse si légère que Suskind ne fut pas sûr de l'avoir sentie.

« Et si tu me racontais ce qui t'est arrivé hier soir ? » demanda-t-elle.

10

Le lendemain matin vers neuf heures et demie, Suskind errait dans les couloirs du musée, le dos voûté, la mine morose, l'air d'un homme sur le chemin de la chambre à gaz. Il avait entretenu une vague lueur d'espoir jusqu'au moment où, un peu plus tôt dans son placard à balais, il avait pris connaissance du message que Temple Hodge avait aboyé sur son répondeur : « Pour la course de ce matin : impossible. Un empêchement imprévu — je pense que vous comprendrez. Je regrette que nous n'ayons pu travailler ensemble. Mais c'est la vie. Adieu. »

Des ouvriers achevaient les derniers préparatifs en vue de l'exposition, et Suskind n'était pas mécontent que tout ce tintamarre, le crissement des scies et le bruit des coups de marteau, vienne, du moins pour un temps, couvrir le bourdonnement de la spirale descendante de ses pensées. Seulement, en réaction, le volume du bourdonnement avait tendance à augmenter, de sorte qu'il était bien obligé de l'entendre. La course était annulée. Il avait tout flanqué par terre. Ce qui signifiait que les festivités prévues pour l'inauguration n'auraient pas lieu. Dévidant le fil de ses pensées, il se vit rejoindre la cohorte des chômeurs — ce qui signifiait aussi qu'il n'y aurait sans doute pas de soirées passées à corriger les devoirs de Nick, pas de week-ends pour resserrer les liens entre le père et le fils, rien de tout cela. Le retour de Suskind l'imprésario sur le devant de la scène, tu parles !

Il s'arrêta devant une fenêtre du couloir et regarda la vaste pelouse qui s'étendait devant le musée, le soleil qui jouait sur les eaux de la baie. Des eucalyptus se balançaient sous la brise, de même que des chapelets de ballons multicolores. Les visiteurs se pressaient en foule — il y avait déjà peut-être deux cents personnes, sinon davantage, estimat-il. Des équipes de plusieurs télévisions locales avaient installé des projecteurs autour du podium, et de gros câbles électriques serpentaient au milieu de l'herbe. Des enfants couraient partout, et on percevait leurs rires. Qu'est-ce qu'ils fabriquaient là ? Ils ne savaient donc pas que c'était un terrain miné, une décharge de produits toxiques ? Ils ne savaient donc pas que sa mère venait de mourir, qu'il était sur le point de perdre sa place ?

Doug Escobar lui tapa sur l'épaule, le tirant de sa rêverie. « Elliot, dites-moi quelque chose. La course... où sont les coureurs ? Où est la ligne d'arrivée ? Je ne vois...

— Ah, tiens, bonjour, Doug, fit Suskind. Belle matinée, n'est-ce pas ? » Il esquissa un sourire qui mourut aussitôt sur ses lèvres. « Je crois qu'il va falloir qu'on ait un petit entretien, Doug.

— Vous pensez peut-être que j'exagère, Elliot ? Que je devrais rester là et me taire ? Vous savez depuis combien de temps mon équipe et moi travaillons sur cette exposition ? Deux ans, Elliot. Je n'avais jamais bossé aussi dur de ma vie. J'y ai mis tout mon cœur, toutes mes connaissances. Il s'agit de ma carrière. Oui, de ma carrière ! Vous comprenez ce que je suis en train de vous expliquer ? » Escobar s'interrompit un instant. « Qu'est-ce qui est arrivé à votre œil ?

— C'est-à-dire que c'est une longue histoire.

— Alors, je ne tiens pas à l'entendre. À quelle heure est prévu le départ de la course ?

— Eh bien, c'est justement le problème, Doug. Ma mère était à l'hôpital et...

— Une seconde, une seconde ! Je suis désolé pour votre mère. Je répète ma question : À quelle heure est prévu le départ de la course ?

— Eh bien, tout était prêt, je vous assure...

— Répondez à ma question ! À quelle... heure... est... prévu... le... départ... de... la... course. Je vous avertis... »

Il était trop tard pour les avertissements. Suskind était prêt à boire la coupe jusqu'à la lie, à se déshabiller pour montrer à Escobar où il avait attaché son étui pénien, et même, si nécessaire, à s'allonger sur le dos et à écarter les jambes en hurlant dans une fièvre opératique. *Et puis merde,* se dit-il, et il commença à déboutonner sa chemise.

Au moment où il attaquait le troisième bouton, une grosse camionnette grise s'engagea sur la pelouse et s'immobilisa dans un grincement de freins, mettant quelques curieux en déroute. Suskind laissa son geste en suspens et regarda, à la fois fasciné et horrifié : la portière du conducteur s'ouvrit à la volée, et Sol Zeldin sauta à terre, la tête entourée d'un halo de fumée. Puis une deuxième camionnette arriva, suivie d'une troisième et d'une quatrième, desquelles se déversa un bataillon de vieux Juifs dont aucun ne semblait mesurer plus d'un mètre soixante. Zeldin agita les bras et, à ce signal, son armée de nains entreprit de décharger des véhicules de grandes cages grillagées. Ils opéraient avec une grâce et une coordination étonnantes pour des hommes de leur âge, et il y eut bientôt douze cages alignées sur la pelouse. Suskind distingua les roucoulements même au travers de la vitre.

« Elliot ? demanda Escobar. Qu'est-ce que c'est ? Ho, ho, Elliot, vous m'entendez ? Et maintenant, fini de me raconter des salades. Je vous écoute.

— Restez là, je reviens tout de suite. »

Suskind se précipita dehors et, à mesure qu'il s'approchait du groupe de vieux Juifs, les roucoulements des pigeons se fondirent en un véritable vacarme qui s'élevait et vibrait partout dans l'atmosphère environnante. « Mr. Zeldin ! » appela-t-il.

Le vieil homme prit une mine attristée. « Oh, Mr. Suskind, je suis content de vous voir. Je vous présente toutes mes condoléances pour la mort de votre mère. Que pourrais-je ajouter de plus ? C'était quelqu'un de bien ! J'aurais voulu mieux la connaître — j'ai entendu tant de compliments sur son compte. J'espère que vous arrivez à supporter le poids de votre chagrin. Mon ami Futterman m'a dit que j'ai raté sa meilleure oraison funèbre en trente-cinq ans. Je m'en veux terriblement — avec tout ce que je dois à cet homme ! Je suis désolé de n'avoir pu venir, mais vous savez, il faut un certain temps pour préparer un spectacle pareil.

— Un spectacle ? » Soudain, Suskind comprit. Les cages, les pigeons... « Oh, non, fit-il. Non. »

Zeldin adressa un signe aux vieux *yoshkies* qui musardaient autour des camionnettes, puis il déclara : « J'ai dû réunir les pigeons de la moitié du territoire de l'État de Californie. Tous ces coups de téléphone longue distance que j'ai passés ! Mais ne vous inquiétez pas, je peux me le permettre. Et en plus, j'ai appelé aux heures de tarif réduit. De toute façon, pour des pigeons voyageurs, je suis prêt à tous les sacrifices. Et regardez le résultat ! » Son bras décrivit un large arc de cercle. « Tout le monde est venu. C'est quelque chose, hein ? J'ai fait passer le mot, et ils ont tous accepté. Ils se souvenaient de votre père. Suskind, vous vous rappelez, je leur ai dit, le champion des chaussures pour dames ! » Il se tut et leva son visage vers Elliot qui sentit son haleine chargée de tabac. « À propos, si je peux me permettre, reprit-il dans un murmure rauque. Vous avez là un bien joli coquard.

— Merci beaucoup », fit Suskind. Qu'était-il censé répondre ? Son œil ne lui faisait plus mal et, devenu d'une belle couleur aubergine, il était un peu moins enflé. L'ecchymose conférait un certain caractère à son visage poupin. Il l'avait admirée ce matin dans la glace, espérant qu'il la garderait un moment. Après tout, il l'avait bien gagnée.

« Bon, on sera prêts d'ici quelques minutes, lui annonça Zeldin. Vous pourriez faire reculer la foule pour dégager le terrain ? Après, ce sera aux pigeons de jouer.

— Vous êtes vraiment décidé ? » demanda Suskind. Il eut de nouveau la vision d'un déluge de merdes de pigeons s'abattant sur des hommes, des femmes et des enfants innocents, tous venus assister à une passionnante course de vélos. « Vous êtes sûr que je ne peux pas vous convaincre de renoncer ?

— Renoncer ? Vous voulez rire ! Croyez-moi, Mr. Suskind, ça va vous plaire.

— Bon, très bien. De toute façon, ça n'a plus aucune espèce d'importance, dit-il, résigné. Je reviens tout de suite. » Il rentra au musée et trouva Escobar dans la salle du personnel, occupé à se gaver de crackers par poignées entières. « Doug, il y a un petit changement de programme », commença Suskind.

Escobar lui jeta un bref regard, puis retourna à ses crackers.

« À la place d'une course cycliste, Doug, on a beaucoup mieux. C'était ma solution de réserve. Il faut toujours en avoir une dans des cas pareils. Des pigeons voyageurs.

— Quoi, des pigeons voyageurs ? s'écria Escobar, crachant une pluie de miettes de crackers en butant sur le "p" de pigeons.

— Eh bien... attendez, vous allez voir, c'est une surprise. » Comment aurait-il pu savoir ce que Zeldin comptait exactement faire ? « Mais je pense que vous allez apprécier », ajouta-t-il.

Escobar enfourna une nouvelle poignée de crackers et chassa Suskind d'un geste. « Foutez-moi le camp d'ici. Vous êtes un criminel, vous êtes incompétent. Et ça, vous me le paierez », hurla-t-il dans un nuage de miettes.

Suskind ressortit. Le vieux Zeldin prit dans sa camionnette un micro sans fil et un escabeau, puis juché sur la dernière marche, il brancha le micro et s'adressa à la foule massée sur la pelouse : « Bonjour tout le monde. Quelle belle journée pour l'inauguration de la grande exposition *La mémoire du chemin* organisée par mon ami Elliot Suskind. Un type brillant, et qui en a dans la tête ! Ses parents, qu'ils reposent en paix, seraient fiers de lui. »

À cet instant, sa tête bien lourde rentrée dans les épaules, Suskind chercha discrètement à se perdre parmi la foule. *Mon Dieu, je vous en supplie, faites que Doug Escobar n'entende pas ça,* pria-t-il.

« Aujourd'hui, vous avez devant vous des pigeons voyageurs, poursuivit Zeldin. Des pigeons venus de tout autour de la baie, et même d'un peu plus loin. Ils m'ont confié qu'ils étaient ravis d'être là et qu'ils désiraient que tout le monde sache qu'ils sont de merveilleux petits oiseaux. Ils ont tous envie de rentrer à la maison pour déjeuner, et on va leur faire ce plaisir. Soyez gentils de vous écarter un peu, et nos petits pigeons chéris vont vous offrir un beau spectacle. »

Zeldin désigna les vieux *yoshkies* qui, groupés derrière lui au centre de la pelouse, finissaient d'installer les grandes cages. « Nous avons d'abord le Club des pigeons voyageurs de Noe Valley — président, Irving Tessler. Ses oiseaux vont avoir la tâche facile aujourd'hui : ils n'ont pas loin à aller.

Prêt, Irving ? » demanda Zeldin. Un petit homme pimpant acquiesça d'un bref hochement de tête. « Alors, premier lâcher », reprit Zeldin. La cage s'ouvrit brusquement et une douzaine de pigeons s'envola. Quelques applaudissements retentirent, tandis que les oiseaux décrivaient paresseusement un cercle dans les airs avant de virer d'un seul coup en direction du sud-ouest.

On prépara une deuxième cage. « Voici maintenant les pigeons de Sausalito, annonça Zeldin. Barney, c'est à vous. » La porte s'ouvrit et des applaudissements, cette fois plus nourris, éclatèrent. Suskind regarda les oiseaux tourner un instant en rond à la recherche de repères familiers, puis se diriger vers le nord en formation lâche. « Regardez-les, mesdames et messieurs. Ils seront chez eux d'ici dix minutes. Et ils n'auront pas le péage du Golden Gate à acquitter ! » cria Zeldin dans le micro.

Arthur Wexler apparut sur le seuil de l'entrée principale du musée et se précipita vers Suskind. « Elliot, qu'est-ce qui se passe ? Doug Escobar est en larmes. Il est dans tous ses états », dit-il. La main en visière, il scruta le ciel. « Oh, mon Dieu ! Qu'est-ce que... ce sont bien des pigeons voyageurs, non ? Ils sont magnifiques. Oh, Elliot, c'est formidable ! C'était votre idée ? Génial ! Regardez-les voler ! »

Petaluma, Santa Cruz, Stockton, Napa, tous les groupes de pigeons s'envolèrent les uns après les autres. Les applaudissements diminuèrent après la quatrième salve de battements d'ailes, et le silence se fit, troublé seulement par quelques « aah » étouffés à mesure que les oiseaux prenaient leur envol. Zeldin se contentait à présent d'annoncer le nom des villes que les pigeons considéraient comme leur chez-eux : Los Gatos, Saratoga, Half Moon Bay, Ukiah, Sacramento. On n'entendait plus que le claquement métallique des portes des cages, ainsi que les « aah » et les « ooh » de la foule et les battements d'ailes.

Un homme prit un enfant sur ses épaules, un petit garçon blond en costume marin qui, se protégeant les yeux du soleil, regarda les pigeons dans le ciel. Wexler agrippa Suskind par la manche en indiquant le gamin. « Mon Dieu, dit-il. Vous voyez ce gosse ! » Suskind ferma un instant les yeux, submergé par une telle vague de regret qu'il craignit de s'y noyer. Il avait espéré que Brenda et Nick viendraient… allons, à qui voulait-il faire avaler ça ? *Tu peux toujours espérer,* se dit-il. *L'espoir ne coûte rien.* Il savait très bien que les miracles n'existaient pas. Certes, rabbi Futterman était encore de ce monde, et cela frisait le miracle. Peut-être s'était-il accroché à la vie durant toutes ces années uniquement pour pouvoir faire l'éloge funèbre de Miriam Suskind. Mais l'image du bon vieux rabbin à la démarche chancelante lui rappela l'avertissement qu'il leur avait lancé tant de décennies auparavant : *si elle est assez grave, une seule erreur peut suffire…*

Il se retourna et chercha du regard le petit garçon en costume marin, mais il avait disparu, et seul restait le spectacle des pigeons. Aussi, Suskind leva la tête et ouvrit de grands yeux émerveillés. Pendant un long moment, sembla-t-il, plus rien ne compta que les pigeons. Zeldin continuait à les annoncer les uns après les autres : Lodi, Modesto, Rohnert Park, Calistoga, Healdsburg. Les cages s'ouvraient et Suskind, tout comme les autres, regardait les vols de pigeons, déployés en gracieuses formations noires, blanches et grises, s'élever en spirales, s'éparpiller ensuite dans le ciel comme des cendres et décrire des cercles incertains, comme s'ils ne savaient pas où aller, puis, l'un après l'autre, la mémoire du chemin leur revenant, ils filaient droit vers chez eux.

La fondation Feigenbaum

Après toutes les difficultés que nous avions rencontrées l'année dernière, les gros bonnets et les détracteurs se sont empressés de faire remarquer que le rêve de Milton Feigenbaum de créer ici, à Pinkney, Nebraska — 4 570 habitants —, une fondation consacrée aux études judaïques, était pour le moins compromis, et que tout le monde aurait dû savoir que cette initiative était dès le départ vouée à l'échec. Avec le recul, je dois admettre qu'il existait en effet un certain nombre de problèmes inhérents à ce projet : premièrement, Pinkney ne possédait pas de Talmud Torah ; deuxièmement, nous n'avions pas de rabbin ; troisièmement, nous n'avions pas de synagogue, et enfin, quatrièmement, nous n'avions pratiquement pas de Juifs. Je suis prêt à reconnaître que ces éléments auraient sans doute dû nous inciter à réfléchir.

Ce que, malheureusement, nous n'avons pas fait. Nous avions tous conscience, je crois, que nous allions avoir un rude combat à mener, mais nous nous y sommes peut-être engagés avec un excès d'optimisme. Tout a commencé fin janvier, par une belle journée où régnait un froid vif, le genre de journée d'hiver qui, au Nebraska, vous laisse à penser que tout devient possible, même le printemps. Vers dix heures du matin, Len Moody, notre maire, m'appela au magasin pour me dire de passer à midi au palais de justice

170

où devait avoir lieu une réception en l'honneur de Milton et Ida Feigenbaum.

« Milton et Ida qui ? demandai-je.

— Sois là à midi, Stanley, me répondit simplement Len d'un ton sibyllin. Et tu verras. On va annoncer quelque chose. Quelque chose de formidable. J'ai d'autres coups de fil à donner. À tout à l'heure. »

Je ne l'avais jamais vu faire autant de mystères. Voilà qui ne lui ressemblait pas. J'en déduisis qu'il se préparait réellement un événement important, et je téléphonai à Beth, ma femme, pour la prévenir que je ne rentrerais pas déjeuner.

Ma curiosité éveillée, j'arrivai au palais de justice un peu en avance. Un quart d'heure plus tard, toute la population juive de Pinkney était réunie, c'est-à-dire douze personnes y compris moi. J'inclus les agnostiques dans ce groupe (Les Juifs doutent de Dieu et Dieu doute des Juifs — nous avons cela en nous depuis le Veau d'or), et aussi Earl Hostetler, le gardien du YMCA, qui avait déclaré il y a environ cinq ans vouloir se convertir. (Il était entré un matin au magasin de sport Weintraub et m'avait coincé au fond, près des clubs de golf, pour m'annoncer : « Stan, je suis juif. J'en ai eu la révélation cette nuit. Je suis juif ! Qu'est-ce que tu en penses ? » Eh bien, pour être franc, j'en pensais qu'il devait être soûl, mais je ne tenais pas à le froisser.)

Désirant connaître la cause de toute cette agitation, Beth passa avec Andy, notre fils de douze ans. Après, ce fut au tour de Norm et Helene Botwinick, suivis de Ben et Roseanne Halpern accompagnés de leur fille Stacey, puis des trois sœurs Charnis, Rhonda, Arlene et Faye, femmes déjà d'un certain âge. Et enfin arriva Earl Hostetler, affublé d'une combinaison et d'une *yarmulke* brodée collée sur son crâne chauve à l'aide d'une espèce de ruban adhésif marron. Naturellement, Len Moody aussi était là — il avait fallu qu'il se porte malade chez Autolube pour pouvoir venir.

« Je n'ai pas pour habitude de faire de longs discours », commença Milton Feigenbaum lorsque nous fûmes tous

171

rassemblés devant lui. C'était un petit gros à la figure rougeaude qui affichait une expression effrayée, et il parlait d'une voix hachée, chaque phrase séparée de la suivante par un halètement, comme s'il venait de gravir une colline au pas de course. « Il y a soixante ans, j'étais un jeune homme pauvre qui essayait de se rendre de Newark dans le New Jersey à Seattle en utilisant les moyens les meilleurs marchés, nous raconta-t-il. J'ai eu des années noires. Mais qui n'en a pas eu ? C'était la Crise, et je peux vous affirmer que plus personne n'avait quoi que ce soit. Le destin m'a conduit dans votre ville — la chance pure — et c'est à Pinkney qu'on m'a offert un lit et un repas chaud. Je n'ai jamais oublié cet accueil. Un étranger m'a ouvert sa maison et m'a donné du bortsch. Vous vous rendez compte ? Du bortsch ! Et à Seattle, j'ai fini par trouver du travail sur les quais, puis j'ai rencontré mon Ida » — il serra l'épaule grassouillette de sa femme — « et ensemble, nous avons fondé une famille. Pour résumer, nous sommes devenus riches. Je n'en ai pas honte. Des roulements à billes, des machins de la taille d'un petit pois — qui aurait imaginé que ça pourrait rapporter autant d'argent ? L'année dernière, nous avons vendu. J'ai soixante-dix-sept ans, les enfants sont grands, alors à quoi bon continuer à se tuer à la tâche ? Et aujourd'hui, nous sommes ici, Ida et moi, pour vous remercier. Nous voulons offrir à la ville de Pinkney quelque chose en échange de ce bol de bortsch. À savoir deux millions de dollars. »

Deux millions de dollars ! Eh bien, les bras nous en tombèrent. Cela me rappelait une de ces confessions à laquelle, dans Perry Mason, se livrait un témoin à la barre du tribunal : nous restâmes bouche bée, Roseanne Halpern porta la main à son cœur et s'écria : « Oh, mon Dieu », tandis que Rhonda Charnis se mettait à pleurer comme un bébé.

Milton Feigenbaum enlaça sa femme et la serra contre lui. « Deux millions de dollars, répéta-t-il. Notre legs au monde. Certains rêvent d'envoyer un homme sur Mars.

Moi, j'ai mon propre rêve : instaurer une fondation consacrée aux études judaïques. L'histoire, la théologie, l'art, la musique, la philosophie, tout le truc. Et c'est ici, à Pinkney, Nebraska, que j'ai choisi de réaliser mon rêve. »

Norm Botwinick et moi échangeâmes un regard. Ce type était-il vraiment sérieux ? Ou bien était-il fou ? Norm haussa les épaules et je l'imitai. Je songeai alors à ce film de base-ball où Kevin Costner entend des voix qui lui disent : « Si tu le construis, ils viendront. » Aussi, il construit un terrain de base-ball quelque part en Iowa — au milieu de nulle part, dans un champ de maïs — et bingo ! le grand Joe Jackson en personne descend du ciel pour jouer dans l'équipe.

Et là, qui allait descendre du ciel pour atterrir à Pinkney ? Le Baal Chem Tov ?

Ce qui me rappela mon grand-père, Max Weintraub, qu'il repose en paix ! Qu'est-ce qu'il aurait dit s'il avait été présent ? Adolescent, il avait fui la Russie et débarqué en Amérique comme colporteur, puis il avait passé des années à écumer le Middle West avec ses ballots de *tsatskes* qu'il vendait au porte à porte. Il avait attrapé une pneumonie dans le Wyoming au cours de l'hiver 1910, et sur le chemin du retour à Kansas City, malade et épuisé, il avait été obligé de s'aliter plusieurs semaines à Pinkney où il avait craché ses poumons avant de se rétablir. Cet infortuné contretemps avait abouti à la naissance du grand magasin Weintraub qui occupa plus d'un demi-siècle le coin de la 6ᵉ Rue et de la rue Seward en plein centre-ville. Le bâtiment est toujours là qui abrite aujourd'hui mon magasin, le magasin de sport Weintraub.

Mon grand-père était un libre-penseur. Il n'avait nul besoin de religion (« des contes de fées pour faibles d'esprit », ainsi la qualifiait-il), et dans les quelques souvenirs que je garde de lui — il est mort alors que j'étais tout jeune — je ne vois rien de plus religieux que la dévotion qu'il avait pour l'équipe des Chicago Cubs. Pourtant, j'aimerais croire qu'il aurait fait une exception pour la fondation

Feigenbaum car, au fond, Max Weintraub était un rêveur, et il adorait prendre des risques. Sinon, pourquoi se serait-il fixé à Pinkney ?

Mes parents, qui se sont retirés en Arizona, allaient être gonflés d'orgueil quand ils apprendraient cela. Pinkney, Nebraska, leur petite ville, tout à coup en haut de l'affiche, judaïquement parlant. Qui pouvait savoir jusqu'où notre célébrité irait ? Peut-être, me disais-je, allions-nous figurer aux côtés des plus grandes *yeshivas,* des centres mystiques de la spiritualité, des cités rabbiniques ancestrales : Opole, Berditchev, Lublin, Bratzlav et... Pinkney. Au milieu du silence stupéfait qui suivit l'annonce de Feigenbaum, mes rêves prirent leur essor, et je me représentai soudain entrant dans le bureau du légendaire et bien-aimé *tsaddik* de notre ville que j'appelais, sans trop savoir pourquoi, rabbi Shlomo Zindel de Pinkney, également connu de ses disciples et adorateurs aux quatre coins du monde sous le nom de rebbe Feigenbaumer.

Certes, je m'emballais peut-être un peu. Vous en jugerez vous-même !

Aussitôt après avoir annoncé la grande nouvelle, les Feigenbaum reprirent l'avion pour Seattle, nous laissant quelque peu abasourdis. Les douze membres de la communauté juive de Pinkney se réunirent et décidèrent de siéger au conseil d'administration de la fondation. Notre premier soin fut de nommer Norm Botwinick à la présidence dudit conseil : c'était un avocat et, de plus, il avait été conseiller municipal dans les années 70, de sorte que nous le supposions au courant des règles qui régissent les débats. Il ouvrit la séance (à toutes fins utiles, il avait apporté un marteau), et nous nous mîmes au travail. Pour ne rien vous cacher, j'avais le cœur battant.

Bien que j'aie passé toute ma vie à Pinkney et que j'en connaisse pratiquement tous les habitants, je ne m'y étais jamais senti à ma place. À l'école primaire, tous les ans aux alentours de Roch ha-chanah et de Yom Kippour, il fallait que je me lève pour expliquer à mes camarades de classe en quoi consistaient ces fêtes juives. Les intentions de mes professeurs étaient bonnes, mais cet exercice me rendait mal à l'aise. Les élèves me regardaient avec des yeux ronds, comme si je leur parlais d'une tribu de cannibales vivant dans la jungle de Bornéo. Leurs regards se remplissaient d'effroi à l'évocation des Jours terribles et du Livre de la Vie où tous les noms sont inscrits : à un moment donné, après avoir examiné ce que chacun a fait au cours de l'année passée, Dieu décide qui va figurer dans le Livre de la Vie pour l'année à venir, et quand il a fini, il referme le Livre (là, j'appuyais toujours ma démonstration en prenant un livre de classe, par exemple *Des amis tout autour du monde*, que je refermais avec un claquement sec), et c'est terminé — on est dans le nouveau Livre de la Vie, ou on n'y est pas. Une fois, à cet instant précis — je crois que j'étais en cours élémentaire — une fille au fond de la classe a fondu en larmes.

J'adorais cela.

Quelques jours après mon intervention, mes parents, dans leur crise annuelle d'observance religieuse, me sortaient de l'école, fermaient le magasin pour une semaine, chargeaient la voiture, et on partait pour Omaha (avec grand-père Max sur la banquette arrière qui fumait ses petites cigarettes roulées et marmonnait dans sa barbe en yiddish) où on s'installait dans les chambres étouffantes du vieil hôtel Portman situé au centre-ville et où on assistait aux offices dans une synagogue de style byzantin à moitié en ruine qui se trouve au cœur du quartier juif d'Omaha. Nous effectuions chaque année ce voyage pour faire plaisir à ma mère qui avait été élevée dans une famille orthodoxe de Saint Louis. Mon père, quant à lui, à l'instar de mon grand-père, considérait la religion comme un hochet refilé aux gens pauvres et crédules par une bande de plaisantins rabbiniques. Notre équipée annuelle était la seule concession qu'il faisait à la coutume juive, et il ne la faisait pas de bon gré.

De toute la famille, j'étais le plus pieux. Ne me demandez pas pourquoi. Je devais avoir cela dans le sang. Pour moi, le summum du voyage, c'était d'entendre ces plaintives mélodies hébreues, de voir, miracle des miracles, cent, deux cents Juifs d'un coup, ainsi rassemblés pour prier, et puis d'être assis au milieu d'eux dans une vraie synagogue qui abritait en permanence trois Torahs trônant comme des reines parées de bijoux derrière le magnifique rideau de velours de l'Arche. Pendant ces quelques jours, j'étais parmi mon peuple, un Juif parmi les Juifs.

Ensuite, on regagnait Pinkney, et quand on s'engageait dans l'allée devant chez nous après les longues heures de route, j'avais l'impression qu'on était sur une scène où se déroulait toujours la même pièce, un mélodrame exigeant que je porte un masque afin de cacher ma véritable identité à mes amis, mes voisins, mes camarades de classe. Personne ne sait réellement qui je suis, voilà ce que je me disais. J'étais comme Zorro. Certes, je présentais une gentille façade, plutôt banale même, sorte de version Middle West de Don Diego de la Vega, mais au-dedans de moi, j'étais d'une nature exotique et mystérieuse : un Juif secret.

Aussi, lorsque je partis pour l'université et que je rencontrai Beth (elle est originaire de Minneapolis), il me fallut prendre une importante décision : soit retourner à Pinkney une fois mes études achevées, soit aller dans le monde où existent çà et là des Juifs qui vivent en groupe — un monde où l'on peut mener une vie de Juif tout en se sentant un être humain comme les autres. Je ne parle pas seulement de la possibilité de trouver de bonnes *delicatessen* juives ou toute une variété de synagogues et de temples pour chaque *shabbes*, non, je parle de communauté, de sentiment d'appartenance. Un choix difficile. Naturellement, mon père et ma mère souhaitaient que je revienne à Pinkney — pour le magasin qu'ils avaient toujours pensé que je reprendrais le moment venu, mais aussi parce que je leur manquais et qu'ils désiraient m'avoir près d'eux. Si bien que, finalement, Beth et moi avons décidé de nous installer ici, « à l'essai, pour un temps », avons-nous déclaré avec solennité. Et, comme dit le poète, cela a fait toute la différence.

Le jeudi, en première page de notre journal local, le *Pink,* on ne parlait que des Feigenbaum et de leurs deux millions de dollars. À la lecture de la une : NOUVELLE FONDATION CONSACRÉE AUX ÉTUDES JUDAÏQUES BIENTÔT À PINKNEY !, je ressentis des fourmillements dans la nuque. Le lendemain, tous ceux qui vinrent au magasin de sport Weintraub m'assénèrent de grandes claques dans le dos pour me féliciter. « Deux millions de dollars ! s'exclamaient-ils en secouant la tête. Bon Dieu, Stan, qu'est-ce vous allez faire avec tout cet argent ! »

C'était bien la question, non ? Deux millions de dollars, cela représentait plus d'argent qu'aucun habitant de Pinkney n'en avait jamais vu. Nous aussi on pouvait se demander ce qu'on allait en faire.

À la deuxième réunion du conseil d'administration, on s'aperçut tout de suite que Norm Botwinick avait potassé. Il avait acheté une cassette audio sur la manière de diriger efficacement une séance de travail et il était visible qu'il s'était entraîné chez lui. En effet, à peine avions-nous fini notre café et nos *donuts* qu'il attaquait : « Allons droit à l'essentiel, dit-il, désignant une série de chiffres griffonnés sur un bloc-notes. Je table sur un placement à cinq pour cent pour les deux millions. C'est un minimum compte tenu du marché actuel. Ce qui nous donne un revenu brut de cent mille dollars par an. Enlevons quelque chose comme trois pour cent de frais administratifs pour rémunérer ceux qui géreront nos intérêts, ce qui nous laisse un budget annuel de quatre-vingt-dix-sept mille dollars.

— Waouh ! fis-je avec un petit sifflement. Et nous n'entamons même pas le capital.

— Entamer le capital ? Mon Dieu, Stan, répliqua Norm en me considérant d'un air désolé. Entamer le capital ? répéta-t-il, cette fois avec un rire étranglé. Elle est bien bonne. Il faudra que je m'en souvienne. » Il tapota sur la table du bout de son crayon et me regarda comme si je venais de suggérer de jouer la totalité des deux millions aux courses de lévriers à Omaha. « Bon, nous n'avons pas encore l'argent, mais il ne va pas tarder. En attendant, nous avons un chèque de sept mille dollars signé de Mr. et Mrs. Feigenbaum, dit-il en le brandissant. Que je vais déposer sur-le-champ à la First National Bank pour qu'il puisse déjà nous rapporter des intérêts.

— Sept mille dollars ? s'étonna Roseanne Halpern. Ça ne fait pas beaucoup, si ?

— Juste pour nous permettre de tenir. C'est le loyer annuel que rapporte un appartement que Milton et Ida possèdent à Boca Raton. Ils ont remis le chèque à notre maire qui me l'a ensuite donné. C'est temporaire, le temps que les deux millions arrivent. Bon, maintenant la première chose à faire, c'est de penser à célébrer les offices, vous ne croyez pas ? Sinon, à quoi ça ressemblerait, une fondation d'études judaïques sans activité religieuse d'aucune sorte ? Vous imaginez ? » On secoua la tête en chœur. « Alors, voici ce que je propose, poursuivit Norm. D'abord, il faudrait qu'on embauche un rabbin. »

Voilà qui ne manqua pas de me surprendre venant de Norm que j'avais toujours classé parmi les agnostiques. Mais je ne tenais pas à me manifester une nouvelle fois. Qu'est-ce que j'en savais, après tout ? Peut-être qu'il était depuis longtemps un croyant honteux — à moins que les responsabilités pesant sur lui ne l'aient rapproché de Dieu. Quoi qu'il en soit, je me contentai, à l'exemple des autres, de hocher la tête, puis de lever la main lorsqu'il mit sa proposition aux voix.

Il se trouva qu'on eut deux rabbins ! Norm obtint leurs noms auprès d'un organisme central juif établi à New York.

L'un comme l'autre paraissaient tellement bien sur le papier que, incapable de les départager, il les avait engagés tous les deux sans les voir. L'un devait venir d'Omaha les premier et troisième samedis de chaque mois, et l'autre de Denver les deuxième et quatrième.

Arriva donc d'abord rabbi Albert Millstein d'Omaha — orthodoxe, très cultivé, brillant érudit, encore qu'un peu caustique pour être franc. Il portait une tenue de camouflage ainsi que des bottes de combat en provenance des surplus de l'armée israélienne et une longue barbe hassidique graisseuse poivre et sel qu'il peignait à l'aide de ses doigts. Rabbi Millstein ne sembla guère apprécier notre bonne ville de Pinkney et, à peine eut-il posé les yeux sur nous, qu'il s'empressa de nous le faire savoir. « Le bout du monde », dit-il avec un reniflement de dédain, et nous baissâmes tous la tête comme des gosses surpris les doigts dans le pot de confiture.

Pour le premier office, nous avions loué l'une des salles de réunion du Rotary Club dans le centre-ville, et malgré la présence de tous les Juifs de Pinkney, rabbi Millstein constata que nous n'étions pas assez pour former un *minyan*, à savoir le quorum de dix adultes Juifs de sexe masculin. Aussi, nous dit-il, nous pouvions prier ensemble, mais pas question qu'il aille chercher la Torah dans le coffre de sa voiture. Pour cela, ainsi que l'exigeait la loi rabbinique, il fallait un *minyan*, et nous étions loin d'en avoir un.

« On ne pourrait pas, ne serait-ce qu'y jeter un coup d'œil ? Je n'en ai jamais vu une vraie de près ? » hasarda Earl Hostetler. Rabbi Millstein le toisa comme s'il se trouvait devant quatre-vingt-dix kilos de côtelettes de porc, puis il ouvrit un carton contenant des *sidours* — des livres de prières — qu'il nous distribua. Andy, notre fils, parvint à lire le texte hébreu d'une voix hésitante (nous le conduisions depuis six mois à Denver où il prenait des leçons particulières qui commençaient enfin à payer), mais le reste d'entre nous était un peu rouillé. Nous fîmes cependant de notre mieux, et je me disais que le résultat n'était pas trop mauvais pour des gens qui habitaient Pinkney et n'avaient guère eu l'occasion de pratiquer leur foi au cours de ces dernières années. Au moins nous faisions des efforts !

Pourtant, le rabbin Millstein ne semblait pas satisfait. « C'est bien ce que je pensais, dit-il. Vous vivez depuis trop longtemps parmi les goys, mes amis. Vous mangez de la nourriture de goys, la mayonnaise, le pain blanc, les saucisses, les cornichons au vinaigre. Vous avez pris leurs sales habitudes, vous vous êtes écartés du chemin de la vertu, vous vous êtes coupés de votre peuple. » Il continua ainsi durant une bonne dizaine de minutes. Il nous dit combien nous nous étions égarés et combien nous avions besoin de lui pour remettre de l'ordre dans nos vies spirituelles. On se mordait les lèvres et on se dandinait sur place. L'office terminé, rabbi Millstein embrassa les *sidours* un par un avant de les ranger dans le carton. Alors que je le regardais remballer son matériel, j'eus l'impression qu'il venait de nous faire passer une audition et que nous n'avions pas décroché le rôle.

Au moment de partir, néanmoins, il se tourna vers nous pour nous donner sa bénédiction : « Bon, eh bien, je vous revois dans deux semaines. Que Dieu vous garde. » Il prononça cette dernière phrase la main levée, comme pour nous tapoter le sommet du crâne. Après quoi, il prit le carton de livres de prières, se dirigea d'un pas martial vers sa Toyota, puis démarra dans un nuage de poussière.

Le samedi suivant, nous fîmes la connaissance de notre deuxième rabbin : Sheldon Yaffe, un rabbin réformé de Denver, plus grand que Millstein, mince, le menton fuyant. Il respirait par la bouche (problèmes de sinus, je le savais car je souffrais du même mal) et paraissait frappé de stupeur, comme s'il venait de recevoir un coup de poêle à frire sur la tête. Il arriva en baskets, pantalon de toile et veste de sport en seersucker par-dessus un polo « Université du Colorado ». Son apparence ne correspondait pas tellement à l'idée que je me faisais d'un rabbin, mais d'un autre côté, rabbi Millstein et sa tenue de camouflage non plus. En outre, me disais-je, nous n'en étions qu'au début. Nous aurions tout le temps pour les vêtements de cérémonie et les châles de prières brodés une fois que la fondation Feigenbaum serait devenue un haut lieu de la culture juive.

Avec le rabbin Yaffe, la question du *minyan* ne se posa pas. Il compta tout le monde, y compris Beth, Roseanne et les sœurs Charnis, afin de parvenir au quorum, et ne vit aucun inconvénient à inclure également Stacey et Andy alors qu'ils n'étaient que des gosses. Ben Halpern se pencha vers moi et me souffla à l'oreille : « Lucky, mon labrador, a vaguement l'air juif. La prochaine fois, je l'emmènerai pour qu'il puisse participer lui aussi. » Quant à moi, je n'avais pas matière à me plaindre. L'office se déroula en anglais, et rabbi Yaffe avait apporté une Torah, si bien que, munis de nos châles de prières, nous pûmes tous l'embrasser. Earl était en extase. À en juger par son expression, on aurait dit qu'il venait d'embrasser le *tukhes* de Marilyn Monroe. Rabbi Yaffe sortit sa guitare pour accompagner un *Baroukh ata Adonaï, Eloheïnou* qui, dans son interprétation, sonnait davantage comme une protest song qu'on chantait durant les manifestations contre la guerre du Viet-nâm lorsque j'étais à l'université. Mais quelle importance, c'était sympa. Beth et moi, on ferma les yeux, on fit claquer nos doigts et on se balança au rythme de la musique.

Bien entendu, rabbi Millstein et rabbi Yaffe étaient au courant de leur existence respective — nous leur avions expliqué cette alternance au moment d'établir leurs contrats —, mais nous ne jugions pas utile qu'ils se rencontrent à ce stade. C'est l'une des choses que nos détracteurs n'ont cessé de nous reprocher au cours de ces derniers mois, mais à l'époque, nous ne voyions aucun mal à ce qu'ils restent chacun de leur côté. En fait, après les avoir fréquentés un certain temps, nous avons tous conclu qu'ils ne devraient pas trop s'aimer. Le problème dépassait la simple opposition entre orthodoxie et réforme. « C'est une question d'atomes, déclara Ben Halpern. On n'y peut rien. C'est ancré en eux, au niveau de l'ADN, peut-être. » Nous l'écoutions, car Ben est pharmacien, et nous nous disions qu'il devait connaître le sujet.

En vérité, je plaignais plutôt et le rabbin Millstein et le rabbin Yaffe. D'après ce que j'avais pu déduire des quelques conversations à bâtons rompus que j'avais eues avec eux, ils faisaient tous deux la tournée des petites villes sur un territoire couvrant cinq États où ils célebraient çà et là les offices du vendredi soir et du samedi matin, de même qu'ils visitaient les malades et présidaient à la demande aux mariages, aux bar-mitsvas, aux enterrements, aux divorces, aux circoncisions et autres cérémonies juives. Ce ne devait pas être très drôle que de se trimballer ainsi, avec dans le coffre de sa voiture un carton de châles de prières élimés et de *yarmulkes* effilochées, une caisse de bougies de *yohrtzeit* et de livres de prières écornés, tout l'attirail du rituel juif. Ils me rappelaient les histoires pathétiques que j'avais entendu raconter sur mon grand-père quand il faisait le colporteur dans les contrées sauvages de l'Ouest, ployant sous le poids des ballots de *tsatskes*. Peut-être que, comme mon grand-père qui avait trouvé un foyer à Pinkney, Millstein et Yaffe voyaient en nous — c'est-à-dire en la fondation Feigenbaum — une chance d'échapper à leur vie itinérante. Qui pourrait le leur reprocher ? J'avais bien mes rêves, alors pourquoi n'auraient-ils pas eu les leurs ?

Pendant un peu plus de deux mois tout se déroula ainsi : une semaine Millstein, la semaine d'après Yaffe. Entre-temps, au cours de ses réunions habituelles, le conseil d'administration étudia la possibilité d'acquérir un bâtiment à Pinkney pour y loger une petite synagogue ainsi que la fondation. Nous contactâmes même un architecte de Denver qui nous envoya des projets toutes les deux ou trois semaines. On envisagea aussi d'organiser des symposiums (le symposium Feigenbaum sur le judaïsme dans le Middle West, la conférence Feigenbaum sur la culture juive dans les petites villes, le festival Feigenbaum de musique judéo-américaine, etc.), mais sans argent dans nos coffres, nos idées ne donnèrent lieu qu'à des débats animés. Il nous arriva à plusieurs reprises de suspendre la séance et de nous rendre dans le bureau de Norm pour appeler les Feigenbaum sur son téléphone à écoute amplifiée — juste pour parler de la pluie et du beau temps afin qu'ils n'oublient pas notre existence. Et si personne n'avait le cœur de leur réclamer l'argent, il faut avouer que nous y pensions tous.

Vu l'importance de notre budget de fonctionnement, nous avions un calendrier plutôt chargé. Un soir, on loua une vidéocassette de la version cinématographique d'*Un violon sur le toit* qu'on projeta devant une trentaine de personnes au sous-sol du siège des Anciens Combattants. Un dimanche, Beth et moi organisâmes un brunch avec saumon fumé et *bagels* — expédiés par colis express de Denver — auquel firent honneur une cinquantaine de personnes avant de se rendre à l'église. On parvint à convaincre Dave Wendelstat de créer dans sa supérette Hinky Dinky un petit rayon kasher, entre d'un côté la sauce de soja et les châtaignes d'eau et, de l'autre, la purée de haricots noirs et les assaisonnements pour tacos.

Un fait curieux se produisit : le vendredi après-midi, les clients de mon magasin commencèrent à me souhaiter une bonne *yontev*. Vous vous rendez compte ? Peut-être qu'ils l'avaient entendu dans *Un violon sur le toit*. À moins que ce soit dû à un phénomène d'osmose, qui sait ? Ou peut-être à quelque chose dans le saumon fumé et les *bagels.* Quoi qu'il en soit, j'eus droit à des « bonnes fêtes » tous les vendredis, et le samedi matin, quand Beth, Andy et moi allions en voiture à la *shul* au Rotary Club, quelques automobilistes qui nous croisaient dans Main Street klaxonnaient et criaient : « Bon *shabbes,* Stanley ! » comme s'ils avaient fait cela toute leur vie.

Les sceptiques pourront toujours raconter ce qu'ils veulent, il n'en reste pas moins qu'au bout de quelques mois on trouvait des *matses* chez Dave Wendelstat, que les habitants de Pinkney chantonnaient « Ah, si j'étais riche » en se rendant au travail, que les Juifs priaient ensemble tous les samedis matin, qu'on mangeait des *bagels* et du saumon fumé à l'heure normalement réservée aux gâteaux et que des gens que je connaissais depuis des lustres me criaient avec sincérité « bon *shabbes* ». Et tout cela pour sept mille malheureux dollars ! Alors, est-ce qu'on pouvait nous reprocher d'être optimistes ? Je me demande bien où ils étaient à ce moment-là tous les petits malins, les rabat-joie et les « je vous l'avais bien dit » !

Malgré tout ce que nous avions entrepris, lorsque, début avril, les Feigenbaum appelèrent Norm pour annoncer qu'ils projetaient de revenir à Pinkney voir où en était la fondation, nous eûmes vite fait de nous apercevoir que tous nos efforts se résumaient en réalité à des *boubkes*. « J'ai cru détecter une certaine froideur dans le ton de Milton Feigenbaum, nous déclara Norm. Je vais vous dire franchement ce que j'en pense : quand ils vont venir vérifier où nous en sommes, on ferait mieux d'avoir quelque chose de sérieux à leur montrer ! »

C'est ainsi que nous avons résolu de créer le premier *seder* annuel de la fondation Feigenbaum. L'idée était de Norm — je le précise pour l'en féliciter et non pour l'en blâmer. « Nous inviterons tout le monde, la ville entière ! dit-il. Ce sera le plus grand *seder* communautaire de Pâque de toute l'histoire de l'État du Nebraska. » Venant de Norm, un type d'ordinaire si calme, si réservé ! Je ne l'avais vu qu'une seule fois aussi excité, à savoir pendant les dernières minutes d'un match de football au lycée.

« On a assez d'argent ? s'enquit Ben Halpern.

— Ma réponse est : non. Mais quelque chose me dit qu'on a intérêt à en trouver », répondit Norm.

La fondation Feigenbaum

Il affichait l'*air déterminé du dirigeant efficace* — une expression, mâchoires serrées, menton en avant, qu'il s'entraînait à prendre depuis la première fois qu'il avait écouté sa cassette. Aussi, après avoir emprunté deux mille dollars à la First National Bank, on se mit au travail. Dans le cadre de mon rôle officiel de responsable de la Commission des Fournitures, je téléphonai un peu partout jusqu'à ce que je déniche trois cents *Haggadahs* de Pâque ayant subi un dégât des eaux, le genre longs passages traduits et pleins d'illustrations, dans un entrepôt de Chicago abritant des objets religieux. On en demandait vingt-cinq *cents* pièce, et après âpre discussion, je finis par obtenir le port gratuit. Quand les cartons arrivèrent, je m'aperçus qu'on avait ajouté soixante-quinze partitions : tous les chants traditionnels du *seder* avec translittération des paroles. On appela ensuite l'Église de la Foi luthérienne pour savoir si leur chœur accepterait de participer, et deux jours plus tard, Helene Botwinick, Ben Halpern et moi aidions le pasteur Len Boudreau à faire répéter au chœur de la Foi luthérienne le « Had gadya » et le « Dayénou ». La mélodie ne posa aucun problème — et si la prononciation de certains mots était quelque peu fantaisiste, quelle importance ? Je ne m'étais jamais rendu compte à quel point ces airs étaient joyeux. À les écouter, on ne pouvait que joindre les mains.

Roseanne Halpern, la responsable de la Commission des *Balebuste*, élabora le menu des festivités, secondée par Beth et Helene. Les sœurs Charnis firent don des recettes yiddish de leur grand-mère pour les *tsimes* aux carottes de Pessah, la poitrine de bœuf en sauce et la farce aux *matses* pour le poulet rôti, le tout débarqué d'Europe en troisième classe au tournant du siècle et soigneusement conservé sur du papier jauni enfermé dans un coffre de la First National appartenant aux dites sœurs.

Une fois le menu établi, je décidai des achats avec Dave Wendelstat du Hinky Dinky : plusieurs dizaines de boîtes de *matses*, puis, pour le premier plat, des tas de bocaux de *gefilte fish*, accompagnés de raifort teinté au jus de betterave, et ensuite des tonnes de poulets rôtis bien gras, plus vingt kilos de farine de *matses*, des litres de bouillon de poulet, dix kilos d'oignons et plusieurs douzaines d'œufs pour la farce. Après venait la poitrine de bœuf — seuls convenaient les morceaux les plus gras, m'avaient averti les sœurs Charnis —, et enfin, trente bottes de carottes pour l'incroyable *tsimes* de leur grand-mère. En bas de ma liste de provisions figuraient les divers : pour les plats de cérémonie qui orneraient toutes les tables du *seder*, il nous fallait vingt-cinq jarrets d'agneau et cinquante bouquets de persil, plus cinquante œufs brûlés. On avait également besoin de pommes, de noix et de cannelle pour préparer une auge de *haroset* assez grande pour que tous les habitants de Pinkney puissent en goûter à loisir. Sans oublier le vin : des caisses de vin kasher, un truc dont le caviste de la ville n'avait jamais entendu parler. Dave me promit de faire de son mieux, et cela me suffit.

Et puis, surtout, Norm s'assura que les Feigenbaum seraient bien présents lors de la grande fête. Au téléphone, ils avaient paru ravis à cette perspective, nous apprit-il. Et en effet, deux jours plus tard, un immense portrait du couple nous parvenait par colis recommandé, dans un cadre très orné. « Accrochez-le où vous voudrez, disait le petit mot d'accompagnement. À bientôt. Amitiés, Milton et Ida Feigenbaum. »

Naturellement, sans rabbin pour présider aux cérémonies, un *seder* ne serait que des chansons chantées en chœur agrémentées d'un peu de nourriture, aussi Norm Botwinick appela-t-il tant Millstein que Yaffe pour leur demander de venir. Ainsi nos deux rabbins allaient-ils enfin se rencontrer.

Le compte à rebours s'égrena impitoyablement pendant que nous mettions les dernières touches à notre ambitieux projet. En réponse à nos publicités à la radio locale et dans le *Pink*, les réservations se manifestèrent d'abord lentement puis, tout à coup, affluèrent. Norm, Ben et moi, nous nous réunissions deux fois par semaine pour achever les préparatifs. Beth, Roseanne et les sœurs Charnis se voyaient tout aussi souvent afin de régler les derniers détails concernant le menu. Quant à Andy, il révisait ses Quatre Questions, demandant sans arrêt : « Pourquoi ce soir est-il différent de tous les autres soirs ? », jusqu'à ce que je me surprenne à me le répéter dans ma tête en me brossant les dents avant d'aller me coucher.

L'année dernière, le premier soir de la Pâque tombait un jeudi. Il neigeait depuis six heures du matin. J'ai vu les premiers flocons, de gros flocons cotonneux de neige mouillée, voleter dans l'air au moment où je sortais sur la véranda prendre le journal. Le *Pink* annonçait l'événement en première page : LA FONDATION JUDAÏQUE ORGANISE CE SOIR UN SEDER COMMUNAUTAIRE DE PÂQUE. Nous étions tous cités dans le premier paragraphe. Au magasin de sport Weintraub, c'était les soldes de printemps, mais, même pour assister à l'arrivée du Messie, je n'y serais pas allé. Débordant d'énergie, l'adrénaline coulant dans mes veines, je passai la matinée au siège de l'American Legion à installer les tables et les chaises en compagnie de Ben et de Norm. Ensuite, après déjeuner, j'aidai Earl à disposer les assiettes, les couverts et les verres et, aux alentours de deux heures de l'après-midi, je consacrai une minute à trouver une cachette pour l'*afiqoman* — le morceau de *matse* que les enfants chercheraient plus tard dans la soirée.

À trois heures, je transpirais dans la cuisine à hacher les légumes et à accomplir toutes les autres tâches dont Beth, Roseanne et les sœurs Charnis me chargeaient. J'étais tellement nerveux que j'aurais pu me trancher les doigts sans perdre pour autant la moindre goutte de sang. Je me souvenais d'avoir déjà été dans le même état. C'était en quatrième, le soir où notre lycée donnait une représentation de la pièce *My Sister Eileen* dans laquelle j'avais un petit rôle au cours du deuxième acte. Et là, des années et des années après, le trac me reprenait avec la même force, mélange d'angoisse et d'attente. Cette fois, cependant, ce n'était pas pour moi et mes trois répliques marquant mes débuts au théâtre que je tremblais, mais pour ma religion elle-même, mon timide judaïsme de façade, et je me sentais pareil au gamin qui s'apprêtait à monter pour la première fois sur les planches.

À six heures et demie, trois cent soixante-quinze habitants de Pinkney assis à de longues tables recouvertes de nappes échangeaient des murmures, se grattaient la tête et, perplexes, contemplaient les assiettes du *seder* de Pâque sur lesquelles s'empilaient de mystérieux mets rituels : os cuits brunis au feu, persil, œufs cuits brûlés, eau salée, *haroset*, herbes amères. En bout de chaque table, un demi-verre de vin rouge attendait que le prophète Élie se glisse par la porte entrouverte pour venir en boire une gorgée. Sur le mur du fond, derrière la table d'honneur, nous avions accroché l'immense portrait de Milton et Ida Feigenbaum qui, un sourire bienveillant aux lèvres, semblaient porter sur l'assemblée un regard plein de bonté. Ils paraissaient quelque peu déplacés parmi les drapeaux et les portraits de militaires aux visages sévères, et pourtant, le contraste ne choquait pas.

Le maire en personne était là en compagnie de sa femme et de ses enfants qui tous jetaient des coups d'œil gênés autour d'eux et fixaient leurs assiettes de Pessah comme si une guêpe risquait d'une seconde à l'autre d'en jaillir. Près de la scène, les soixante-quinze membres du chœur de la Foi luthérienne, en robes noires, s'entassaient autour de quelques tables. Certains faisaient leurs vocalises à voix basse. Bien entendu, les piliers de la communauté juive de Pinkney étaient là eux aussi, parmi lesquels Earl Hostetler, vêtu d'un costume noir brillant. Nous avions pris soin d'assurer la couverture médiatique : dans un coin, Ed Crowell du *Pink* griffonnait furieusement des notes pour le journal de la semaine prochaine, prêt également à saisir à l'aide de son Kodak Instamatic les images chocs dès que le *seder* aurait commencé pour de bon. Margie, sa femme, se tenait à ses côtés, caméra vidéo au poing — ce qui n'étonnait personne. En effet, deux ou trois ans auparavant, elle avait filmé une tornade et vendu les images aux chaînes de télévision pour deux mille dollars, de sorte que depuis, elle se promenait partout l'œil collé au viseur, dans l'espoir de décrocher un nouveau jackpot. Et, naturellement, il y avait nos deux rabbins, le clou du spectacle, qui s'observaient comme deux boxeurs soûlés de coups qui s'affrontent pour la première fois sur le ring. Ils étaient assis l'un à côté de l'autre, séparés par le micro. Je constatai avec plaisir que Millstein avait troqué sa tenue de camouflage habituelle pour un treillis vert olive, tandis que que Yaffe s'était soigneusement pomponné, allant jusqu'à mettre une chemise blanche propre et une cravate — dans l'espoir, j'en étais persuadé, de produire une bonne impression sur les Feigenbaum.

Le seul problème, c'était justement de savoir où étaient les Feigenbaum.

Nous avions dépensé jusqu'au dernier *cent* les deux mille dollars empruntés à la banque. Lors des réunions du conseil d'administration, Norm Botwinick arrêtait d'un geste de la main les questions touchant aux finances : « Nous allons recevoir deux millions de dollars, vous avez oublié ? » disait-il. Et nous tous de hocher la tête — oui, les deux millions arrivaient. En ce moment, pendant qu'on parlait, le chèque était sans doute déjà posté, à bord d'un avion parti de la côte Ouest, ou peut-être même déjà dans un centre de tri tout proche. Certes, nous avions eu des difficultés de trésorerie — une chose, puis une autre qui coûtaient davantage que prévu : les jarrets d'agneau, la poitrine de bœuf et jusqu'aux carottes qui étaient loin d'être données. Et puis le fournisseur de vin et d'alcool de Dave Wendelstat installé à Denver avait fait faillite, ce qui nous avait obligés à faire venir de Chicago par colis express sept caisses de vin, un petit voyage par la voie des airs pas particulièrement bon marché. Sans parler du *gefilte fish* — qui a envie de perdre du temps à chercher du *gefilte fish* en solde ? Quoi qu'il en soit, l'argent n'allant pas tarder à nous parvenir, nous n'avions pas lésiné et avions fait ce que nous considérions comme des folies nécessaires.

Alors que je regardais les gens finir de s'installer, Norm Botwinick s'avança vers moi, le visage couleur lie-de-vin. « Mon Dieu, dit-il, hagard. Tout ce travail, cette organisation, et s'ils ne venaient pas ? » Il se prit la tête entre les mains, puis retourna dans la cuisine — afin de se trancher les veines du poignet avec un couteau à découper, supposais-je. De fait, je ne partageais pas ses inquiétudes. Milton et Ida allaient arriver, me disais-je. C'était sûr. Comment pourraient-ils rater cela ? Le premier grand événement de l'histoire de la fondation Feigenbaum. Il fallait qu'ils viennent.

On réussit à gagner du temps jusqu'à sept heures — bien au-delà de l'heure habituelle du dîner dans cette partie du monde où il n'est pas rare que les gens se couchent entre huit heures et demie et neuf heures — mais pas plus. « C'est prêt ! » cria à cet instant Beth depuis la cuisine, et Roseanne Halpern, son marmiton, poussa les portes battantes, nous bousculant au passage, Norm, Ben et moi. C'était le moment pour lequel nous avions tant œuvré : avec ou sans les Feigenbaum, la Pâque juive allait être célébrée à Pinkney, Nebraska.

Un défilé de la population juive locale, conduit par Earl Hostetler et fermé par les sœurs Charnis, déboucha de la cuisine, plats cérémoniels et soupières de bouillon de poulet brandis au-dessus des têtes. Norm, Ben et moi, on observa quelques minutes le spectacle, puis, nous sentant exclus, on s'empressa d'y participer et de commencer à distribuer les *matses*. « *Matses, matses,* cria, tel un vendeur ambulant, Ben Halpern à ses concitoyens. *Matses* glacés, *matses* glacés ! » Nous étions tous un peu affolés. Réunion après réunion, nous avions siégé autour de la table du conseil d'administration à dresser des plans en vue de cette soirée. Nous avions planché page par page sur la *Haggadah* à la recherche de passages qui saisissaient l'essence du rituel du *seder* tout en restant compréhensibles pour nos invités. Nous avions discuté des heures durant sur la procédure à suivre, débattant de tel ou tel point, comme, par exemple, de bons petits *bukhers* étudiant dans les *yeshivas*. Finalement, nous étions parvenus à un compromis acceptable : après une courte introduction prononcée par Norm Botwinick, rabbi Millstein célébrerait la première moitié du *seder* — avant que le plat principal fût servi — puis, après la poitrine de bœuf et le poulet, rabbi Yaffe prendrait le relais pour la suite, y compris les chansons destinées à couronner le tout. Il avait même apporté sa guitare en prévision.

Seulement, sans laisser à Norm le temps de parvenir jusqu'à l'estrade, rabbi Millstein s'était levé et avait tapé sur le micro, au préjudice des tympans de l'assemblée. « Ce truc est branché ? demanda-t-il d'un ton innocent.

— Oui, hurla Norm. Une seconde, j'arrive, je vais vous le régler. »

Millstein n'en tint pas compte et reprit d'une voix tonitruante, roulant les « r » pour imiter un vague accent européen (alors que je savais qu'il était né et avait grandi dans une banlieue de Milwaukee) : « Bonjour, amis gentils. Permettez-moi, au nom de la communauté juive de Pinkney, de vous souhaiter la bienvenue au premier *seder* de Pâque de la fondation Feigenbaum en cette année cinq mille sept cent cinquante-sept du calendrier hébreu. » C'était, mot pour mot, le petit discours que devait faire Norm — il l'avait répété plusieurs fois à notre intention pendant les réunions du conseil d'administration. Comment avait-il pu se le procurer ? Il était trop tard pour se poser la question, d'autant que rabbi Millstein poursuivait à présent avec des paroles de son cru : « Ce soir, nous nous rappelons que c'est nous qui avons été délivrés de l'esclavage, nous qui avons été conduits hors d'Égypte, nous, et non pas nos ancêtres, qui avons été témoins des miracles de Dieu et qui avons été élus... (il s'attarda sur le mot "élus", adressant un large sourire condescendant à la foule)... entre tous les peuples pour recevoir le plus beau des cadeaux de Dieu : les Dix Commandements.

— Excusez-moi, rabbi Millstein », le coupa Sheldon Yaffe d'une voix chevrotante en se levant à son tour. Il jeta un regard implorant à Norm.

Millstein ignora son intervention et continua : « Nous commencerons comme le font tous les Juifs, c'est-à-dire par une prière à notre Dieu. Veuillez, s'il vous plaît, ouvrir votre *Haggadah* à la page trois. Je vais la réciter en hébreu, et vous suivrez de votre mieux à l'aide de la traduction figurant en regard.

— Norm, fais quelque chose, murmurai-je.

— Quoi ? Le tuer ? »

On haussa tous les deux les épaules. En effet, on n'y pouvait plus rien.

« Commençons, entonna Millstein.

— Je le savais. J'en étais sûr », marmonna Yaffe, refermant sa *Haggadah* avec un claquement sec qui résonna comme un coup de tonnerre dans les haut-parleurs. Il mit alors la main sur le micro pour étouffer ses paroles, ce qui n'empêcha pas chacun de les distinguer clairement. « Ce n'est pas un one man show, rabbi Millstein. Vous n'êtes pas seul à officier en ce lieu.

— Si, car j'estime être ici le seul rabbin, répliqua Millstein. J'ai entendu parler de la manière dont vous célébrez les offices les samedis où vous vous glissez sournoisement en ville. Espèce de joueur de guitare ! Imposteur ! Vous ne m'abuserez pas ! Vous êtes une caricature de rabbin, et vous ne seriez que trop heureux de caricaturer cette cérémonie sacrée ! Vous n'êtes qu'un porc ! Vous et vos pareils, vous êtes pires qu'Hitler. Lui, au moins, il disait franchement ce qu'il avait l'intention de faire à notre peuple ! »

Ben Halpern me tapa sur l'épaule. « Hé, les gars, qu'est-ce que c'est que ce cirque ? murmura-t-il.

— Fanatique ! hurla Yaffe. Zélote ! Intégriste !

— Athée ! rétorqua Millstein, se dressant de toute sa taille. Unitarien ! »

Il lâcha le micro, ou peut-être le jeta-t-il à terre avant de quitter l'estrade. (Margie Crowell étant occupée à filmer la fin de la procession qui sortait de la cuisine, il n'existe pas de documents montrant les détails de la scène.) Des témoins ont raconté plus tard que, dans sa chute, le micro avait heurté le bol de soupe de rabbi Millstein et que des éclaboussures avaient aspergé le poignet de la chemise blanche toute propre de Sheldon Yaffe.

Ce qui s'est passé ensuite, j'ai encore du mal à en parler. Comment cela a-t-il pu arriver ? Je ne sais d'où partit la première boulette de *matses*, mais je la vis atterrir sur la joue potelée d'Albert Millstein où, imbibée de bouillon de poulet, elle laissa une trace luisante. Puis, pétrifié d'horreur, je regardai Millstein plonger ses doigts boudinés dans son bol de soupe pour lancer une contre-attaque. Sa boulette sembla flotter dans l'air, comme filmée au ralenti, et, manquant l'épaule de Yaffe (qui s'était baissé), elle atteignit Beth, ma femme, au milieu du front.

Là-dessus, la bagarre éclata.

Une minute auparavant le calme régnait, et soudain, c'était la guerre, encore qu'il fût difficile de savoir qui combattait qui. Les troupes de Millstein — Rhonda et Arlene Charnis, Helene Botwinick et deux vieux abrutis qui travaillaient à la quincaillerie — se regroupèrent autour de leur chef et bombardèrent l'adversaire de boulettes de *matses* et de *gefilte fish*. Les jarrets d'agneau se mirent à voler, ainsi que les œufs durs. Millstein lui-même se révéla un tireur émérite. Il avait une sorte de regard vague qui rendait difficile de savoir où il visait, si bien que ses projectiles vous arrivaient dessus comme venus de nulle part. Les boulettes de *matses,* préparées selon la recette tant vantée de la grand-mère des sœurs Charnis, étaient, il faut le dire, plutôt insipides et étouffantes, mais, en contrepartie, elles

constituaient d'excellentes armes. De leur côté, les parti-
sans de Yaffe — Ben et Roseanne Halpern, Faye Charnis,
Earl Hostetler, plus quelques personnes des tables voisines
— hurlaient des insultes et catapultaient du raifort à l'aide
de leurs fourchettes afin de soutenir leurs tirs de barrage
composés de boulettes.

De tous les participants au *seder,* je crois que seul rabbi
Yaffe parvint à faire un repas décent. Abrité derrière sa
guitare qui lui servait de bouclier, il allait de table en table,
l'allure d'un point d'interrogation humain, utilisant sa
main libre pour tâtonner à la recherche de tout ce qu'il y
avait de comestible qu'il enfournait ensuite dans sa bouche.
Pendant que je plongeais et esquivais de mon mieux, je le
vis dévorer assez de *gefilte fish* pour nourrir une famille de
six personnes, puis faire descendre le tout avec presque une
bouteille entière de Mogen David.

À cet instant, au cœur du carnage, je me souvins d'un
après-midi de mon enfance où ma mère m'avait surpris en
train de me bagarrer avec un gros garçon suant du nom de
Joel Wernik, à l'époque le seul autre Juif de la ville. Ni lui
ni moi ne savions nous battre, et une petite foule de gosses
s'était rassemblée pour nous regarder nous jeter inutile-
ment l'un sur l'autre comme deux idiots. Ma mère avait
écarté le cercle des spectateurs et, m'empoignant par
l'oreille, sans me lâcher, elle m'avait raccompagné ainsi
jusqu'à la maison située deux rues plus loin. Dès que nous
avions été en sécurité derrière les portes fermées, elle
m'avait giflé — la seule et unique fois où elle devait lever
la main sur moi. J'avais été profondément choqué. « Ne te
bats jamais contre un autre Juif devant des goys, m'avait-elle
dit alors, le visage contre le mien et les yeux brillants.
Jamais, jamais. Pas devant des goys ! »

Qu'est-ce qu'elle aurait dit à la vue de ce spectacle ? Je
m'imaginais à genoux, la suppliant de me pardonner. *S'il te
plaît, maman. Je te jure que je n'y suis pour rien. Ce n'est pas
ma faute, il faut que tu me croies.* À cet instant, une boulette

de *matses* m'atteignit juste au-dessus de mes lunettes, ce qui me ramena brutalement à la réalité de Pinkney où tout autour de moi régnait le chaos. Je vis Wanda, la femme de Dave Wendelstat, qui, assise seule à une table près de la cuisine, observait attentivement la scène. Malgré les éclats de boulettes de *matses* qui volaient autour d'elle, elle ne baissait pas la tête et affichait un sourire plein d'espoir, comme si elle se demandait : *Est-ce que ça fait partie du rituel ? Je n'ai pas l'impression qu'ils l'aient mentionné dans le carton d'invitation.* Quant à Margie Crowell, elle braquait sa caméra vidéo comme une folle pour enregistrer les péripéties de la bagarre générale.

Personne n'a réussi à trouver une explication rationnelle à ce qui devait suivre. À un moment, au milieu de la mêlée, le chœur de l'Église de la Foi luthérienne se leva et, dirigé par le révérend Len Boudreau, entonna à tue-tête une version enlevée de « Dayénou ». Aussitôt, le combat cessa. Nous étions là, figés sur place, dégoulinant de soupe au poulet, à lécher les miettes de boulettes de *matses* et de *gefilte fish* collées autour de nos lèvres, tout à la joie qui émanait de l'hymne de grâces. Ils l'interprétaient comme s'ils avaient répété depuis des années en prévision de cet instant. Ils chantèrent les treize couplets, à pleins poumons, et si, à cette seconde, Élie en personne était descendu dans la salle sur son chariot de feu pour boire une gorgée de vin, je crois que je n'aurais même pas haussé un sourcil. C'est au treizième couplet que les Feigenbaum entrèrent, couverts de neige.

Une année a passé depuis la soirée de notre grand *seder* communautaire. Dans une ville comme Pinkney, étant donné que nous manquons parfois de sujets de bavardage, nous avons tendance à ressasser les vieilles histoires jusqu'à ce que tout le monde en ait par-dessus la tête, ce qui explique pourquoi tant de gens du coin évoquent encore avec nostalgie la débâcle de la salle des Anciens combattants. De temps en temps, quelqu'un avance une nouvelle théorie quant à l'identité de celui qui a lancé la dernière boulette de *matses,* celle qui a atteint Milton Feigenbaum, l'homme qui patronnait notre fête, en plein sur le nez. Personnellement, je n'en ai aucune idée — j'avais ôté mes lunettes pour essuyer le gras de poulet qui maculait les verres, si bien qu'à ce moment-là, je tâtonnais en aveugle au milieu des débris. De toute façon, j'aimerais croire que nous avons tous oublié ces regrettables événements pour regarder enfin vers l'avenir.

Ouais ! Je peux toujours croire ce que je veux, cela n'empêche pas qu'un membre de notre petit groupe qui se retrouve le matin au Vine's Corner Cafe en reparle parfois pendant que j'essaie de manger mes gaufres, de sorte que je finis à chaque coup par renverser du sirop d'érable sur le devant de ma chemise. Tout le monde se plaît tellement à faire le pitre là-dessus. Mes parents étaient encore abonnés au *Pink,* si bien que même à Mesa City, ils ont été tenus au courant des problèmes que nous avons connus pour la Pâque de l'année dernière. Après, ils m'ont téléphoné à deux ou trois reprises, désireux d'obtenir des détails, mais j'étais incapable de me résoudre à aborder le sujet. Il arrive que quelqu'un en parle aussi le samedi matin au cours du service de *shabbes.* Dans ce cas, les autres s'interrompent sur-le-champ, grimacent l'espace d'une seconde ou deux, puis laissent échapper un soupir avant de s'efforcer de reprendre les prières.

Le point positif, c'est que les Juifs de Pinkney continuent à se réunir au Rotary Club tous les samedis pour *shabbes.* Étonnant, non ? Nous avons engagé un nouveau rabbin, un type discret, très gentil, un certain Lowell Glatt qui vient une fois par semaine de Topeka. Il ne ressemble guère à l'idée que je me fais du rabbi Shlomo Zindel de Pinkney, le brillant, charismatique et mythique rebbe Feigenbaumer, mais soyons franc, Pinkney n'est pas Opole ou Berditchev. Rabbi Glatt fait de gros efforts. Il a une jolie voix, et s'il possède une tenue de camouflage, il la laisse chez lui. Nous contribuons tous à son salaire, et jusqu'à présent, chacun paraît plutôt content de ses prestations. Andy a fait sa bar-mitsva il y a deux mois — une petite cérémonie, rien que la famille et les amis, pas de grand tralala — et rabbi Glatt s'est débrouillé à merveille. Il a même accepté de donner bientôt des cours particuliers à Earl Hostetler pour l'aider à franchir les délicates étapes de la conversion. Earl est ravi, du moins pour l'instant. Personne ne lui a encore parlé de la circoncision.

Les Feigenbaum ne nous ont pas donné les deux millions de dollars. En fait, nous n'avons plus jamais eu de leurs nouvelles après le soir du *seder,* sinon la note de teinturier qu'ils nous ont envoyée. (Les taches de bouillon de poulet peuvent être redoutables sur le brocart, avons-nous appris à cette occasion.) Inutile de nous bercer d'illusions : si la vidéo-cassette de « Règlement de comptes à l'American Legion » n'avait pas fini un mois plus tard à *Vidéo Gags,* il nous aurait été certainement plus facile de regagner les faveurs de Milton et Ida. J'ai fini par me dire que les si et les peut-être ne mènent nulle part.

Pourtant, vous pouvez me croire, je n'en veux pas aux Feigenbaum. Du reste, pourquoi leur en voudrais-je ? D'accord, ç'aurait été agréable d'avoir l'argent — de consacrer mes loisirs à organiser des expositions d'art juif, de faire venir des célébrités et des artistes juifs pour des symposiums d'une semaine et des festivals de toutes sortes, et puis de donner des réceptions en l'honneur de savants et de lettrés de réputation internationale — mais pensez à ce que nous avons : rabbi Lowell Glatt et des services réguliers de *shabbes* ! Peu m'importe ce que les autres racontent : c'est un véritable miracle.

J'ai toujours le portrait de Milton et Ida Feigenbaum dont je ne peux me résoudre à me débarrasser. Il est rangé dans le garage, sous une bâche. Au bout de quelques mois, en effet, j'en ai eu assez de contempler leurs éternels sourires bienveillants. Je continue toutefois à penser qu'un de ces jours, les Juifs de Pinkney auront peut-être un endroit où l'accrocher : un club-house ou une salle de réunion leur appartenant en propre. Ce serait quelque chose, non ? Remarquez, nous n'avons besoin de rien de particulièrement élaboré. Juste un petit bâtiment — dans le style byzantin, peut-être. Ah oui, ce ne serait pas trop mal : quelques mosaïques, quelques fenêtres en ogive, et puis peut-être quelques incrustations à motifs géométriques aux poutres du plafond. L'odeur des vieux livres de prières, les grains de poussière qui dansent dans les rayons de soleil, le beau son harmonieux des Juifs en prières qui ressemble plus que tout à des pleurs. Et une arche, oui, une arche en cèdre sculptée à la main et couverte d'un rideau de velours au liseré d'or — et derrière le rideau, qui attendrait patiemment chaque semaine le shabbat, notre Torah à nous, une petite merveille couronnée d'argent et parée comme une reine.

Bon, je m'emballe peut-être un peu, je l'admets. Mais sachez-le : quand on est juif et qu'on vit à Pinkney, il faut bien rêver. C'est ce qui permet de tenir cependant que passent les années et qu'on s'efforce de former un *minyan* au milieu de tous ces étrangers.

Shifman au paradis

1

Shifman se cala dans son fauteuil et s'arracha négligemment une poignée de cheveux à la base du crâne. « Hé, regardez, dit-il, s'adressant surtout à lui-même. Je perds mes cheveux. Eh ben ! Les médecins m'avaient prévenu, ils ne se sont pas trompés. »

Fasciné, Leo Spivak, le patron de Shifman, le considérait avec des yeux ronds. « Bon Dieu, Ed, souffla-t-il. Arrêtez. Remettez-les. »

Shifman contempla les cheveux nichés dans le creux de sa paume comme s'il s'agissait d'une lettre d'amour, puis il leva le regard sur Spivak, déposa la touffe de cheveux sur la table de conférence et s'en arracha une autre. « Voilà, dit-il. Je perds mes poils. Vous n'avez plus qu'à m'appeler Fido. Vous voyez, Leo, ça continue. »

Il n'avait recommencé à travailler que depuis une semaine et demie, mais chez Bowles & Humphries, le bruit courait déjà qu'il était tout fringant, et puis courageux, infatigable — le genre à prendre un coup de poing dans les gencives et à en redemander avec le sourire. Pendant qu'il était dans une cabine des toilettes pour hommes du dixième étage, il avait surpris une conversation entre deux types qui, pissant côte à côte dans les urinoirs, parlaient de lui. « Je n'aurais jamais cru que Shifman soit fait d'une telle

199

étoffe », avait dit l'un. « Ouais, avait acquiescé l'autre. Ce mec a des *cojones* au cul. » C'était l'un des plus beaux compliments qu'on lui eût jamais fait.

Shifman était revenu au bureau quelques jours après être sorti de l'hôpital où il avait passé un mois, traité pour une maladie de Hodgkin détectée à un stade précoce. Il était donc de retour chez Bowles & Humphries tout en poursuivant sa radiothérapie — amaigri, pâle, nauséeux, perdant ses cheveux, mais le cœur au ventre. Il commençait à se comparer aux légendaires joueurs de base-ball Lou Gehrig et Cal Ripken Jr. « Shifman l'Homme de Fer, se surnommait-il. Jamais manqué un match. Un pro, ça ne quitte pas le terrain. »

En vérité, sous ses airs bravaches, Shifman était plus terrifié qu'il ne l'avait été de sa vie, et il ne voyait aucune raison pour que cela change, dût-il vivre jusqu'à cent vingt ans. De sournois accès de terreur le saisissaient à d'étranges moments. Il n'avait jamais le sentiment d'être seul, car il sentait les vestiges de sa maladie s'accrocher à lui avec opiniâtreté, pareils aux Juifs du ghetto de Varsovie, et se cacher désespérément dans un grenier au-dedans de lui pour fabriquer une version maladie de Hodgkin des cocktails Molotov. Cette image le perturbait terriblement. Il s'était toujours identifié aux Juifs du ghetto de Varsovie, et il se sentait déchiré entre le désir de compatir à leurs souffrances et d'applaudir à sa radiothérapie aux accents nazis. Et si on oubliait le ghetto de Varsovie, il restait la radiothérapie, bien réelle et non pas métaphorique, et qui faisait vachement mal.

Il y avait cependant des compensations. Par exemple, ses progrès sur le front Greta Braunschweig : Greta, la fille svelte et séduisante du service comptes clients qui avait passé une bonne année à l'envoyer promener, était tombée sérieusement amoureuse de lui sur le champ de la bataille qu'il menait contre le cancer. Le changement s'était pro-

duit par paliers : elle avait d'abord arrêté de faire référence
à sa judéité, se dispensant de remarques du style : « Fous,
les Chuifs, fous zêtes si arrogants ! » émises avec un faux
accent germanique, puis, Dieu merci, elle avait fini par
renoncer à rebattre les oreilles de Shifman du récit détaillé
de sa liaison avec Mr. Hargrove. De fait, elle avait cessé de
parler autant lorsqu'elle se trouvait en sa compagnie. Elle
se bornait à le contempler avec admiration, les yeux humides, la lèvre inférieure pulpeuse tremblante d'émotion
contenue. *Putain, c'est vraiment étonnant l'influence qu'une
grosse cicatrice rouge sur le ventre et quelques cheveux en moins
peuvent exercer sur le sex-appeal d'un mec,* se disait Shifman.

Et finalement, un soir, à peine un mois après qu'il eut
quitté l'hôpital, Greta l'invita à boire un verre chez elle.
Elle l'accueillit à la porte, le gratifia d'une étreinte brûlante
et lui roucoula dans un murmure : « Embrasse-moi, mon
brave petit poussah. » Puis elle se recula et fit glisser à terre
la superbe robe de soie qui lui dénudait déjà l'épaule
gauche.

Quelques minutes plus tard, ils étaient enlacés sur le lit
de la chambre décorée du sol au plafond d'affiches de Leni
Riefenstahl. « Je veux te sentir en moi, mon vaillant soldat »,
gronda Greta et, au bout de deux ou trois secondes, elle se
mit à émettre une série de cris de jouissance semblables à
tant d'airs wagnériens. Shifman se dit alors que si ses agrafes
pétaient et que ses intestins se déversaient sur le matelas
comme un enchevêtrement de cordes sanguinolentes, il
mourrait heureux.

Au milieu de la nuit, il vit à la faible lumière Greta qui,
ses yeux en amande mi-clos, ondulait à nouveau des hanches, tandis que son corps se tordait, en proie à une frénésie
de désir teutonique. Waouh ! tout cela devant Ed Shifman,
celui-là même qui, au lycée, n'avait pas osé assister au bal
de fin d'année par crainte de se ridiculiser en embrassant
une fille, et qui, maintenant, possédait quelque chose en
commun avec l'onctueux, l'élégant Mr. Hargrove, le renard

argenté en personne. On a tous les deux peloté la même paire de seins, se disait-il. On a léché le même intérieur de cuisse, humé les mêmes arômes. Bon, d'accord, Hargrove avait sûrement peloté, léché et humé avec un petit *je ne sais quoi* en plus, acquis grâce aux années d'expérience et aux quelques trucs appris auprès des putains françaises après la libération de Paris. Mais Shifman ne s'en formalisait pas.

Peut-être que Hargrove et lui devraient déjeuner ensemble et comparer leurs notes. Ce serait quelque chose, non ? Un martini-dry à la main, ils pourraient discuter des techniques sexuelles les plus raffinées, installés à une table du club privé de Hargrove que Shifman imaginait quelque part dans une rue calme et ombragée au cœur du quartier chic. Un vieux serviteur tout desséché se tiendrait là, stoïque, prêt à remplir leurs verres. *Une fille charmante, Greta, je suis ravi d'apprendre que vous couchez avec elle. Permettez-moi de vous donner quelques conseils : avez-vous essayé la position que les Hindous appellent Chevaucher le cheval sauvage jusqu'en haut de la grande montagne ? Vous devriez. Cela l'amène au bord de la fusion de la personnalité.*

Non, non, ce serait une très mauvaise idée, se reprocha intérieurement Shifman avant de se remettre à l'ouvrage. Ne sois pas stupide. Hargrove ne va certainement pas siroter des martinis en échangeant avec toi des tuyaux sur les pratiques sexuelles. Bon sang ! il est assez vieux pour être ton père ! Il appartient à la génération d'avant la libération des mœurs. Et ce n'est pas seulement ton patron, mais le patron du patron de ton patron. Allez, laisse tomber !

En outre, il ne tenait pas à parler de Greta Braunschweig à qui que ce soit. Il ne tenait même pas à s'en parler à lui-même, parce que derrière le désir qu'il éprouvait pour elle, il y avait un sale petit secret. Le point crucial, plus crucial encore que tous les charmes de Greta réunis, c'était la séduction irrésistible qu'exerçait sur lui le mépris prussien qu'elle manifestait à son égard avant le cancer et qui, au cours de l'année dernière, l'avait fait se sentir (entre autres choses), lui Ed Shifman, fils de Bernard et Frieda Shifman de Cleveland, Ohio, plus authentiquement juif qu'il ne s'était jamais senti. Toutes les années passées à somnoler à la Talmud Torah ou à *daven* à la synagogue ne comptaient pas, réalisait-il à présent. Est-ce qu'on avait besoin de marmonner des prières inintelligibles au Tout-Puissant et de se payer des tonnes de lectures ennuyeuses sur l'histoire ancienne alors qu'on pouvait avoir une bonne vraie persécution de première main ?

Comment partager avec quelqu'un une telle découverte ? À qui en parler ? À ses parents ? Impossible. Ils ne comprendraient jamais les *meshugas* qui lui passaient par la tête. Peut-être qu'il pourrait malgré tout en toucher un mot à Mr. Hargrove. *Excusez-moi, Mr. Hargrove, mais j'ai un problème avec la souffrance.* Non, bien sûr que non. C'était hors de question. Hargrove n'était pas du genre à comprendre ces choses-là. Comment l'aurait-il pu ? Il fréquentait sans doute l'un de ces country-clubs sélects situés sur la rive nord, à Kenilworth ou autre banlieue nommée d'après le titre d'un roman de Sir Walter Scott où tous les Hargrove, les Pendelton, les Campbell et les MacArthur sirotaient leurs cocktails sous le regard bienveillant de Dieu. La souffrance était une chose que le Christ avait déjà connu pour eux il y a deux mille ans.

Quand il ne se rendait pas à l'hôpital pour ses séances quotidiennes de radiothérapie ou qu'il ne traînait pas à la comptabilité clients pour peloter subrepticement les charmes de Greta Braunschweig, Shifman, dans les semaines qui suivirent son retour au bureau, passait la majeure partie de son temps à assister aux réunions organisées par Leo Spivak sur la nouvelle stratégie de marketing. « Je vous présente Ed Shifman, déclarait-il à chaque fois en faisant signe à ce dernier de se lever. Ed est en train de guérir d'un cancer contre lequel il se bat de toute son énergie pour le soumettre comme on le ferait avec un chien enragé, et c'est précisément ainsi que Bowles & Humphries a l'intention de se battre pour augmenter votre part de marché si vous décidez de nous confier votre budget. » C'était le moment convenu, celui où Shifman s'arrachait une touffe de cheveux. On aurait alors entendu une mouche voler.

Au fil des semaines, il assista à plusieurs réunions destinées à tester de nouvelles lignes de produits pour de nouveaux clients — du genre les Dents du Cacao, des céréales pour enfants qui tournaient furieusement en rond dans le bol de lait jusqu'à ce qu'on ait croqué la dernière, le Cat O'Blarney, une litière parfumée pour chats mélangée à de vraies fleurs des champs irlandaises et le Liquide Parangon, un détergent si puissant que vos gosses pouvaient vous ramener n'importe quelle saleté. Caché derrière une glace sans tain, il espionnait les panels de consommateurs organisés par Leo Spivak où l'on goûtait les tubes de Jambon au Piment de Ma Pinkney qui permettaient, à chaque bouchée, de retrouver la saveur de l'Amérique d'antan, ou un café express instantané appelé Montenegro qui, en quelques secondes, transformait votre cuisine en bistrot rive gauche, ou encore où l'on humait le A pour As, un nouveau bain moussant senteur musquée conçu pour les vrais hommes qui désiraient néanmoins prendre soin de leurs corps.

Il avait la belle vie. Récemment, il s'était mis à lire la *Revue de la publicité* pendant l'heure du déjeuner, ce qu'il n'avait jamais fait avant son séjour à l'hôpital, et tous les matins, avant même la page des sports, il étudiait dans la *Tribune* la rubrique consacrée au monde de la publicité afin de se tenir au courant, de savoir qui avait embauché qui, qui avait été promu, quelle agence avait perdu ou gagné tel ou tel budget.

Bizarrement, à mesure que le temps passait, Shifman remarqua que son intérêt pour Greta Braunschweig diminuait quelque peu. Bien sûr, elle continuait à l'obséder à de curieux moments — images plutôt hard avec, pour vedette, une Greta gémissante et trempée de sueur plus ou moins dénudée dont la peau d'une blancheur de lait luisait dans la chaleur humide d'un abandon teutonique —, mais pour des raisons qui lui échappaient, son désir, la tension érotique qui l'avait habité au cours des longs mois où elle l'avait abreuvé de son mépris, avait commencé à faiblir, jusqu'à ce qu'un jour, il s'aperçoive que cela faisait plus d'une semaine qu'il n'avait pas éprouvé le besoin de descendre à la comptabilité pour lui mettre la main aux fesses.

Le lendemain soir, elle lui téléphona au moment où il s'apprêtait à se coucher. « Je pensais à toi, mon poussah, dit-elle.

— Je n'aime pas trop ce surnom. J'aurais dû te le signaler plus tôt.

— Alors, comment veux-tu que je t'appelle ? demanda Greta d'une voix tremblante.

— Bon Dieu, je ne sais pas, moi. Je peux te rappeler ? »

Il raccrocha, l'impression d'être un parfait salaud. Pourquoi ne pas lui avoir avoué la vérité ? Parce que c'était sordide, dégueulasse, voilà pourquoi. Il savait combien c'était délirant, morbide, mais il ne pouvait pas s'en empêcher — il voulait l'entendre le lui répéter : *Fous, les Chuifs, fous zêtes si arrogants !*

En poche sa troisième paie depuis son retour, il entra dans un magasin de Michigan Avenue et s'acheta un imperméable Burberry, la chose la plus chère qu'il eût jamais achetée. Il coûtait davantage que son canapé, l'équivalent de deux semaines de salaire, c'est-à-dire à peu près tout ce qu'il possédait sur son compte en banque, seulement c'était un Burberry, nom de Dieu, et une fois qu'il l'eut enfilé, il lui sembla qu'il lui suffirait de claquer des doigts pour obtenir une table au Perroquet. Certes, ayant dépensé tout son argent pour l'imperméable, il ne pouvait pas se permettre de manger là, mais même s'il l'avait pu, il était incapable, à cause de sa radiothérapie, d'avaler plus de deux bouchées de gelée sans être saisi de crampes et se replier en position de fœtus. Ouais, mais quand même ! Et puis, ces épaulettes, vous avez vu ?

Six semaines après son retour, par une belle et douce journée, Shifman accompagna Leo Spivak au site de recherches de Bowles & Humphries situé dans le gigantesque centre commercial de LincolnLand, au cœur de la jungle mystérieuse de la banlieue nord-ouest. La salle où l'on réunissait les panels de consommateurs était tout en longueur, faiblement éclairée, et dominée par une énorme table de conférence en bois de rose autour de laquelle on pouvait asseoir jusqu'à trente personnes. Les bruits étaient étouffés par une épaisse et luxueuse moquette beige qui couvrait également trois des murs et qui donnait à la pièce un air de sérénité feutrée. Toute la salle était sonorisée, truffée de micros placés sous la table et dans le plafond. Le quatrième mur était occupé par une immense glace sans tain derrière laquelle était dissimulé un poste d'observation équipé de magnétophones, de caméras vidéo, d'un réfrigérateur et divers autres appareils. Le fin du fin.

« Vous êtes sûr que Mr. Hargrove m'aime bien ? » demanda Shifman à Spivak pendant qu'ils branchaient les micros. Il posa son Burberry sur un fauteuil. « Répondez-moi sincèrement, Leo.

— Je vous répète qu'il vous adore, affirma Spivak, fronçant les sourcils. Il vous trouve fantastique. Vous êtes comme le fils qu'il est content de ne pas avoir eu. Un, deux, trois, fit-il, testant le micro. Qu'est-ce qui vous tracasse comme ça ?

— Rien, je ne sais pas », répondit Shifman.

Il se tut. Il espérait que Leo Spivak n'était pas au courant pour Greta. En fait, il voulait que personne ne sache. *Salut p'pa, salut m'man. Vous ne devinerez jamais. Vous êtes assis ? Eh bien, je suis amoureux d'une nazie. C'est quelque chose, non ?* En effet, c'était quelque chose. La nouvelle les tuerait sans doute — une explosion spontanée. Des petits bouts de Bernard et Frieda Shifman collés au plafond.

Spivak tripota un instant les boutons permettant de régler la caméra vidéo. « Bon, Eduardo, laissez-la en permanence braquée sur les filles, ce sont elles les vedettes du spectacle. » Là-dessus, il sortit, et Shifman se retrouva seul dans la pièce d'observation. Il joua un peu avec le zoom et s'entraîna à promener la caméra autour de la table de conférence en bois de rose. Il vit Spivak entrer dans la salle, suivi peu après par une nuée de femmes. Dans un coin, Spivak entreprit de remuer une marmite de Super ragoût instantané. « Les badges, mesdames. Prenez un badge pour inscrire votre nom », leur lança-t-il par-dessus son épaule tandis qu'elles envahissaient la salle.

Shifman régla le volume du son.

Spivak finit de donner ses instructions au groupe de femmes d'une voix nasillarde et chantante qui n'était pas sans rappeler à Shifman la voix empreinte de patience que prenait sa mère pour parler de ou à son mari. Une fois que toutes les femmes furent assises, Spivak les laissa se présenter et dire chacune deux mots sur sa vie, ses mariages, ses enfants, son travail. Elles formaient un ensemble hétéroclite, un échantillon représentatif de la ménagère américaine : grosses et maigres, de trente-cinq à soixante ans selon les estimations de Shifman, blanches, noires et hispaniques, riches et pauvres. Quelques-unes s'étaient habillées pour l'occasion, couvertes de bijoux et de maquillage, d'autres portaient leurs vêtements de tous les jours, le genre de truc informe qu'on met pour aller faire ses courses. On comptait parmi elles une enseignante non titulaire, une assistante dentaire, trois divorcées sans emploi, deux grands-mères, une veuve, une directrice de crèche, une professeur d'aérobic et cetera.

À l'aide d'une louche, Spivak remplit de ragoût une série de bols jetables qu'il fit ensuite circuler autour de la table, puis il toussota jusqu'à ce que les femmes cessent de glousser et se taisent pour écouter son discours bien rodé sur le produit à tester. Il commença par une série de blagues douteuses sur les restes avant de conclure : « Je pourrais vous assener un tas de jargon technique pour vous expliquer comment le Super ragoût instantané est né dans les cuisines de recherches des Produits Ordway, mais, me direz-vous, qui s'intéresse à une bande de crétins en blouses blanches ? C'est vous les vraies spécialistes ! Alors, mesdames, à vos cuillères ! »

Les femmes goûtèrent en silence, puis l'une d'elles s'exclama, feignant un haut-le-cœur : « Beurk, c'est vraiment mauvais.

— Infect ! renchérit une autre qui laissa tomber sa cuillère dans le bol qu'elle repoussa avant de le contempler d'un air horrifié, comme si une mouche nageait à la surface.

— Qui a eu cette idée ? interrogea une troisième. C'est de la nourriture pour chien. Je ne vois pas pourquoi je donnerais à ma famille de la nourriture pour chien en sachet.

— Je pourrais avoir un peu d'eau ? demanda la première. Je voudrais faire disparaître ce goût que j'ai dans la bouche.

— Ouais, moi aussi, dit une autre.

— Un petit instant, mesdames », fit Spivak.

Il quitta la salle en toute hâte, déboucha en trombe dans la pièce d'observation et claqua la porte derrière lui. « Saloperies ! s'écria-t-il en balançant son calepin en direction d'une table. Merde, je leur avais bien dit que ça avait le goût d'aliment pour chien. Ça fait six mois que je me tue à le leur répéter. Je l'ai dit à Anita du service commercialisation, je l'ai dit à Salzano du service recherche et développement, je leur ai dit et redit de travailler sur le goût, bordel ! Tout le monde était tellement centré sur la texture. La texture, la texture, tellement authentique ! Tu parles ! On ne goûte pas la texture, on goûte le goût ! »

« Qui a pu concevoir un truc pareil ? demanda l'une des femmes dont la voix s'éleva dans les haut-parleurs de la pièce avec une légère distorsion.

— Quelle idée ridicule, dit une autre. Qui oserait servir ça à la table familiale ? Il faudrait être cinglée. Ce serait un cas de divorce. »

« Ça fait drôle, Leo, de les écouter comme ça, dit Shifman. J'ai l'impression que c'est tricher.

— Tricher ? Mais c'est à ça que servent les micros cachés, mon petit. C'est leur rôle et c'est aussi pour ça qu'on a inventé les glaces sans tain. »

« Et puis, c'est qui ce type ? demanda une femme d'une voix dégoulinante de mépris. Je veux dire... » Elle se mit deux doigts dans la bouche et fit semblant de vomir dans son bol de ragoût. Les consommatrices réunies autour de la table éclatèrent de rire.

« Quel horrible petit bonhomme, s'exclama l'une. On dirait Gunga Din[1]. » Les rires redoublèrent.

« Tu es un meilleur homme que moi, Gunga Din », cita une autre, et toutes de s'esclaffer.

« Vous avez remarqué combien ses mains sont minuscules ? demanda la femme la plus âgée.

— C'est vrai ce qu'on raconte sur les hommes qui ont de petites mains ? » interrogea l'une des divorcées. Il y eut un court silence pendant lequel tous les regards convergèrent sur elle. « Vous savez bien, reprit-elle en mesurant un écart de quelques millimètres entre le pouce et l'index. Petits doigts, petite bite ? »

Saisies d'un fou rire incontrôlable, elles se mirent à taper du poing sur la table. Quelques-unes prirent des mouchoirs en papier pour s'essuyer les yeux, et l'une d'elles réussit à dire entre deux hoquets : « Tu es un plus petit homme que moi, Gunga Din. » L'hilarité fut alors à son comble.

Spivak se tourna vers Shifman : « C'est un mensonge. Elles ne savent pas de quoi elles parlent. Un tissu de conneries. Allez, sortez-la, ordonna-t-il à Shifman. On va comparer.

— Pardon ?

---

1. Allusion à un poème de Rudyard Kipling. Personnage indien, porteur d'eau dans l'armée des Indes britannique qu'il sert indéfectiblement malgré les brimades dont il est l'objet. *(N.d.T.)*

— Vous m'avez parfaitement entendu. Sortez votre bite. Voyons qui a la plus petite.

— Leo, je me refuse à faire ça. »

Spivak le dévisagea une seconde. « Si j'ai bien compris, vous refusez de me rendre ce petit service ?

— Il n'y a pas longtemps que j'ai quitté l'hôpital, Leo, dit Shifman. Laissez-moi tranquille. Je n'ai jamais dit que vous aviez une petite bite.

— Bon, très bien, comme vous voudrez. » Spivak tripota les boutons de la caméra vidéo et la braqua sur l'une des femmes les plus jeunes, une blonde sculpturale vêtue d'un polo rose moulant. « Bon, elles ne veulent pas de notre produit. Moi, ça m'est égal, mais puisqu'elles aiment la plaisanterie, reprit-il avec un mince sourire, on va leur en donner. » Il régla la caméra et zooma sur les seins de la blonde qui se soulevaient au rythme de son rire. Les mamelons tendaient l'étoffe du polo. « Voilà, continua Spivak. Filmez les nénés. Plus ils sont gros, meilleur c'est. Il y a vingt femmes dans la salle, ça vous fait quarante seins à prendre. Un vrai ragoût de nichons.

— Leo, je ne suis pas sûr que ce soit une bonne idée.

— Vraiment ? Eh bien, merci pour le conseil, Ed. Et maintenant, écoutez-moi bien : vous êtes mon protégé et je suis votre mentor. Alors, vous cessez de discuter et vous zoomez sur les nénés.

— Attendez, je... je ne crois pas qu'on devrait faire ça. »

Spivak s'empara d'un grand pichet d'eau et d'une pile de gobelets en carton. « Vous êtes idiot, ou quoi ? C'est votre cerveau qu'on traite aux rayons ? La plupart des types de votre âge se battraient pour saisir une chance pareille. C'est l'occasion de s'amuser, mon vieux. » Sur ce, il ouvrit la porte et disparut.

La réunion de consommatrices se prolongea encore une demi-heure durant laquelle Spivak interrogea les femmes sur leurs habitudes culinaires, leurs préférences, et nota leurs réponses entrecoupées de gloussements. L'espace d'un

moment, Shifman pointa consciencieusement la caméra sur
le polo de la blonde. Et puis merde ! se disait-il. Ça ne fait
de mal à personne de jouer au con une fois de temps en
temps. Tous les deux ou trois mois, peut-être ? Est-ce qu'il
ne l'avait pas mérité ? Il venait de vivre des moments diffi-
ciles, non ? Et puis, que savait-il de tout ça, finalement ?
Peut-être que c'était le genre de choses auxquelles Bowles
& Humphries s'intéressait. Peut-être que l'onctueux, le raf-
finé Mr. Hargrove en faisait son quotidien.

À mesure que le temps passait, sa résolution commença
néanmoins à faiblir. Lassé des seins de la blonde, il zooma
d'abord sur son nez et ses lèvres luisantes, puis sur le visage
des autres femmes qu'il étudia de près. Il s'attarda sur une
femme d'une cinquantaine d'années portant des lunettes,
qui se grattait une rougeur qu'elle avait dans le cou. Après
quoi, il revint sur la blonde et zooma de nouveau sur sa poitrine selon une espèce de rythme syncopé, créant un effet
de yo-yo qui lui donna le vertige pendant qu'il se penchait
sur l'écran de contrôle.

Quelques jours plus tard, alors que, installé à son bureau,
il buvait à petites gorgées son café du matin, Shifman s'aperçut qu'il ne perdait plus ses cheveux. Il était maintenant
habitué à se caresser l'arrière du crâne comme pour recti-
fier sa coiffure, puis récolter une poignée de cheveux qu'il
laissait tomber sur son sous-main. Mais aujourd'hui, rien. Il
sentait même sous ses doigts un léger duvet. Comme c'est
bizarre, songea-t-il. Des cheveux.

L'après-midi, il subit sa dernière séance de rayons et
ensuite, pendant qu'il se rhabillait dans le cabinet de consul-
tation, ses médecins se pressèrent autour de lui, piaillant
comme des singes, pour lui tapoter le crâne et le palper à
la recherche de nouvelles grosseurs aux aisselles ou à l'aine.
« Vous êtes sorti de l'auberge, déclara enfin le Dr. Lipschitz.
Plus de radiothérapie, mon vieux. Allez hop, du balai ! Tiens,
à propos, vous avez un chouette imper. »

211

Après le départ de ses confrères, le Dr. Peltz, l'oncologue de Shifman, resté en arrière, le tâta de nouveau aux endroits stratégiques.

« Il me semble qu'on vient déjà de le faire, non ? s'étonna Shifman.

— Ne jouez pas au petit malin avec moi, répliqua le Dr. Peltz. C'est moi l'oncologue. »

Quelques instants plus tard, il confirmait à son patient l'absence totale de tumeurs. Au cours des six dernières semaines, Peltz avait mis au point tout un repertoire d'expressions faussement optimistes à l'usage de Shifman : « Voilà qui me réjouit le cœur, jeune homme », ou bien : « Si vous étiez une entreprise cotée en bourse, Ed, j'envisagerais sérieusement d'investir sur vous », ou encore : « Il y a quelqu'un ici qui me paraît complètement débarrassé de son cancer ce matin. Voyons, voyons… d'après vous, de qui pourrait-il s'agir ? » Là, toute la gamme y passa, cependant qu'il affichait un sourire quelque peu déplaisant.

« Ouais, mais est-ce que je suis guéri ? demanda Shifman une fois que le Dr. Peltz eut fini son boniment.

— Allons, allons, fit le médecin, plaquant la main sur la bouche de Shifman. N'employez pas ce mot. En aucun cas. C'est un mot que nous ne voulons pas entendre ici.

— Quel mot ? marmonna Shifman au travers des doigts de son docteur. Guéri ? »

Le Dr. Peltz accentua sa pression. « En qualité d'oncologue, je vous l'ordonne : ne répétez pas ce mot ! » Il s'écarta d'un pas et s'épongea le front à l'aide d'un Kleenex. « Vous êtes en rémission. Vous avez très bien supporté votre radiothérapie, et vous n'avez plus aucune trace de cancer. Vous avez des chances de demeurer en rémission pour le restant de votre vie. C'est tout ce que je peux vous dire.

— Ça signifie que je suis…

— Ne le dites pas. Ne prononcez pas le mot ! lui enjoignit le Dr. Peltz, fendant l'air du tranchant de la main comme un karatéka. C'est un mot interdit en ce lieu.

— Bon, alors, répondez simplement à cette question : quel est le risque que je rattrape la maladie de Hodgkin ?
— Nul. Zéro. Que dalle.
— Aucun risque de rechute ?
— Non, aucun.
— Dans ce cas, pourquoi je ne peux pas dire...
— Ne le dites pas ! Non, non et non. »

Le Dr. Peltz, devenu écarlate, se boucha les oreilles et s'enfuit du cabinet. Quelques instants plus tard, se sentant étrangement abattu, Shifman quittait l'hôpital comme un voleur. Il retourna chez Bowles & Humphries où il broya du noir des heures durant dans son petit bureau sombre, toujours vêtu de son Burberry. À côté, il y avait le studio de maquettes des directeurs artistiques. Les créatifs se hâtaient de préparer des story-boards à temps pour le lancement d'une grande campagne. Shifman, assis à son bureau, écouta avec attention les bruits produits par le massicot. Il se demandait ce qu'il allait faire maintenant qu'il n'avait plus ses séances de radiothérapie pour ponctuer ses semaines. À sa connaissance, il n'y en aurait plus jamais. Qu'est-ce qu'il allait faire de sa vie à présent ?

Une question plus pressante le poursuivait : comment dire à Greta Braunschweig qu'elle ne l'attirait plus tellement ? C'était la stricte vérité : il s'en était aperçu petit à petit, et il n'avait plus aucun doute à ce sujet. C'était terminé. Mais comment le lui annoncer ? Lui avouer que son imitation de la Chienne de Buchenwald lui manquait ? Qu'il regrettait l'excitation que lui procurait, comme au temps jadis, un petit peu de bonne vieille chasse aux Juifs ?

Shifman étant ce qu'il était, il aurait sans doute continué à la voir mois après mois, à bander tristement en dépit de tout, vivant de plus en plus mal le spectacle de ses hanches ondulantes tendues vers lui. *Qu'est-ce que tu as, mon poussah ? Tu as l'air si triste aujourd'hui,* lui dirait-elle. *Rien, rien,* répondrait-il, plus malheureux que jamais. *Et puis, j'aimerais bien que tu arrêtes de m'appeler comme ça.* Il se voyait embourbé

213

pour l'éternité dans cette liaison, comme l'un de ces dinosaures enlisés dans les puits à goudron de Los Angeles.

Deux semaines après la fin de ses séances de radiothérapie, alors qu'il était assis sur la Daley Plaza à l'heure du déjeuner, Shifman réfléchissait encore au problème Greta Braunschweig. C'était une belle journée de printemps, mais la claire lumière ne faisait que lui rappeler combien noires étaient ses pensées. Il avait emporté un sandwich, mais il finit par l'émietter pour nourrir les pigeons qui picoraient avec une espèce d'acharnement qui ne fit que le déprimer davantage.

Et là, pourtant, au cours d'un moment d'enchantement pur, marqué par une explosion de parfum de roses et de musique chorale, il rencontra une fraîche jeune femme au visage lisse nommé Laurie Purcell venue sur la Daley Plaza en compagnie d'un groupe de volontaires pour distribuer des brochures de la Ligue américaine contre le cancer. Quinze minutes durant, Shifman la regarda évoluer au milieu de la foule, stupéfait devant sa sérénité, ému par la lueur d'exaltation qui brillait dans ses yeux tandis qu'elle tendait ses opuscules aux passants. Et, inutile de se voiler la face — oublions l'exaltation, oublions la sérénité —, elle était belle, le genre naturel, sans maquillage et sentant le savon qui tournait les pensées de Shifman vers les prés, les fleurs des champs... et le sexe. Il se plaça sur son chemin et lui adressa un sourire quand elle lui remit la brochure. Il y jeta un coup d'œil, feignant de ne pas avoir remarqué la banderole « Ligue contre le cancer » déployée tous près. « Ah, le cancer ? Qu'est-ce que vous en savez ? Il se trouve que je viens juste de surmonter un petit accès de maladie de Hodgkin. »

Aussitôt, Laurie abandonna son paquet de brochures sur une table et le conduisit vers un banc ombragé par une marquise où ils demeurèrent une bonne heure à parler du courage qu'il avait manifesté. « Traverser de telles épreuves, ça aide à remettre les choses en perspective, non ? » demanda-t-elle, et Shifman de hocher doctement la tête. À dire vrai, il savait qu'en réalité il n'avait rien traversé du tout. Peut-être que si les médecins s'étaient montrés un peu plus équivoques quant à ses chances de survie — s'ils avaient hésité un peu et l'avaient laissé mariner vingt-quatre heures, mettons —, il aurait eu l'occasion d'affronter la notion d'oubli et de réfléchir aux grandes questions sur la Vie, la Vérité, etc., mais les choses étant ce qu'elles sont, le suspense avait pris fin avant même d'avoir commencé. D'une certaine manière, il se sentait floué — ils lui avaient agité la Mort sous le nez et l'avait rempochée sans lui laisser le temps de seulement y penser.

Une voix intérieure, cependant, lui soufflait la vérité : même si le diagnostic avait confirmé ses pires craintes, même si les médecins avaient parlé en termes de mois ou de semaines, même s'ils avaient interdit l'accès de sa chambre et entamé une veillée funèbre, il n'aurait absolument rien retiré de l'expérience. Il se rendait compte qu'en fait, il ne désirait rien apprendre sur la vie. En réalité, tout cela l'effrayait. Il voulait rester jeune, idiot et immortel, pareil à l'un de ces stupides personnages de dessin animé qui passent par une fenêtre ouverte et marchent sur l'air d'un pas assuré sans regarder en bas.

Envoûté par le charme et la fraîcheur de Laurie Purcell, Shifman, soudain enhardi, appela Greta le soir même : « Je crois que nous devrions nous voir un peu moins souvent pendant quelque temps. » Des mots qu'il n'avait encore jamais dits à personne. Pourtant, dans le passé, il avait souvent eu envie de prononcer cette phrase dont il admirait le ton détaché et désabusé, mais il n'avait jamais eu l'occasion de le faire, car c'était toujours la fille avec qui il sortait qui rompait la première.

« C'est à cause de quelque chose que j'ai dit ? s'écria Greta. Ou de quelque chose que j'ai fait ? »

— Oh, je ne sais pas. Probablement. C'est compliqué. Tu comprends, c'est peut-être tes *les Chuifs ceci, les Chuifs cela* dont tu ne cessais de me rebattre les oreilles. Tu étais tellement cruelle. Et puis toutes ces histoires que tu me racontais sur Hargrove et toi. Tu te rappelles, *quel étalon c'est,* et tout le reste.

— Mais j'ai changé ! Tu le sais parfaitement ! C'est comme si j'étais une autre personne ! Je t'aime !

— Je sais, je sais », gémit Shifman qui faillit ajouter : *et c'est justement le problème.* Puis, sans plus réfléchir, il lâcha : « Mais on peut demeurer bons amis, non ? » Il entendit les mots franchir ses lèvres et il se les représenta, pareils à un objet précieux et fragile qu'il venait de laisser tomber d'un balcon.

« Bons amis ! aboya Greta. Tu veux qu'on soit bons amis ?

— Je ne voulais pas dire...

— Écoute-moi bien : quand mes parents sont arrivés dans ce pays venant d'Allemagne, tu sais ce qu'ils ont fait, à peine débarqués du bateau ? Eh bien, ils se sont installés à Rogers Park, voilà ce qu'ils ont fait — Rogers Park, là où vivent tous les Juifs de Chicago, ou du moins vivaient à l'époque. Tu jetais une pierre en l'air et tu pouvais être sûr qu'elle atterrissait sur un crétin de Levitsky quelconque.

— C'est terrible ! Pourquoi ont-ils fait ça ?

— Est-ce que je sais, moi ? Je n'étais même pas née. Peut-être pour se faire pardonner Hitler. Peut-être qu'ils se repentaient. Peut-être que mon père voulait se laver de ses péchés. Comment le saurais-je ?

— J'imagine que ça a été dur pour toi.

— Ta gueule ! Tu imagines ? Tais-toi donc, tu me dégoûtes. Parlons plutôt du nombre de garçons avec qui je suis sortie au lycée. Voilà ce qui importe. Crois-moi, en dehors de ça, rien ne compte. Eh bien, un seul ! Un seul petit ami, et en plus, il était aveugle ! Benny Gunzburg, je ne l'oublierai jamais. Sa mère devait nous conduire quand on allait danser, et il passait la soirée à se cogner dans tout le monde. Et pour ne rien arranger, il avait mauvaise haleine, on aurait dit du foie haché. Il était tellement aveugle qu'il n'arrivait pas à trouver sa bouche avec une brosse à dents.

Tu sais combien de garçons m'ont dit qu'ils aimeraient sortir avec moi, qu'ils adoreraient même, mais qu'ils ne pouvaient pas parce que je n'étais pas juive ? Et non seulement je n'étais pas *chuive*, mais *ch'étais allemanddde* ! Ah, vous les Juifs, tout le temps à râler, à pleurnicher et à vous plaindre de ce que tout le monde vous déteste, vous harcèle, mais tu veux savoir ? Vous êtes aussi moches que les autres.

— Je suppose que ça n'a pas été une partie de plaisir pour toi.

— Ferme-la ! Tu imagines, tu supposes ! Ils me désiraient tous, ces charmants garçons juifs. Il aurait fallu que tu les voies, la manière dont ils me regardaient ! Ils se pressaient autour de moi dans leurs jolis petits pantalons kaki, et ils me déshabillaient du regard, leurs yeux s'attardaient maladroitement sur les agrafes de mon soutien-gorge, bon Dieu ! ils en salivaient, mais aucun n'osait sortir avec moi, papa et maman auraient piqué une crise, ils auraient encore préféré qu'ils ramènent une *schvartze* à la maison — ou même qu'ils s'étouffent à *nosh'n* des couennes de porc frites !

— Greta...

— Et maintenant, toi. Je me disais, en voilà quand même un de convenable, un qui a une âme. C'en est risible ! Bons amis ? Tu veux qu'on reste bons amis ? Ne te donne pas cette peine. » Elle finit par se taire, à bout de souffle, épuisée, la voix rauque.

« Je suis désolé, Greta. Sincèrement. J'aurais voulu que tu ne te mettes pas en colère.

— En colère ? Qui est en colère ? J'avais l'intention de te le dire : Mr. Hargrove et moi partons à Cabo San Lucas le week-end prochain. J'ai besoin d'un peu de vrai sexe pour changer, de sentir une vraie bite en moi. Et puis, ça va drôlement le faire rigoler quand je lui raconterai tout à ton sujet.

— Eh, une seconde ! Sérieusement, tu ne vas pas parler de nous à Mr. Hargrove ?

— *Auf Wiedersehen, mein kleines Judenschwein* », dit Greta avant de raccrocher.

Shifman garda l'écouteur collé à son oreille au moins une minute entière.

Deux jours plus tard, Leo Spivak le convoqua dans son bureau peu après dix heures. « Si vous preniez un peu de vacances, Eduardo ? fit-il pendant que Shifman s'installait en face de lui.

— Et pourquoi prendrais-je des vacances ? » demanda Shifman.

La panique le gagna. Il sentait tout autour de lui peser la présence de Greta. Avait-elle mis à exécution sa menace de tout raconter à Hargrove ?

« Vous en avez salement bavé ces derniers mois. Ça vous fera du bien de vous reposer. Partez en compagnie d'une fille, dit Spivak avec un clin d'œil. Faites la fête. J'ai déjà l'accord de Berenson et de Hargrove.

— Je n'ai pas besoin de vacances. Je viens tout juste de reprendre le travail. Pourquoi aurais-je besoin de vacances ? Mr. Hargrove ne serait pas furieux contre moi, par hasard ?

— Qu'est-ce que Hargrove a à voir là-dedans ? Ce que je veux vous dire, c'est que vous méritez des vacances ! Et que je tiens à ce que vous en preniez. Emmenez quelqu'un, tous frais payés, dit Spivak avec un nouveau clin d'œil. Alors, qu'est-ce que vous en pensez, Ed ? Oubliez donc les affaires. Faites-vous bronzer. »

Shifman se pencha en avant et posa les deux poings sur le bureau ciré de Spivak. « Je peux vous demander quelque chose ? Vous vous souvenez de ce type du service des médias, Bortnick ? L'automne dernier, il a pris des vacances, et en revenant, il a appris qu'il avait été viré durant son absence. Vous vous rappelez ? Disons que ça donne matière à réfléchir.

— D'où tenez-vous ça ? demanda Spivak d'un ton sec. C'est un mensonge ! C'est de la calomnie ! Celui qui vous a raconté ça s'expose à un procès pour diffamation.

— L'histoire a fait le tour de la maison. Pendant son absence, on a flanqué son bureau dans le couloir, si bien qu'à son retour, il s'est retrouvé devant une porte condamnée et un bureau sur lequel était scotché son avis de licenciement. On a dû l'empêcher de se poignarder avec son coupe-papier. Je n'invente rien, Leo. Vous pouvez interroger tout le monde.

— Bon, bon, mais ne vous inquiétez pas. Puisque vous insistez, je vais vous dire la vérité : Bortnick était un cas spécial, un cas unique. Mettons qu'il ne correspondait pas au profil de la boîte. Écoutez, nous ne sommes pas ici pour parler de Bortnick, mais de vous. Je veux que vous preniez une semaine de congé, que vous alliez quelque part au soleil. C'est un ordre. Passez à la caisse des dépenses courantes et faites-vous verser une avance.

— Vous êtes sûr ? Tout à fait sûr ?

— Bien sûr que je suis sûr. À propos, avant de partir, simple curiosité, vous faites toujours le truc de vous arracher les cheveux ?

— Non, non. Je ne les perds plus, Leo, répondit Shifman d'un ton lugubre. Excusez-moi, j'ai oublié de vous prévenir, ils commencent même à repousser un peu. » À la vue du visage de Spivak qui s'allongeait, Shifman reprit après une seconde de réflexion : « Attendez... En revanche, j'ai toujours la magnifique cicatrice de mon opération. » Il sortit sa chemise de son pantalon et la remonta pour dévoiler la grosse cicatrice rouge qui courait de sa poitrine à son nombril. La peau de son torse et de son ventre, où les poils commençaient également à repousser, était rose et fripée, conséquence de la radiothérapie. Shifman adressa un large sourire à Spivak. « Alors, qu'est-ce que vous en pensez ? Et puis, je pourrais aussi vous montrer les cicatrices que j'ai aux cous-de-pied, là où on m'a fait mon lymphangiogramme. C'est vraiment horrible, on dirait que j'ai été crucifié. Vous voulez voir ?

— Fichez-moi le camp ! » s'écria Spivak en riant, l'air ravi.

219

2

« Bon, dit Shifman. J'avoue. J'ai regardé et je mérite la mort.

— Je le savais, dit Laurie Purcell d'un ton lourd de ressentiment. J'en étais sûre.

— Mais je n'ai rien fait. C'est pour ça qu'on dit "regarder", parce qu'on ne fait rien, qu'on se borne justement à regarder. »

Shifman s'enduisit la poitrine d'une nouvelle couche d'écran total qui dégageait une vague odeur de fruit et avait la consistance de gelée tiède. Autant se mettre de la confiture de framboise !

Laurie but une petite gorgée de bière et considéra Shifman avec froideur. « Alors, pourquoi moi, tu ne me regardes pas ?

— D'abord, parce que tu n'es pas à moitié nue, mais seulement un tiers, répondit-il. Tes formes ne débordent pas de partout. Et ensuite, je sais déjà à quoi tu ressembles. » Il porta la main à son front. « Non, je ne voulais pas dire ça. Je n'ai pas l'esprit clair. C'est le soleil, la bière, je ne sais pas. Ou quelque chose dans les *nachos*.

— On en a parlé avant de partir. On a déjà eu cette discussion, Ed. » Elle fit siffler les trois « s » de *discussion*. « Je t'ai dit ce que j'en pensais, et tu m'as fait une promesse. Et à la première occasion, tu la romps.

— À t'entendre, on croirait que je me pique à l'héroïne. Je t'ai expliqué, c'est machinal. Tu comprends, elles sont là, juste sous mes yeux. » Il pointa un doigt accusateur sur les jeunes femmes qui s'ébattaient dans la piscine. « Elles sont pratiquement nues. Qu'est-ce que je suis supposé faire ? Jouer les aveugles alors que j'ai une vue parfaite ? Je n'y peux rien. C'est Dieu qui m'a créé ainsi. » Shifman se rallongea dans sa chaise longue et contempla la cicatrice déchiquetée qui courait de son sternum à son nombril auquel elle semblait s'accrocher avant de s'arrêter brusquement à l'image d'un train qui déraille. « Je suis encore en convalescence, reprit-il d'une voix irritée. Je commence à peine à aller mieux et à recoller les morceaux. Je viens d'en voir de dures, tu aurais oublié, par hasard ? Alors, tu pourrais peut-être me lâcher un peu, non ? »

Laurie ferma les yeux pendant un long moment, puis elle approcha sa chaise de celle de Shifman et lui posa la main sur la poitrine. « Hé, tes poils repoussent, dit-elle doucement en caressant la peau rose qui piquait comme un menton mal rasé. C'est plutôt mignon. Et assez sexy.

— Ça gratte. On se réconcilie, c'est ça ? »

Elle se pencha maladroitement pour l'embrasser sur la joue. Le haut de son maillot de bain bâilla l'espace d'une seconde, et Shifman distingua le mamelon droit, bien rose et bien sage, niché comme une perle au fond du bonnet nacré. Laurie se réinstalla, et le mamelon disparut. Elle soupira.

« Hé, j'ai une idée », dit Shifman. Il fit craquer ses jointures, tandis que son visage s'épanouissait en un large sourire et que ses sourcils se mettaient à faire du yo-yo.

Elle le dévisagea par-dessus ses lunettes de soleil et un sourire naquit sur ses lèvres. « Ah bon ? fit-elle. Il est onze heures du matin, Ed.

— Et alors ? On est en vacances, non ?

— Tu n'es pas censé te reposer ?

— Si, si. Pour une fois, on fera ça couchés. »

Les parents de Shifman possédaient leur propre agence de voyage et c'étaient eux qui lui avaient suggéré cet endroit. « Voyons, mon chéri, lui avait dit sa mère au téléphone. D'accord, il y a eu quelques petits problèmes d'ouragans cette saison, et après ? Un peu de vent, un peu de pluie — c'est le Yucatán, tu t'imagines qu'ils n'avaient jamais vu un ouragan auparavant ? »

Son père intervint sur l'autre poste : « C'est le genre de détail qui effraie les voyageurs inexpérimentés, mais tu peux nous faire confiance à ta mère et à moi, on sait de quoi on parle, les hôtels ont baissé leurs tarifs de moitié. C'est une affaire en or, l'occasion de ta vie, Eddie. Tu ne le regretteras pas.

— Selon nos correspondants sur place, il n'y a plus aucune trace des dégâts causés par la tempête, ajouta sa mère. Ils ont travaillé jour et nuit pour tout réparer. Les gens là-bas sont différents, ils feraient n'importe quoi pour rendre service. Des gens merveilleux, les plus accueillants du monde. Tu leur sers quelques mots d'espagnol — *buenos dias, adios, amigo* — et ils sont prêts à te manger dans la main. Crois-moi, tu vas vivre des heures inoubliables. »

La réalité se révéla bien éloignée de ce tableau idyllique. De fait, les ouragans avaient dévasté la plus grande partie du Yucatán, et deux mois après le passage du plus violent d'entre eux, l'hôtel subissait encore des sautes de courant, comme si tout le système électrique souffrait de crises d'épilepsie. Le plafond de leur chambre fuyait et les toilettes dégageaient une forte odeur d'égout. À la fin de la matinée, après qu'ils eurent fait l'amour, Shifman voulut appeler un restaurant du village afin de réserver une table pour le dîner, mais il ne parvint pas à obtenir la communication. « Et merde ! jura-t-il en reposant brutalement le téléphone sur son socle. On pourrait au moins s'attendre à ce que le téléphone marche, non ! Ou est-ce que c'est encore trop demander ?

— C'est ça la paix et la sérénité après l'amour ? » murmura Laurie. Elle roula sur le côté pour lui tourner le dos, le drap remonté sur ses seins. « Tu as un comportement tellement infantile, Ed. Quand est-ce que tu vas te décider à devenir adulte ?

— Je suis adulte et je ne serai jamais plus adulte que ça. Merde et merde ! C'est le tiers-monde ou quoi ? Bon, d'accord, il y a eu deux ou trois petits ouragans. La belle affaire ! S'ils arrêtaient déjà de construire de nouveaux hôtels pour réparer ceux qui existent — tu comprends, s'ils savaient ce que le mot "entretien" signifie, on pourrait peut-être arriver à passer un coup de fil sans être obligé de trafiquer ce putain de téléphone ! On paye, non ? C'est pour ça qu'on leur donne nos bons dollars américains ? » Il décrocha de nouveau l'appareil et appuya avec fureur sur la touche de la réception. « Allô ! hurla-t-il. Allô ? Vous parlez anglais ? *Ingles* ? *Americano* ? » Il couvrit le micro de sa paume pour dire à Laurie : « Ce type m'a tout l'air d'être le plus stupide de la planète. »

Il ôta sa main et reprit, détachant soigneusement chaque syllabe : « Le téléphone ne marche pas. » Il écouta un instant, puis dit : « Je sais très bien que je vous parle au téléphone. Mais je ne peux pas appeler l'extérieur. L'ex-té-rieur. A-ppe-ler l'extérieur. *Comprende* ? »

Laurie fila silencieusement dans la salle de bains et, quelques secondes plus tard, Shifman entendit couler l'eau de la douche. Il raccrocha. Bon, il redevenait un sale con, et alors ? Ce n'était pas nouveau. Dès que la vague de compassion qu'elle avait éprouvée pour lui au début était retombée, Laurie s'était mise à critiquer régulièrement le caractère de Shifman, les éléments fondateurs de sa personnalité. À l'inverse de Greta, elle ne parlait jamais des Juifs, ni de ses relations sexuelles avec d'autres hommes. Par contre, elle avait un sens moral terriblement développé auquel Shifman était loin de répondre. S'il lisait la page « people » du magazine *Time* avant le grand article sur la recrudescence de la lèpre en Afrique centrale, elle lui tapait sur le crâne avec un journal et le traitait de philistin. Un soir qu'il avait négligé les préliminaires pour aller droit au but, elle lui pinça l'oreille et le qualifia de brute égoïste. Il s'en accommodait. De fait, une fois qu'il se fut adapté à la situation, il trouva charmants les incessants reproches que lui adressait Laurie. Au bout d'un moment, il finit même par les désirer de

manière maladive tant il les jugeait désinhibants et exci-
tants.

Au restaurant, elle lui décochait un petit coup de pied
sous la table chaque fois qu'il se montrait grossier. Au
début, Shifman laissait échapper un cri et se frottait vigou-
reusement le tibia comme pour enlever une salissure, mais
il finit par s'apercevoir qu'il disait exprès des gros mots
pour qu'elle lui donne des coups de pied. En fait, c'était
cette tendre réprimande qu'elle lui adressait sous la table
qu'il aimait le plus chez elle — davantage que ses cheveux
blonds striés de mèches châtain clair, davantage que son
corps mince comme une liane, davantage que les légères
taches de rousseur qui criblaient ses délicates pommettes et
son petit nez, davantage que le parfum qui émanait d'elle
la nuit lorsqu'elle dormait à ses côtés, davantage que le rose
de ses mamelons et le fin duvet ornant sa lèvre supérieure.
Elle le considérait souvent d'un œil réprobateur, la bouche
pincée pour ne pas sourire, et dans ses yeux, il lisait quelque
chose comme de la chaleur et de l'indulgence, quelque
chose qui ressemblait peut-être à l'amour.

Au contraire de lui, Laurie avait des sentiments nobles et
altruistes, le genre à défendre toutes les bonnes causes, à
porter des repas aux malades du sida, à signer des pétitions,
à renifler l'hypocrisie à cent mètres. S'il existait en elle un
brin de mesquinerie ou d'immaturité, il était bien caché.
Pour autant que Shifman le sache, elle était la bonté même,
au point qu'au milieu de la nuit, il lui arrivait de passer une
main ensommeillée entre les omoplates de Laurie, s'attendant plus ou moins à sentir sous ses doigts les racines d'une
paire d'ailes.

Laurie sortit de la salle de bains, enroulée dans une serviette. Ses cheveux étaient ramenés en arrière et ses épaules
nues luisaient. Shifman retint son souffle. Comme elle
s'avançait vers lui sur le carrelage, il distingua le léger balancement de ses seins. Elle le regardait avec ce mélange
d'affection et de reproche dont il était devenu dépendant.

« Ta petite crise est passée ? » demanda-t-elle, laissant tomber sa serviette. Shifman tendit le bras pour caresser la marque blanche laissée par le bas du maillot, mais elle lui écarta la main d'une tape et commença à enfiler ses sous-vêtements. « Ed, ça suffit. Tu vas être épuisé, dit-elle. Il faut que tu ménages tes forces. Tu viens de traverser une rude épreuve et tu es encore convalescent, l'aurais-tu oublié ? » Elle mit un bermuda blanc et un débardeur bleu-vert, puis elle attacha ses cheveux en queue de cheval avec un chouchou. « Allons faire des achats au village, dit-elle. Allez, viens. Tu as dit que tu voulais acheter quelque chose pour la réceptionniste de ta boîte.

— J'ai dit ça, moi ?

— Tu l'as répété au moins cinq fois à bord de l'avion. Comment elle s'appelle, déjà ?

— Miriam. Pourquoi voudrais-je faire un cadeau à Miriam ? Elle me déteste. Tout ce qu'elle fait, c'est m'insulter. Elle ne me cause que des ennuis. Tous les matins, je lui dis bonjour, et elle me répond par quelque chose du style : "Disparais de ma vue avec ta petite bite de ver de terre." Je cite. »

Laurie mit les mains sur ses hanches. Shifman attendit jusqu'à ce que son froncement de sourcils se transforme en expression de véritable déconvenue. « Bon, dit-il alors. Tu as gagné. À toi la victoire. On va descendre au village et faire des achats. On va jouer les affreux Américains, jeter des pièces de monnaie aux gamins des rues, payer un Coca à tout le monde. »

La place du marché baignait dans la chaleur de l'après-midi qui s'élevait languissamment, comme agitée par un éventail en plumes. Shifman sentait la poussière et le sable crisser sous ses dents cependant qu'il traînait dans les allées. Il n'y avait que de la camelote : cadres en fer-blanc aux bords dentelés, tapis artisanaux mal tissés, crucifix, ponchos rouges et jaunes criards, tableaux ridicules représentant des enfants larmoyants et des femmes nues aux énormes poitrines, statuettes de saints, bougies de toutes formes et de toutes tailles, chapeaux de paille, cendriers en bois sculpté. Il n'aurait pas donné un sou pour aucun de ces objets.

« Ed, viens voir », l'appela Laurie.

Il se retourna. Elle se tenait devant un éventaire où était suspendu un assortiment de carillons éoliens. « Regarde », reprit-elle en lui faisant signe d'approcher. Elle lui montrait l'un des carillons qu'elle avait décroché. Ils étaient faits d'une matière que Shifman ne parvint pas à identifier — légèrement gras au toucher, translucides, un peu comme un vieux savon tout fendu, opalins et délicatement veinés de jaune, de beige ou de bleu clair. « C'est de l'onyx ? » demanda Laurie, et comme Shifman ne répondait pas, elle ajouta : « C'est peut-être de la nacre, je ne sais pas. Ils sont beaux, non ?

— Ouais, pas mal, admit-il. Ils coûtent combien ?

— On n'est pas dans un grand magasin, gros bêta. Le prix n'est pas fixé. Il faut marchander. Ça fait partie du jeu. Allez, relax, c'est une autre culture.

— Je ne supporte pas de marchander. Ça me donne l'impression d'être une caricature de Juif, dit Shifman, serrant les poings. Tu n'es pas juive, tu ne peux pas comprendre. C'est un truc juif, tu peux me croire — nous sommes très sensibles à ça. Comme les Italiens et les blagues sur la mafia. »

Il y avait une douzaine de modèles de carillons, chacun avec des pendants de toute une variété de formes : poissons, oiseaux, cœurs, fleurs. Le propriétaire de la boutique, un petit homme mince avec une barbe de plusieurs jours et la joue barrée d'une grande cicatrice rouge, s'avança, un large sourire aux lèvres. « Fantastique, non ? fit-il. Vous devriez en prendre deux, peut-être. Vingt *pesos* chaque. » Les carillons tintaient doucement sous la brise, comme pour appuyer son boniment. « Le meilleur prix, spécial pour vous. Choisissez. »

Shifman au paradis

Laurie, tentée, contempla les carillons. « On devrait en acheter un pour Miriam, ta réceptionniste, dit-elle. Je parie qu'elle adorerait ça.

— Vingt *pesos* ? Pour quelqu'un qui m'insulte chaque fois qu'elle me voit ?

— Excusez-moi, *señor* — vous payez combien ? demanda le vendeur. Vous me dites et on fait affaire — dollars ou *pesos*. »

Shifman hésita. Laurie se pencha et lui murmura à l'oreille : « Offre-lui en dix. »

Il haussa les sourcils. Une seconde auparavant, ils auraient pu s'éloigner tranquillement, mais maintenant, ce serait considéré comme un affront par le propriétaire de l'échoppe, et qui sait quelles conséquences pourraient en résulter. Comme Laurie l'avait dit, c'était une autre culture et c'était peut-être comme ça qu'on récoltait des cicatrices à la joue.

« Dix *pesos* ? proposa-t-il alors. Nous n'en voulons qu'un. »

Le sourire de l'homme s'effaça. « Oh, non, *señor* — votre dernier prix ?

— Oui, désolé. C'est un cadeau pour quelqu'un que je n'aime pas trop, dit Shifman. En fait, je ne peux pas la souffrir », ajouta-t-il avec un sourire. Quel soulagement — la transaction avait manifestement échoué, et ils allaient pouvoir s'en aller sans paraître pour autant malpolis. Il soupira, secoua la tête, feignant une expression de regret, comme s'il venait de rater l'occasion de sa vie.

Le sourire du vendeur réapparut, faisant briller ses dents en or, tandis qu'il disait : « On fait affaire. Lequel vous voulez ? » Si bien que Shifman dut se résoudre à tirer un billet de dix *pesos* de son portefeuille pendant que Laurie choisissait un carillon éolien — les poissons.

« Viens, Ed », dit-elle ensuite. Ils s'éloignèrent et elle glissa le carillon dans le sac qu'elle portait en bandoulière. « Pourquoi tu fais une mine pareille ? Il est magnifique. Tu sais, tu n'es pas obligé de le donner à Miriam. Tu pourrais en faire cadeau à quelqu'un que tu aimes bien. Qu'en

penses-tu ? » Elle battit des cils d'un air faussement agui-
cheur, puis elle lui passa le bras autour de la taille et se
blottit contre lui.

En fin d'après-midi, ils prirent un bateau pour aller visiter
une petite île du nom de « Isla des Camarones » où était
censé se trouver un formidable restaurant de fruits de mer
incroyablement bon marché. La traversée durait une demi-
heure, et comme il y avait un peu de houle, Shifman craignait d'avoir le mal de mer, si bien qu'ils restèrent sur le
pont, penchés au-dessus du bastingage à respirer l'air marin.
Un couple assez âgé vint s'installer à côté d'eux. « Nom de
Dieu ! fit l'homme d'une voix qui donnait l'impression de
sortir d'un épais nuage de fumée de cigare. T'as vu ça ? »
Il désigna les vagues, poussant la femme du coude. « T'as
vu, c'est beau, hein ? C'est ça que j'appelle un beau spectacle. » La femme garda le silence.

L'homme se tourna vers Shifman. « Américains, hein ? »
demanda-t-il, et après que Shifman eut acquiescé, il reprit :
« Je sais les reconnaître. Je me disais, Américains ou Cana-
diens. L'un ou l'autre. Phil et Sylvia Milman. » Il tendit la
main. « Ne vous inquiétez pas pour Sylvia, elle ne se sent
pas très bien en ce moment.

— Ed Shifman, se présenta à son tour Shifman, serrant
la main de l'homme. Et voici mon amie, Laurie Purcell. »
Laurie leur sourit et passa affectueusement le bras autour
de l'épaule de Shifman.

Mr. Milman émit un petit rire grave qui se termina sur
une espèce de grognement. « Regarde-les, Sylvia, ils sont
seulement amis. Ouais, ouais », dit-il en redonnant un coup
de coude dans les côtes de son épouse. Elle grimaça et lui
agrippa la manche. « Alors, vous êtes d'où, les enfants ?
demanda-t-il.

— Chicago, répondit Laurie. Nous sommes ici en vacances.

— Ah, bon, Chicago ? La "Ville venteuse", hein ? Nous,
on est à la retraite. On habite en Floride, Pompano Beach.

C'est magnifique là-bas. Le soleil, le soleil, rien que le soleil. » Il tira un petit cigare de la poche de sa chemise, l'extirpa de son enveloppe de cellophane, puis l'alluma avec un plaisir évident. « Et qu'est-ce que vous faites dans la vie, si je peux me permettre de demander ? reprit-il. Si vous me trouvez indiscret, n'hésitez pas à le dire. Je suis quelqu'un de curieux. Depuis toujours.

— Je suis dans la publicité, répondit Shifman. Je consacre la majeure partie de mon temps à élaborer des stratégies de vente pour de nouveaux produits.

— Et moi, je suis travailleuse sociale, dit Laurie. Beaucoup de volontariat, en fait.

— Travailleuse sociale ! s'exclama Milman. Seigneur ! je parie que vous devez supporter tous ces *schvartzes* dans votre boulot. À moins que je me trompe ? Bon, d'accord, c'est terrible ce qu'on a fait à ces gens-là, mais faut pas exagérer. Ça remonte quand même à plus d'un siècle ! »

Laurie tira soudain Shifman par la manche. « Viens, Ed, dit-elle d'une voix forte. Je crois qu'on a une meilleure vue de l'autre côté.

— Hé, une seconde, fit Milman. Moi, et ma grande gueule. J'ai dit quelque chose qui vous a déplu, c'est ça ? J'ai été importun ? Je vous ai choquée. Vous êtes de ces personnes au grand cœur, je vois bien. »

Laurie tira de nouveau Shifman par la manche.

« Hé, si je vous ai offensée, je m'en excuse », reprit Milman.

Laurie lâcha la manche de Shifman et mit sa main en visière pour se protéger du soleil.

« C'est nos grandes vacances de cette année, poursuivit Milman. On habite à cinq minutes de la plage, alors est-ce qu'on a besoin de venir au Mexique pour voir l'océan ? Mais comme Sylvia y tenait, j'ai accepté. » Il serra l'épaule de sa femme. « Elle a eu une année difficile. Elle a été assez malade.

229

— Oh, je suis désolée, fit Laurie, se tournant vers Mrs. Milman avec le même masque de pitié sereine qu'elle affichait, Shifman s'en souvenait, le jour où il l'avait rencontrée sur la Daley Plaza.

— Nous avons pris du bon temps, aussi. Phil et Sylvia Milman ne sont pas à plaindre », dit Milman. L'espace d'un instant, ses traits se tordirent et il tira sur son cigare avant d'envoyer vers le ciel un nuage de fumée pareil à un signal, puis il se pencha et murmura lentement, sur le ton de la confidence : « C'est le cancer. Elle l'a peut-être encore. Les médecins, ils ne savent pas. Ils ne sont pas sûrs. Ils pensent que ça n'a peut-être servi à rien. On le saura le mois prochain. Ces examens prennent une éternité. On a dû tout lui enlever, vous savez, ces trucs de femme. Il a fallu qu'elle arrête son travail pour la Hadassah, tout ça. Trop de tension. »

Une fraction de seconde, Shifman envisagea de parler de son récent démêlé avec le cancer — peut-être le couple y puiserait-il un encouragement —, mais il réalisa que sa propre expérience était tellement différente de celle de Mrs. Milman que cela mettrait plutôt l'accent sur les périls qu'elle courait. La maladie de Hodgkin, ce petit cancer de rien du tout, n'avait fait que l'effleurer, lui flanquant tout juste une légère frousse. En revanche, à en juger par la description de Milman, le mal dont souffrait sa femme était sérieux. Elle était en train d'en mourir, et ce ne devait pas être particulièrement drôle. À cet instant, au travers du brouillard dans lequel ses médicaments la faisaient flotter, elle lui sourit — un sourire faible et fugitif qui naquit sur ses lèvres, semblable à quelque fragile dentelle, pour s'évanouir presque aussitôt. Aurait-elle deviné ses pensées ?

Mr. Milman poussa un profond soupir. « Vous savez, on a vécu une année difficile, et quand je dis difficile... oh là là. » Le bateau tangua soudain et ils durent s'agripper au bastingage pour ne pas risquer de basculer par-dessus bord. Milman tapota son cigare pour en faire tomber la cendre, puis il se tourna vers Shifman. « Je peux vous poser une question ? demanda-t-il.

— Oui, oui, allez-y.

— Tous les deux, vous êtes à la colle, non ?

— Pardon ?

— Je vous ai eu par surprise, hein ? Je répète ma question autrement : Vous vivez ensemble ?

— Non », répondit Laurie. Elle consulta sa montre.

« Bon, poursuivit Milman. Deuxième question : Vous avez l'intention de vous mettre la corde au cou ? De vous marier, je veux dire ?

— Eh bien, répondit Shifman après un long silence. C'est-à-dire que nous ne nous connaissons pas depuis très longtemps, à peine quelques semaines. C'est le premier voyage qu'on fait ensemble.

— Vous savez, je ne vous reproche rien », affirma Milman. Il planta son cigare au coin de sa bouche, lança un regard au jeune couple, puis tapota de nouveau la cendre sur le bastingage. « Quand j'avais votre âge, reprit-il, on avait une expression : à quoi bon acheter la vache si le lait est gratuit. »

Shifman secoua la tête. « Écoutez, ce n'est pas…

— Eh oui ! Il faut en profiter. Ne vous privez de rien, c'est comme ça que je vois les choses. Bon sang ! tout a bien changé. Ouais. Moi, de mon temps, c'était un petit baiser et bonne nuit, et je considérais déjà que j'avais une sacrée veine. C'était comme ça à l'époque. On devait garder les mains dans ses poches. Vous, les enfants, en apparence, vous êtes du genre calme, ça se voit, mais je suis sûr que vous faites ça comme des bêtes. » Milman adressa à Laurie un regard appréciateur. « Vous, je parie, vous devez crier pendant le truc, non ? Je me trompe ?

— Hé ! protesta Shifman, enlaçant la taille de Laurie d'un geste protecteur. Ça suffit ! Est-ce qu'on dit des choses pareilles ? Vous ne nous connaissez même pas. » Il sentit une vague d'indignation monter en lui et lui brûler les joues. « Je suis désolé que vous soyez malade, dit-il à Mrs. Milman. J'espère sincèrement que votre état va s'améliorer. » Il se tourna vers Laurie. « Viens, partons, dit-il en lui prenant le bras.

— Non, attends », fit la jeune femme. Shifman vit que des gouttelettes de sueur perlaient sur son front et au-dessus de sa lèvre supérieure. « Ce n'est pas grave, reprit-elle. Il est simplement chamboulé, stressé. Ce n'est pas vrai ? demanda-t-elle, s'adressant à Milman. Il ne pense pas à mal. Ce n'est pas grave, répéta-t-elle d'une voix douce, apaisante.

— Tu parles sérieusement ? » Shifman se pencha et lui murmura à l'oreille : « Ce type est un con intégral. Il vient de t'insulter !

— Mais non. » Elle offrait à Shifman un visage innocent. « Il essaie simplement de lier mieux connaissance, de combler le fossé des générations. C'est plutôt gentil de sa part.

— Dites, si vous estimez que j'ai été trop loin, il faut me pardonner », dit Milman. Il secoua de nouveau la cendre de son cigare et, constatant qu'il était éteint, il le ralluma et tira énergiquement dessus. « Bon, laissez-moi me racheter. Je vous invite à dîner. Qu'est-ce que vous en pensez, les tourtereaux ?

— Oh, c'est très aimable, merci beaucoup, mais nous ne pouvons pas. Merci encore, répondit Shifman. Est-ce qu'on a prévu de dîner ? demanda-t-il à Laurie. Je sais qu'on en a parlé, mais j'ai l'estomac un peu barbouillé. » Il adressa à la jeune femme un regard appuyé.

« Mais si, on va dîner, Ed. Bien sûr que si, dit Laurie, lui administrant une petite tape sur le bras d'un air taquin. C'est pour ça qu'on va sur cette île.

— Ouais, mais quand même, tu vois, on devrait peut-être faire une petite promenade avant. Un peu de nage sous-marine, je ne sais pas. On n'a pas encore décidé.

— De la nage sous-marine ? fit Laurie, roulant les yeux. On n'a pas d'équipement.

— On peut en louer sur place », affirma Shifman, élevant
la voix. Mais qu'est-ce qu'elle fabriquait ? Lui faire ça à lui,
alors qu'il essayait simplement de ne pas leur gâcher la fin
de la journée, nom de Dieu !

« Ah, je vous envie, les enfants. Au diable la nage sous-
marine et les balades. Rien ne vaut une bonne partie de
jambes en l'air — je parie que vous faites ça trois ou quatre
fois par jour. Ça lui en donne du boulot à la femme de
ménage, à vous changer tout le temps les draps !

— Vous ne pourriez pas passer à autre chose, non ?
s'écria Shifman. Il me semble que ça suffit. » Le fait était
que Milman avait dressé un tableau assez proche de la
réalité et que c'était un tant soit peu énervant de l'entendre étaler allègrement les statistiques de leur vie amoureuse.

« Dans mon esprit, c'était un compliment, Ed. Je peux
vous appeler Ed ? »

Shifman acquiesça d'un signe de tête, puis, devenu tout
rouge, il regarda ailleurs.

« Physiquement, je suis en excellente forme, reprit
Milman. Quand on est à la maison, en Floride, je des-
cends à la piscine tous les matins. Dix longueurs de bassin. Dos crawlé, crawl, papillon, à mon âge, ça fait une
sacrée séance d'exercices, vous pouvez me croire. J'adore
ça. Après, je remonte, je prends un pamplemousse, une
tasse de déca, éventuellement un *bagel*. Le paradis, quoi.
Je devrais peut-être me sentir coupable, mais non. De
quoi aurais-je honte ? Je l'ai bien gagné. S'il n'y avait que
moi, je ferais à peu près tout ce dont j'ai envie, je pourrais
danser des nuits entières, mais Sylvia, elle, elle se fatigue
vite. C'est à cause de cette foutue chimio. Bon Dieu ! ça la
démolit complètement. » Il tira sur son cigare et expédia
un nouveau signal de fumée dans l'atmosphère. « Ces
pyramides, ces machins mayas, on a voulu en escalader
un hier, et elle bien failli casser sa pipe, pas vrai ma
chérie ? »

Mrs. Milman garda le silence. Sa lèvre inférieure se mit à pendre et, lorsqu'elle ouvrit la bouche, Shifman distingua ses dents grisâtres.

« Et si c'était plutôt nous qui vous invitions à dîner ? » proposa brusquement Laurie. Elle adressa un sourire radieux à Shifman. *Oh, mon Dieu,* comprit-il tout à coup. *Voilà la bonne âme qui réapparaît ! Plus moyen de l'arrêter maintenant. Elle est devenue folle — elle veut se faire pardonner le fait d'être en vacances, de ne pas avoir fait signer de pétitions pour Greenpeace depuis deux jours et de ne pas avoir porté de repas à des malades du sida en train de mourir.*

Soudain, une idée le frappa : sa présence à côté de lui, elle devait aussi la considérer comme un acte de charité. Pourquoi ne s'en était-il pas rendu compte plus tôt ? Coucher avec lui, supporter ses humeurs, aller au cinéma, lui offrir son corps à toute heure du jour et de la nuit — et même ces vacances —, ce n'était sans doute qu'une bonne action de plus, une autre médaille à ajouter à sa collection. Quand il était à l'hôpital, au plus bas, il avait envisagé avec mélancolie la possibilité de profiter des sentiments de compassion qu'on éprouvait à son égard pour baiser, en particulier Greta Braunschweig ; à l'époque, cela lui avait paru curieusement excitant, briser la résistance d'une femme par le seul pouvoir de la pitié. À présent, par contre, la triste réalité de la situation déferla sur lui comme une lame de fond — Laurie n'en avait rien à foutre de lui, tout ce qui l'intéressait, c'était la maladie de Hodgkin. Sentant le pont se dérober sous ses tennis, il agrippa le bastingage de toutes ses forces.

« Eh bien, d'accord, avec plaisir, accepta Milman. On nous a parlé d'un formidable petit restaurant sur l'île. Les meilleurs fruits de mer du monde, et on vous paie pratiquement pour les manger. Tu entends ça, Sylvia ? » Mrs. Milman tourna légèrement la tête vers lui. « On va dîner tous les quatre ensemble, poursuivit-il. Qu'est-ce que tu en penses, ma chérie ? »

Mrs. Milman se contenta de regarder fixement la mer qui s'étendait devant elle.

Le restaurant de l'Isla des Camarones, une construction banale en stuc, était situé près de la jetée, au croisement de deux rues poussiéreuses. Pour seule décoration, il y avait quelques filets de pêche accrochés aux murs. La salle était sombre, déserte, et on n'entendait que le son d'un gros téléviseur couleur installé tout au fond sur lequel passait un film avec Arnold Schwarzenegger, doublé en espagnol, et qui semblait essentiellement consister en une succession d'explosions.

Milman les conduisit vers un box au-dessus duquel tournait paresseusement un ventilateur. Une serveuse s'approcha avec les menus et un grand bol de chips de maïs, puis elle attendit qu'ils fassent leur choix, l'œil rivé sur l'écran et se mordant la lèvre, fascinée par l'action. Milman et Laurie commandèrent la langouste grillée, Mrs. Milman et Shifman, l'espadon. « Vous ne prenez pas la langouste ? fit Milman. Chez nous, au restaurant, c'est vingt-deux dollars cinquante la pièce. En comptant la réduction pour personnes âgées. Et encore, à condition d'arriver avant six heures. Là, ça fait quoi, quelque chose comme sept dollars ? Faut être fou pour ne pas profiter d'une occasion pareille.

— Je préfère l'espadon », dit Shifman d'un ton sec. Il sourit à Mrs. Milman. Peut-être que c'était propre à ceux qui avaient survécu au cancer. Peut-être qu'ils savaient intuitivement que la langouste était trop riche pour leur sang bombardé. La serveuse, une jeune femme vêtue d'une blouse blanche informe, apporta un plateau contenant quatre bières — des bouteilles dont le long goulot s'ornait d'un quartier de citron vert — qu'elle posa devant eux.

Milman trinqua avec Shifman et Laurie. « *Le-khaïm !* fit-il. C'est comme ça que les Juifs disent "à la vôtre" ». Puis il but une bonne rasade.

Shifman attendit un instant, puis il choqua doucement sa bouteille contre celle de Mrs. Milman. « À votre santé », dit-il. Elle se tourna vers lui, et son regard embrumé s'éclaircit, comme si elle venait de soulever un voile. Il constata soudain que c'était une jolie femme. Elle devait avoir dans les soixante-dix ans, peut-être plus. C'était difficile de le savoir, car la souffrance formait autour d'elle comme un linceul, mais ses yeux s'étaient tout à coup animés, et quelque chose dans son ombre de sourire laissait penser à Shifman qu'elle avait été belle autrefois, aussi belle et fraîche que Laurie, aussi séduisante que n'importe laquelle des femmes avec qui il était sorti. Elle le regarda tout en sirotant sa bière, les yeux étrécis, la tête légèrement rejetée en arrière.

Quelques minutes plus tard, les plats arrivèrent, accompagnés de grandes assiettes débordantes de riz, de haricots et de salade surmontée d'un assaisonnement bien épicé. Un nuage de vapeur s'élevait des énormes langoustes rouges de Laurie et de Milman. Celui-ci saisit le petit maillet de bois posé à côté de ses couverts et l'abattit sur la carapace de sa langouste, envoyant des éclats voler dans toutes les directions. L'un d'eux atterrit dans le riz de Shifman. « Excusez-moi, amigo », fit Milman, le retirant d'un geste précieux, le petit doigt tendu. Il goûta sa langouste, et un large sourire illumina son visage. « C'est délicieux, non ? fit-il, brandissant de nouveau le maillet.

— Hé, attention ! s'écria Shifman. Vous risquez d'éborgner quelqu'un avec ça.

— Non, mais, écoutez-le, dit Milman à Laurie d'une voix de conspirateur. Éborgner quelqu'un ! » Il se pencha vers la jeune femme et poursuivit, murmurant presque : « Regardez-le, en train de pleurnicher sur son espadon parce qu'il regrette de ne pas avoir pris la langouste. Il me fait pitié. »

Shifman se tourna vers Mrs. Milman, s'attendant à un commentaire de sa part, mais elle se contentait de regarder droit devant elle. Elle tenait sa fourchette d'une main lâche et la promenait dans son assiette où elle traçait de jolis dessins au milieu des aliments. Jusqu'à présent, elle n'avait touché à rien.

Laurie abattit à son tour le maillet sur sa langouste, envoyant elle aussi des éclats voler un peu partout. « Pardon, Ed », fit-elle, penaude. Shifman haussa les épaules et ôta sans rien dire les petits morceaux de carapace qui ornaient le devant de sa chemise.

« Eh bien, mesdames et messieurs, ça, elle y va de bon cœur ! » cria Milman. Il finit sa bière et cogna la bouteille sur la table. « *Señorita ! Cerveza, por favor !* » Puis, baissant la voix, il ajouta : « Ramène ton *tukhes* par ici, Juanita. »

Mrs. Milman avait commencé à manger, ou plutôt à grignoter un bout de son espadon grillé. Elle mâchait lentement, laborieusement, une bouchée après l'autre. Au bout de quelques minutes, elle reposa sa fourchette et appuya sa tête contre la paroi du box. La regardant, Shifman se remémora le jour où, il y avait un mois et demi de cela, il avait déjeuné au Berghoff en compagnie de Greta Braunschweig dont c'était le restaurant favori, alors qu'il traversait les moments les plus pénibles de sa radiothérapie ; il avait commandé une escalope viennoise et avait été incapable d'en avaler une miette. Elle était restée devant lui à refroidir sur le plat ovale, entourée de pommes de terre sautées et d'épinards à la crème, jusqu'à ce qu'un serveur s'en aperçoive et l'emporte.

La situation n'était plus la même. Il avait survécu. Il était vivant et bien portant. Il avait l'éternité devant lui. Il mangea d'abord toute sa salade, puis s'attaqua à l'espadon qu'il mélangea au riz et aux haricots, nappant le tout de sauce aux oignons, aux tomates et aux poivrons qu'il parsema d'une pincée de coriandre.

Mr. Milman et Laurie, le maillet à la main, piochaient dans leurs monceaux de nourriture. Les deuxièmes bières arrivèrent, puis les troisièmes, puis les quatrièmes, jusqu'à ce que la table ne soit plus qu'une forêt de bouteilles vides. Le film avec Arnold Schwarzenegger s'acheva dans une dernière explosion cataclysmique, et un homme qui balayait derrière le comptoir mit la télévision sur une chaîne musicale. Jaillirent alors des chansons plaintives espagnoles, de lentes et douloureuses mélodies de trompettes sur des paroles mélancoliques que Shifman ne parvenait pas à comprendre. Il imaginait qu'elles parlaient d'amours désespérés, de souffrances, de nostalgies, de regrets et de larmes au cœur de la nuit.

Milman enfourna sa dernière bouchée de riz et de haricots. « Monsieur le Président, dit-il après avoir avalé, la défense réclame une interruption de séance. » La main devant la bouche, il rota, puis il écarta son assiette sur laquelle s'empilaient les restes de la langouste, manquant au passage de renverser deux ou trois bouteilles de bière vides. Après quoi, il jeta sur la table sa serviette froissée. « Ça, c'était un repas, dit-il. Regardez-moi : soixante-dix-neuf ans et je mange comme quatre. » Il s'adossa confortablement à son siège. La télévision continuait à diffuser des chansons, mais on n'entendait plus qu'un bruit blanc. « Ça vous dirait d'en suer une ou deux ? » proposa-t-il à Laurie. Elle le considéra un instant, le visage légèrement luisant de gras. Rassasiée, satisfaite, les yeux brillant d'une sorte d'éclat terne, un peu comme s'ils jetaient leurs derniers feux avant de se fermer, songea Shifman. C'était peut-être pour ça que la langouste valait si cher aux États-Unis — parce que c'était aussi bon que le sexe. Laurie s'extirpa du box et se planta à côté, s'appuyant à la table. « Vous permettez ? demanda Milman à Shifman.

— Oui, oui, allez-y, répondit celui-ci. Je tiendrai compagnie à Mrs. Milman. »

Laurie ne lui adressa pas un regard. Elle glissa son bras sous celui de Milman et se dirigea vers la piste de danse.

L'espace d'un moment, Shifman les observa. Laurie et lui n'avaient jamais dansé ensemble — elle le lui avait bien demandé une fois, mais il avait répondu qu'il ne se sentait pas en état de se livrer à de tels exercices, alors qu'en réalité, il ne savait tout simplement pas danser, et les rares fois où il s'y était risqué en public, il avait vu les gens le regarder d'un air amusé. Il constata que Laurie, au contraire, était une excellente danseuse, souple et sensuelle. La tête posée sur la poitrine de Milman, un bras passé autour de sa taille, elle évoluait au rythme de la mélodie plaintive, et tous deux étaient tellement serrés l'un contre l'autre qu'on les aurait dit coincés dans le même costume. Milman avait les yeux fermés et la bouche en cul-de-poule comme s'il sifflotait. Il bougeait avec une grâce surprenante de la part d'un homme de son âge. Il tournoyait et pirouettait comme un professeur de danse.

Shifman se leva pour aller s'asseoir à côté de Mrs. Milman. Aussitôt, saisi d'une impulsion, il lui prit la main sous la table et la porta à ses lèvres pour l'embrasser. Hé, ça va pas la tête ? se dit-il. C'est la bière ou quoi ? Bien sûr que c'était la bière. Il lâcha brusquement la main qu'il tenait, laquelle tomba sur la table au milieu des reliefs du repas où elle demeura immobile, pareille à un morceau de chair morte. Il la reprit, la tourna dans un sens, puis dans l'autre, mais Mrs. Milman ne réagit pas. Elle avait les ongles coupés court, sans vernis, et ses mains étaient étonnamment douces et lisses. Son alliance mordait légèrement la chair de son doigt.

« Vous voulez danser ? lui demanda-t-il.

— Non », répondit-elle doucement. C'était le premier mot qu'il lui entendait prononcer.

« Vous avez raison, on peut très bien s'en passer, dit-il. Ce n'est pas la peine. » Il devina plus qu'il n'entendit son soupir, sentit sa poitrine se soulever. Est-ce qu'elle avait des seins là, sous sa robe, ou bien est-ce qu'ils avaient disparu avec les autres organes que son cancer avait dévorés ? Il ne voulait pas regarder. Il ne voulait pas savoir. Il pensa à son pénis et à l'allure qu'il avait le soir précédant son opération, les poils rasés, niché entre ses jambes, l'air tout mou et ridicule. Ils se foutaient de ce qu'ils vous faisaient — il avait au moins appris cela à l'hôpital. Sous prétexte de vous maintenir en vie, ils vous poussaient à désirer la mort, et à les en croire, ils vous rendaient un sacré service.

Shifman lui reprit la main et l'embrassa de nouveau. Puis — pourquoi n'y avait-il pas pensé plus tôt — il tendit le bras pour s'emparer du sac de Laurie qu'il posa sur la table. Il jeta un coup d'œil par-dessus son épaule en direction du couple toujours enlacé, jambes entremêlées.

« Tenez », dit-il. Il tira le carillon éolien du sac, l'agita un instant, puis le glissa dans la main de Mrs. Milman. « Un petit truc, ça vaut trois sous, mais ce n'est pas ça qui compte. On l'a acheté aujourd'hui. C'est joli, non ? Je vous l'offre. Ce n'est pas grand-chose, juste un petit cadeau. D'un survivant à un autre. »

Elle le leva vers le ventilateur qui tournait au-dessus de leurs têtes, et au milieu des trompettes, Shifman s'imagina entendre la délicate musique produite par les pendants du carillon qui s'entrechoquaient. Mrs. Milman lui sourit. « Il est magnifique », dit-elle. Elle avait la voix riche et abîmée, qui évoquait le sucre brûlé.

« Oui, acquiesça Shifman dans un murmure, la bouche enfouie dans les cheveux de Mrs. Milman. Il est magnifique. » Il se pencha et se pressa contre elle. C'est seulement quand il sentit sa langue s'insinuer entre les lèvres douces et chaudes de Mrs. Milman qu'il comprit qu'ils s'embrassaient vraiment.

3

Le jour où Shifman rentra de ses vacances mexicaines, Leo Spivak l'attendait dans son bureau.

« Content de vous revoir, *muchacho* », dit-il, puis désignant le visage de Shifman, il s'exclama : « Ouh ! là là ! qu'est-ce qui est arrivé à votre nez ?

— Il est cassé », grommela Shifman. Il avait très mal, et chacun des mots qui jaillissaient de la bouche de Leo Spivak le frappait en plein front comme une batte de base-ball.

« Qu'est-ce qui s'est passé ? s'écria Spivak. Vous avez une tête épouvantable !

— Merci, Leo. J'avais vraiment besoin de ça ce matin. Un type s'est mis en rogne contre moi, d'accord ? Un vieux, près de quatre-vingts ans. Il prétendait que j'embrassais sa femme.

— Vous plaisantez ? fit Spivak. Dites-moi que c'est une blague. »

Shifman haussa les épaules et ferma un instant les yeux, le temps que la douleur reflue. « Il a compris de travers. Je ne sais pas. J'étais à moitié ivre. » Il cogna ses jointures l'une contre l'autre. « Je savais bien que je n'aurais pas dû prendre ces vacances. Ça a été l'horreur. J'ai rompu avec la fille qui m'accompagnait. C'était une fille formidable, et j'ai rompu. Ou plutôt, c'est elle qui a rompu. Je détestais l'endroit où on était. Le téléphone ne marchait pas, l'électricité ne marchait pas. C'était l'enfer. Et pour couronner le tout, je me suis fait flanquer un coup de poing dans la figure par un type assez vieux pour être mon grand-père.

— En voilà une histoire, Eduardo. Je vous assure, vous avez vraiment une sale mine. Vous vous êtes fait examiner ? Mon vieux, vous êtes horrible !

— Merci, dit Shifman, s'apprêtant à sortir. Vous aviez autre chose à me dire, ou je peux partir ?

— Non, non, restez. Asseyez-vous, *muchacho* », dit Spivak. Et d'une voix plus grave, sur un ton théâtral, il poursuivit : « Ça fait plaisir de vous revoir, mon petit, nez cassé ou pas. Vous êtes devenu comme un fils pour moi, Ed. Ou plutôt comme un neveu. Ou un cousin, quelque chose de ce genre. Un parent, quoi. Et c'est la raison pour laquelle c'est tellement difficile.

— Qu'est-ce qui est difficile, Leo ?

241

— Hargrove veut vous voir, Ed. Ce matin. Tout de suite, en fait. À votre place, je ne perdrais pas une seconde.

— Mr. Hargrove ? Maintenant ? » Une nouvelle fleur de douleur s'épanouit sur le front de Shifman.

« Prenez le dernier ascenseur sur la gauche, c'est celui qui monte directement. Je ne vous conseillerais pas de traîner en route, même pour un café. Ah, et puis, Ed...

— Oui, Leo ?

— Ne m'en veuillez surtout pas. »

Quand on l'introduisit dans le bureau de Hargrove, Shifman y trouva aussi Berenson, l'un des grands directeurs du service marketing, affalé sur le canapé. « Inutile de vous asseoir, Ed, dit-il. Ça ne prendra qu'une minute. » Il jouait avec des trombones qu'il tordait pour en faire un bracelet.

Shifman n'avait encore jamais rencontré Mr. Hargrove. Il savait tout sur lui par Greta, et après avoir entendu celle-ci le décrire en long et en large pendant plus d'une année, il avait l'impression de le connaître intimement, sans même l'avoir ne serait-ce que entr'aperçu. Compte tenu de la description de ses performances sexuelles que lui avait fournie Greta, Shifman s'attendait, et c'est bien naturel, à voir un homme possédant les traits burinés et saturniens de Sean Connery ou le charme cosmopolite de David Niven, au lieu de quoi, il avait devant lui un petit bonhomme replet au crâne dégarni et au nez de poivrot.

Hargrove fit pivoter son fauteuil pour se placer en face de la rangée de fenêtres qui surplombaient le lac. Shifman, suivant son regard, distingua des dizaines de voiliers qui évoluaient sur les eaux scintillantes.

« Bonjour, Ed, fit Hargrove. Il me semble que nous n'avions pas encore eu l'occasion de nous rencontrer, n'est-ce pas ?

— En effet, monsieur.

— Comme c'est dommage.

— Certainement, monsieur. Mais je suis heureux que nous ayons enfin...

— Bon, bon, ne nous emballons pas. Nous avons un petit problème à résoudre, Ed. Un petit problème de cassette vidéo. Vous vous souvenez de ce que vous avez filmé au centre commercial ?

— Au centre co-mammaire-cial, intervint Berenson. Vous vous rappelez ? La blonde au polo rose moulant ? Vous savez où ça a atterri ?

— J'ignore de quoi vous parlez. Je n'en ai pas la moindre idée. Et je ne l'ai jamais vue », affirma Shifman. Sur ce dernier point, il ne mentait pas. Puis, sans réfléchir, il ajouta : « C'est Leo qui m'a obligé. » Comment avait-il pu laisser échapper ça ? Qu'est-ce qui lui prenait ? Il avait quoi, six ans ? Un vrai gosse de maternelle. Bon, il était dans de sales draps. Mais enfin, il était encore convalescent, en période de rémission, bon Dieu !

« La cassette a été expédiée au client par erreur, Ed, reprit Hargrove. Un crétin l'a mise au courrier avec le résultat des tests de consommation.

— Oh !

— Vous avez déjà rencontré le patron du Super ragoût instantané, Ed ?

— Je ne crois pas, Mr. Hargrove.

— Un certain Gordon Kittredge. Je le connais depuis des années. Le Roi des Aliments Instantanés, on le surnomme. La soixantaine. C'est un mormon, Ed. Un Ancien de l'Église des saints des derniers jours. Un type très vieux jeu. Vous me suivez ?

— Je crois, répondit piteusement Shifman.

— Gordon m'a téléphoné la semaine dernière. Il m'a appelé chez moi. » Hargrove avait fermé les yeux et se massait doucement les tempes.

« Je n'étais pas au bureau, dit Shifman. Leo m'a envoyé en vacances au Mexique. C'était son idée. Je ne voulais pas y aller, je vous assure. J'ai passé des jours épouvantables. Je pensais que j'allais retrouver mon bureau dans le couloir, comme Bortnick du service médias.

— Je ne vois pas à quoi vous faites allusion, aboya Berenson. C'est la première fois que j'entends ce nom. Je démens formellement les bruits qui courent à ce sujet. »

Hargrove ne releva pas et revint à l'affaire qui l'occupait : « Gordon nous a virés. Comme ça, sans préavis. Il a dit que nous n'étions qu'une bande de dégénérés. Vous vous rendez compte ? Des dégénérés ! Un budget de vingt millions de dollars et il nous vire à cause d'une ridicule vidéocassette !

— Oh, c'est terrible, Mr. Hargrove. Effroyable. Je sais combien pareille injustice peut sembler décourageante, mais nous allons nous en remettre, dit Shifman d'une voix tremblante. Nous avons déjà perdu des clients. Nous en trouverons d'autres. Nous serons meilleurs que jamais. Nous tirerons tous de cette erreur...

— J'ai l'impression que vous ne nous avez pas très bien compris, Ed, le coupa Berenson. Il nous faut un coupable. Et à part vous, qui voyez-vous ?

— Pourquoi vous faut-il un coupable ? Est-ce qu'on ne pourrait pas tout simplement...

— Parce que vingt millions, c'est vingt millions, voilà pourquoi.

— Alors pourquoi ne pas accuser Leo ? L'idée venait de lui, dit Shifman dans un murmure étranglé.

— Allons, Ed, allons, dit Berenson en secouant la tête et en affectant un air désolé. Nous ne pouvons pas faire ça. C'est impossible. Pendant que vous sirotiez des *margaritas* au son des mariachis, Leo se tenait exactement à l'endroit où vous êtes et nous suppliait de le garder. » Berenson se leva et arpenta la pièce en faisant craquer les jointures de ses doigts tandis qu'il poursuivait : « Il a été très bon. Il aurait fallu que vous le voyiez ! À genoux, tout ça, le grand jeu. Il pourrait devenir sans problème mendiant professionnel. Il était tellement crédible comme ça, agenouillé, que l'espace d'une seconde, j'en ai presque oublié qu'il avait des jambes. Il aurait été capable de me fourguer n'importe quoi... si, si. Il a sorti des photos de sa famille. Et il pleurait, un véritable déluge de larmes. Il vous a tout mis sur le dos. — Mais c'est un mensonge, monsieur. » Shifman tituba légèrement. La tête lui tournait au souvenir de la caméra qui zoomait sur les seins de la blonde.

« Oui, bien sûr, je n'en doute pas un instant, dit Hargrove avec un sourire affable.

— Vous allez vraiment me mettre à la porte, c'est ça ? demanda Shifman.

— Bravo, vous avez deviné », dit Berenson feignant l'étonnement.

La vue de Shifman se brouillait. « Leo est au courant ?

— Vous plaisantez ? C'est Leo qui nous a suppliés de vous licencier, Ed, répondit Berenson.

— Mais... vous vous rappelez quand je m'arrachais des poignées de cheveux ? C'était quelque chose, non ? Alors, ça ne compte pas ?

— Si, mais maintenant, vous allez beaucoup mieux, dit Hargrove avec amertume, comme si Shifman l'avait de quelque manière trahi. Ils repoussent, Leo m'en a parlé. Vous vivrez sans doute jusqu'à cent vingt ans. » D'un geste las, il montra la porte, signifiant que l'entretien était terminé, puis il fit pivoter son fauteuil et, prenant un air fataliste, contempla la rangée de fenêtres.

Shifman sortit de chez Hargrove, les mains nouées sur son ventre, craignant de nouveau, malgré toutes ces semaines de convalescence, que ses entrailles se répandent sur le sol. Il marchait plié en deux, comme pour saluer profondément, dans l'espoir de prévenir toute catastrophe gastro-intestinale. Il croisa un certain nombre de ses collègues, dont plusieurs de ceux qui étaient entrés dans son bureau après son séjour à l'hôpital pour lui assener de grandes claques dans le dos et le féliciter du cran dont il avait fait preuve. Et là, à mesure qu'il avançait péniblement, il les sentait qui cherchaient à l'éviter, qui détournaient la tête sur son passage. Comme Bortnick et tant d'autres avant lui, il dégageait désormais une odeur invisible ; des relents de *Je viens de me faire virer* le précédaient dans les couloirs.

Il vida son bureau, jetant en vrac crayons, trombones, blocs-notes ainsi que deux sachets de Super ragoût instantané dans une chemise en papier kraft. Il décrocha le calendrier *Drôles de dames* qui l'accompagnait partout depuis l'université et le fourra dans la poubelle. Dans le bureau d'à côté, les directeurs artistiques s'escrimaient avec leurs cutters, découpaient leurs contrecollés, et les claquements qui marquaient leur incessante activité donnaient à Shifman l'impression qu'une guillotine le hachait menu, morceau par morceau.

Puis, sans qu'il sache exactement pourquoi, avant de quitter définitivement les lieux, il s'arrêta à la comptabilité pour voir une dernière fois Greta Braunschweig, mais en arrivant, il constata que tous les membres du service étaient entassés derrière la porte fermée d'une pièce située au fond du couloir. Il demeura un instant à les écouter qui jouaient aux cartes, parlant fort et jurant à profusion. Lorsqu'il frappa pour prendre congé, Greta vint entrebâiller la porte, et quand elle s'aperçut que c'était lui, elle cracha : « Ah, c'est toi ! Qu'est-ce que tu veux, *schwein*, suborneur d'enfants, empoisonneur de puits ? » Pendant qu'il regardait ses hanches onduler, elle conclut : « Et maintenant, rentre donc chez toi tripoter ta petite bite de Chuif ! » et elle lui claqua la porte au nez.

Shifman resta un long moment planté dans le couloir cependant que la partie de cartes avait repris. Il sentait les cheveux pousser sur l'arrière de son crâne — en fait, il s'imaginait même les *entendre* pousser. Ce n'était pas un problème. Bien sûr que non. Il y avait des tondeuses pour ça. Les gouttes de sueur qui coulaient le long de ses flancs et rebondissaient sur ses côtes lui rappelaient le poids qu'il avait perdu lors de sa récente épreuve. Il se mit à trembler, rempli de joie et de gratitude.

Les Mauvais Juifs

Il n'existait que peu d'endroits idéaux dans le monde, et Leo Spivak avait fini par en trouver un, ici même, à Mendocino. Il était allongé derrière la porte-moustiquaire de la villa en bardeaux, située devant la mer, qu'ils avaient louée, sa femme Rachel et lui, pour une semaine — rien qu'eux deux, seuls, environnés de cette paix et de ce silence. C'était aussi beau qu'une carte postale. Des capucines disposées dans un adorable fouillis encadraient la porte et descendaient en cascade le long de la petite pelouse de gazon anglais jusqu'à leur jacuzzi privé en bois de séquoia. La brise océane aux senteurs salines caressait le visage de Spivak qui, au travers du voile de brume, distinguait le clapotis hypnotique des vagues contre les piliers de la jetée au bord de la crique. Un endroit pareil, avec ces fleurs, cette brise, ces petites vagues, il le cherchait depuis toujours, et maintenant qu'il l'avait découvert, il envisageait sérieusement de ne plus le quitter, de demeurer étendu ainsi jusqu'à sa mort.

C'est alors que le téléphone sonna. Spivak ferma les yeux. « Chérie ? » gémit-il. Rachel sommeillait sur le canapé. Le téléphone était juste entre eux, et Spivak n'aurait voulu pour rien au monde décrocher, même si cette saloperie d'appareil s'était trouvée nichée contre sa joue. Leur fille Elena, seize ans, faisait un stage de tennis dans le Wisconsin qui leur coûtait les yeux de la tête, et elle avait déjà appelé deux fois au cours de ces trois derniers jours pour leur demander de lui envoyer un peu d'argent de poche supplémentaire. « Réponds, dit-il à sa femme. Si c'est Elena qui réclame encore deux cents dollars, je risque de prononcer des paroles que je regretterai par la suite. Je ne plaisante pas. Et de toute façon, je ne peux pas bouger. Je suis trop bien. »

Rachel décrocha après la troisième sonnerie. Elle écouta un moment, puis son visage se défit et, sans un mot, elle tendit le téléphone à son mari malgré son froncement de sourcils. « Allô ? fit-il en s'affalant lourdement à côté de Rachel.

— Leo ? C'est Inez à Tucson, l'amie de votre père. »

Bien qu'elle eût vécu toute sa vie à Tucson, elle parlait avec un accent espagnol. Spivak avait toujours été très fier de n'attacher aucune importance au fait qu'elle soit hispanique. Son père, par contre, ce salaud de xénophobe, n'avait jamais cessé de se moquer de ses origines, l'abreuvant de mauvaises plaisanteries sur les concours de pets mexicains et la traitant de sale immigrée.

« Bonjour, Inez. Comment ça va ? Comment va mon père ?

— Oh, répondit-elle d'une voix étranglée. C'est pour ça que je vous téléphone. Je suis désolée de vous apprendre la triste nouvelle, mais votre père est mort, Leo.

— Il est mort ? » Le cœur de Leo bondit dans sa poitrine, mais aussitôt, pris de honte, il regagna les profondeurs de la grotte noire qui l'abritait. « Mort ? Oh, mon Dieu, non. Quand cela ?

— La nuit dernière. Je ne sais pas exactement quand. On ne m'a appelée que ce matin.

— Qui ? La maison de retraite ? Comment… qu'est-ce qui est arrivé ? Qu'est-ce qu'ils ont dit ?

— Il est tombé, dit Inez. Il a glissé et sa tête a heurté le sol. Je ne sais pas exactement, ils ne m'ont pas donné de détails. Ils m'ont demandé de vous prévenir. J'ai répondu que je n'y tenais pas, mais ils ont insisté.

— Sa tête a heurté le sol et il est mort ?

— C'est ce qu'on m'a dit. Il est mort, Leo. Mort. » Elle pleurait maintenant, la vieille femme, et sa voix parut à Leo si ténue et si bête, soudain mouillée de larmes, comme si Inez venait de sauter du bord d'une falaise pour s'enfoncer dans la mer.

« Comment avez-vous eu ce numéro », demanda-t-il. À peine eut-il posé la question qu'il se rendit compte combien elle était mal choisie dans un moment pareil, mais il n'avait pas pu s'en empêcher : il était curieux de savoir.

« Oh, j'ai appelé chez vous, répondit Inez. J'ai eu la personne qui gardait votre maison.

— Bien, très bien, je vous remercie. Je suis content que vous ayez téléphoné, dit-il, quoique ce fût, de toute évidence, un mensonge. Ne vous inquiétez pas, Inez, je me charge de tout.

— Vous voulez que je fasse publier un avis de décès ? Dans le journal ?

— Euh, oui, bonne idée. Oui, oui, allez-y. Bien sûr, excellente idée.

— Qu'est-ce que je dois mettre ? Pour votre père, je veux dire ?

— Voyons… je ne sais pas, moi. » Spivak avait l'esprit vide. « Vous le connaissiez. Mettez ce que vous voulez. Vous trouverez bien quelque chose. »

En dépit des objections de Spivak, Rachel tint à rentrer avec lui à San Francisco, puis à l'accompagner en avion à Tucson. Elle ne voyait vraiment pas pourquoi elle serait restée seule à Mendocino. Néanmoins, une fois qu'ils furent installés dans leur motel à Tucson, Spivak affirma son intention de s'occuper lui-même des affaires de son père et de prendre les dispositions nécessaires concernant les funérailles. « De toute façon, tu ne l'aimais pas, rappela-t-il à

249

Rachel. Moi non plus, d'ailleurs, mais c'était mon père et je suis bien obligé.

— Je suis ta femme, et je suis bien obligée, moi aussi.

— Absolument pas. C'est hors de question. Tu ne bouges pas d'ici, répliqua-t-il. Nage — le motel a une magnifique piscine —, cultive ton bronzage, lis. Je veux que tu ne fasses rien d'autre que te détendre. Et ne t'avise pas de te mêler de cette histoire d'enterrement. On est en vacances. Quand mon père vivait encore, on ne partait pas en vacances à cause de lui, et maintenant qu'il est mort, il ne va quand même pas gâcher celles qu'on a enfin réussi à prendre.

— Tu dis n'importe quoi. C'était ton père malgré tout.

— On attendait ces vacances depuis deux ans. Je veux en profiter, c'est tout. Ça ne vaut certainement pas Mendocino, mais il y au moins la piscine et le soleil. D'accord, il doit faire dans les 40 degrés et l'océan est loin, mais tu n'as qu'à fermer les yeux et te servir de ton imagination pour te croire en Californie. Respire cette odeur iodée. Fais-toi bronzer, travaille ton dos crawlé, et laisse-moi m'occuper du reste, okay ? »

Ainsi, pendant que Rachel tâchait de se détendre au bord de la piscine du motel, s'enduisant les épaules d'écran total toutes les cinq minutes, Spivak, la mine sombre, roulait vers Desert Angels, la maison de retraite de son père. Là, il attendit avec impatience que l'employée à la réception finisse de fouiller au milieu d'un tas de papiers. Au bout d'un moment, elle poussa une pile de formulaires devant lui. « Votre père va nous manquer, dit-elle d'une voix à la fois enjouée et compassée. C'était un homme si vivant, tellement gai. Vous pouvez vous installer là-bas pour les remplir », dit-elle en désignant un canapé dans un coin.

On ne pouvait pas s'y tromper : l'endroit sentait franchement l'urine. Près de la porte, il y avait une vieille femme dans un fauteuil roulant, la tête baissée au point que les poils de son menton s'écrasaient presque sur sa poitrine. Elle avait les yeux ouverts, fixés dans le vide. Elle dodelinait un peu de la tête tout en poussant de petits grognements sourds qui évoquaient une sorte de bénédiction monocorde sous-tendue de menaces. *Si vivant ?* songea Spivak pendant qu'il remplissait les papiers. Il leva les yeux au ciel. *Tellement gai ?*

D'où il était, il apercevait la salle à manger : une femme d'une obésité morbide, grimpée sur une petite estrade, annonçait dans un micro les numéros du bingo devant quelques pensionnaires de la maison de retraite assis comme des zombis dans des chaises roulantes, certains reliés à des ballons d'oxygène. Des infirmières et des infirmiers se tenaient près d'eux pour les aider. « Bingo ! » s'écria soudain l'un des infirmiers. Quelque part dans le couloir, on entendait des hurlements.

Spivak alla rapporter les documents à la réceptionniste. « Vous n'avez plus qu'à signer cette décharge, lui dit celle-ci, et vous pourrez récupérer les papiers personnels de votre père. »

Spivak griffonna sa signature, et la femme lui tendit une enveloppe en papier kraft qu'il s'empressa d'ouvrir. Elle contenait l'avis de démobilisation de son père, un double de sa carte de sécurité sociale, quatorze dollars ainsi que son testament tapé à la machine et authentifié. Seulement, il n'était pas valable, car son père avait apposé d'une main tremblante sa propre signature à l'emplacement réservé aux témoins. Spivak remit le tout dans l'enveloppe qu'il glissa dans la poche arrière de son bermuda.

« Avant que je parte, est-ce que je pourrais parler à quelqu'un au sujet de mon père ? demanda-t-il. Vous savez, pour mettre une espèce de point final ? Je suis curieux de connaître les circonstances de sa mort. Pour être franc, j'avouerais que je m'étais plus ou moins convaincu qu'il était éternel.

— Bien sûr, répondit la réceptionniste, se mordant la lèvre. Installez-vous là pendant que je vais chercher l'infirmière qui s'occupait de votre père. »

Quelques minutes plus tard, une femme d'allure imposante aux traits masculins vint s'asseoir près de lui. « Vous êtes le fils de Mr. Spivak ? fit-elle. Je suis Mrs. Mitchell. Je passais voir votre père pratiquement tous les jours. Il parlait tout le temps de vous, Leo par-ci, Leo par-là. Il était très fier de vous.

— Merci beaucoup. Ça fait plaisir à entendre.

— Vous voulez savoir comment il est mort ? » Les yeux de Mrs. Mitchell se réduisirent à deux fentes. « Votre père est tombé et s'est cogné la tête. » Elle mit la main devant sa bouche et toussota. « Il a eu un accident, le sol était très glissant.

— Un accident, répéta Spivak, l'air perplexe.

— Oui. C'est… c'est délicat, Mr. Spivak. Il… il ne contrôlait plus ses sphincters. » Voyant l'expression de Spivak, elle se hâta d'ajouter : « Ce n'est pas rare parmi nos pensionnaires. On voit ça tous les jours. Apparemment, il essayait d'arriver jusqu'aux toilettes. » Elle toussa de nouveau.

« Vous voulez dire que mon père a glissé sur sa propre…

— Oui, c'est bien ça. » Elle détourna un instant le regard, triturant le mouchoir qu'elle serrait dans son poing. « Une chute pareille… hémorragie interne, hémorragie cérébrale. » Elle haussa les épaules. « Votre père n'était pas très bien ces temps-ci. Il était fragile et il était déjà tombé un certain nombre de fois au cours des derniers mois. Il faut que vous compreniez, Mr. Spivak, nous avons cent soixante pensionnaires à Desert Angels. Les aides-soignantes allaient se rendre dans sa chambre quand l'accident a eu lieu. Nous nous efforçons de répondre à ce genre de situation le plus rapidement possible. Votre père a sonné pour appeler et il ne s'est pas écoulé plus de cinq minutes avant qu'on n'arrive. Nous sommes tous infiniment désolés.

— Il a glissé sur sa propre merde, dit Spivak, effaré. Ça, c'est vraiment quelque chose. »

Il se leva, tendit une main molle à l'infirmière et sortit.

La chaleur du dehors lui fit l'effet d'un mur de briques incandescent. Il le traversa, penché en avant, cherchant à se protéger de l'éclat du soleil. Il sentait le goudron du parking coller à la semelle de ses chaussures. Il tâcha de se rappeler à quoi ressemblait sa voiture de location, mais son esprit était entièrement occupé par une phrase qui revenait sans cesse : *Il a glissé sur sa propre merde*, et qui résonnait en sourdine dans sa tête comme des coups de gong. Ah, la voilà, une bagnole vaguement marron foncé. Tout ce qu'il savait, c'est que la climatisation fonctionnait. Comment les gens faisaient avant l'air conditionné ? se demanda-t-il. Sans doute que personne n'habitait dans le coin à l'époque. Tucson devait se résumer à deux ou trois huttes en pisé au milieu des cactus et des scorpions. Et les gens devaient glisser tout le temps sur leur propre merde, car il n'y avait personne pour la nettoyer hormis quelques coyotes.

Ensuite, à la chapelle funéraire juive Marshak située sur Orange Grove Road, il attendit près d'une demi-heure sur un banc romain dans le hall frais au sol de marbre que Stan Marshak, le directeur du funérarium, puisse le recevoir. La réceptionniste lui apporta une tasse de café plus que délayé qu'il sirota en écoutant les bruits de sanglots qui filtraient par la belle porte en acajou du bureau de Marshak. Contemplant une grande sculpture en acier inoxydable accrochée au mur en face de lui, il mit quelques minutes à réaliser qu'elle était censée représenter une *menorah*. La porte du bureau finit par s'ouvrir, et les membres d'une famille en deuil sortirent, reniflant et se soutenant, blottis les uns contre les autres.

Marshak fermait la marche et se tordait les mains. C'était un homme grand et maigre, vêtu d'un costume noir apparemment coûteux. « Mr. Spivak, dit-il lentement, inclinant la tête. Stan Marshak. Je vous présente toutes mes condoléances. » Il porta les mains à sa gorge et demeura un moment figé sur place, tandis qu'une expression de regret se peignait sur son long visage ravagé. Après quelques instants, d'un geste las, il invita Spivak à entrer dans son bureau dont les murs lambrissés s'ornaient d'un tas de diplômes encadrés, délivrés par diverses organisations juives.

« Bien, j'ai examiné nos dossiers, et j'ai le plaisir de vous annoncer, Mr. Spivak, que votre père avait pris toutes les dispositions nécessaires. » Il prononça dans un souffle les mots « toutes les dispositions », détachant bien chaque syllabe, comme si le père de Spivak était la première personne au monde à avoir jamais payé d'avance ses obsèques, faisant ainsi preuve d'une prévoyance choquante et sans précédent.

« Ah bon ? fit Spivak.

— Absolument. Tenez, regardez, dit Marshak, tendant une pile de documents. Vous voyez ? Sol Spivak, c'est sa signature. Tout est réglé. Votre père s'en est occupé il y a déjà quelques années. Emplacement, tout, jusqu'au cercueil qu'il a lui-même choisi. Vous vous rendez compte ? Très prévoyant, vraiment. » Il secoua la tête d'un air quelque peu scandalisé.

« Voilà d'excellentes nouvelles. Je suis soulagé… et très surpris, je dois l'avouer. Mon père n'était pas du genre à penser au lendemain.

— Eh bien, vous pouvez être tranquille, tout a été payé. Sauf mes honoraires, naturellement, ainsi que quelques petits détails. Votre père était un Juif orthodoxe, il me semble ?

— Mon père ? Oh, non. En fait, je ne crois même pas qu'il appartenait à une synagogue.

— Et vous-même, vous êtes pratiquant ?

— Non, pas vraiment. Non, non, je veux dire. Mais je sais qu'il aurait souhaité un enterrement religieux.

— Oui, bien sûr, dit Marshak. Je comprends parfaitement. Nous veillerons à ce que tout soit conforme à la loi juive. Donc, pour commencer, il y aura un supplément pour la veillée du corps jusqu'aux funérailles. C'est la tradition. Ensuite, il faudra compter la toilette rituelle et le linceul — c'est également la tradition qui le veut. Et puis les honoraires du rabbin. D'habitude, nous suggérons cinq cents dollars. Naturellement, le prix du cercueil a augmenté depuis les dispositions prises par votre père. Vous le savez bien, tout augmente. Le prix des bois précieux comme l'acajou...

— Attendez, attendez. Je croyais que pour les funérailles traditionnelles, on utilisait un simple cercueil en pin. »

Marshak, haussant ses épais sourcils d'une blancheur de neige, le considéra un long moment avant de répondre. « Oui, en effet. Si vous tenez à vous engager dans cette voie.

— Ce n'est pas conforme à la tradition ?

— Votre père a payé pour un beau cercueil en acajou verni. Mais puisque vous êtes son seul enfant vivant... vous êtes bien son seul enfant vivant ?

— Oui, oui.

— Dans ce cas, vous êtes libre de faire ce que vous voulez, bien entendu. C'était la volonté de votre père, mais...

— Bon, et... combien représente la différence en terme de prix ? Grosso modo, je veux dire.

— Entre le pin et l'acajou ? Dans les cinq cents dollars. »

Spivak se radossa dans son fauteuil. « Vous êtes certain que mon père le voulait en acajou ?

— Oui, absolument. C'est là, écrit noir sur blanc.

— J'ai plutôt l'impression que c'est une erreur. Je parie qu'il a coché la mauvaise case ou quelque chose de ce genre. Toute ma vie, j'ai entendu dire qu'on enterrait les Juifs dans des cercueils en pin. J'ai toujours admiré ça, vous savez. Ça paraît tellement plus raisonnable que tout ce luxe inutile. Les goys sont complètement malades avec leurs cercueils vernis, leurs morts qu'ils exposent et tout le reste. C'est répugnant. Qui désirerait une chose pareille pour son père ?

— Si je comprends bien, vous choisissez le pin ?

— Oui. Absolument. Allons-y pour le pin. »

Marshak inclina la tête et, les lèvres pincées, griffonna quelque chose sur son bloc-notes. Puis, sans prendre la peine de lever les yeux, il dit : « Bien, bien. Permettez-moi de me livrer juste à quelques petits calculs. » Cinq minutes durant, il se mit à aligner furieusement des chiffres sur un bout de papier, les transcrivant ensuite sur une feuille, sans cesser de marmonner, pour enfin taper sur les touches d'une machine à calculer selon un rythme staccato. Il finit par s'arrêter et, se calant contre le moelleux dossier en cuir de son fauteuil, il déclara avec une expression admirative : « Vous êtes un heureux homme, dites donc.

— Ah bon ?

— Regardez ça, dit Marshak, fourrant la feuille de papier réglé sous le nez de Spivak. D'abord, vous constaterez que je vous ai consenti une remise de quinze pour cent sur mes propres honoraires — notre Rabais spécial pour non-résidents. C'est un geste que nous aimons faire chez Marshak — tant de familles de nos chers disparus ne sont pas d'ici. Vous remarquerez ensuite que je n'ai pas compté les frais pour la veillée du corps jusqu'à l'enterrement. C'est offert par la maison. Mais attendez, voici le principal : nous vous accordons en plus quinze pour cent sur les honoraires habituels du rabbin. Un excellent rabbin de Tucson, hautement qualifié, que je connais par hasard et qui, n'étant pour le moment affilié à aucune congrégation, consent à faire quelques extras. Vous voyez les économies que vous réalisez ! » Rayonnant, il se caressa les poignets qu'il avait longs et osseux, couverts de poils noirs, pareils à ceux d'un chimpanzé.

Le total se montait à près de deux mille dollars en plus de la somme déjà versée par son père. Spivak resta un long moment le regard rivé dessus. « Vous n'avez pas oublié la différence de prix pour le cercueil ? demanda-t-il enfin d'un ton sec.

— Bien sûr que non. Je ne vous l'ai pas mentionné ?

— Non, vous ne me l'avez pas mentionné. Bon sang, ça fait beaucoup d'argent. Je croyais que tout avait été réglé d'avance. Vous aviez bien dit que mon père avait veillé à tout ?
— En effet, Mr. Spivak. Et il l'a fait. À l'exception des postes dont nous avons parlé. »

De retour au motel, il rejoignit Rachel au bord de la piscine. Debout à côté d'elle, en sueur, lui cachant le soleil, il lui raconta les circonstances dans lesquelles son père était mort. « Tu trouves que c'est partir avec dignité ? demanda-t-il. Est-ce que c'est une façon de quitter ce monde, cette vallée de larmes ? Glisser sur ses propres excréments ? Est-ce une manière de mourir ?

— Non, Leo. C'est une mort affreuse, répondit Rachel, rajustant ses lunettes de soleil. Je comprends. Je regrette que tu ne m'aies pas permis de t'accompagner. Je tenais pourtant à venir, je t'assure.

— À quoi bon ? Tu crois que ça aurait changé quelque chose ? Si tu avais été là, tu t'imagines qu'ils auraient raconté qu'il était mort paisiblement dans son sommeil en écoutant du Mozart ?

— Ce n'est pas ce que je voulais dire. C'est terrible, mon chéri. Ils n'auraient pas dû te le raconter. Quel intérêt ?

— Je ne sais pas. Bon, l'enterrement a lieu demain, et je ne veux pas que tu viennes. Inutile de discuter. C'est mon boulot — c'était mon père et c'est à moi d'assumer. Toi, tu es en vacances. Achète-toi un bijou ou je ne sais quoi, un truc en turquoise peut-être. Va te faire faire un massage ou un soin du visage. Fais comme si tu étais encore à Mendocino. »

Il pensa une seconde lui parler de l'histoire du cercueil, mais à la réflexion, il jugea préférable de s'en abstenir. Rachel risquerait de lui dire qu'à sa place elle aurait choisi l'acajou.

« Ça va, Leo ? demanda-t-elle. Tu as une tête épouvantable.

— J'ai trop chaud. On est à Tucson, en plein été, et ce temps me démolit complètement. J'aimerais tant être à Mendocino.

— Non, je faisais plutôt allusion… enfin tu comprends.

— Écoute : c'est ma façon à moi de porter le deuil. Bien sûr que je ne devrais pas me conduire ainsi, mais je ne peux pas m'en empêcher. Mon père a vécu quatre-vingt-cinq ans, et maintenant il est mort. Point final. Et tu ne sais pas tout : l'enterrement va me coûter deux mille dollars. Tu te rends compte ? Je ne veux pas jouer les salauds, mais bon sang ! ça fait quand même beaucoup d'argent pour mettre quelqu'un dans un trou. » Il s'essuya la joue. « Non, non, c'est de la sueur, dit-il. Je ne pleure pas. Je transpire à grosses gouttes. » Il s'interrompit un instant. « Je suis sérieux pour demain. Je t'interdis de venir. »

C'était le motel où Rachel et lui étaient déjà descendus quinze ans plus tôt, lors de leur premier voyage en Arizona. À la mort de sa femme, le père de Spivak, âgé de soixante-dix ans, avait soudain perdu la tête. Il avait quitté son emploi dans le prêt-à-porter pour enfants et déménagé de Kansas City pour s'installer à Tucson. « Je suis fatigué, déclara-t-il. J'en ai marre de la neige et de la glace, j'ai travaillé toute ma vie, ça suffit, et je fous le camp d'ici. » Il n'avait pas d'économies à la banque, pas de retraite, rien que sa maigre pension de la Sécurité sociale et la somme dérisoire que lui rapporta la vente précipitée de sa maison. Seul dans le désert, sans amis, lézardant au soleil, il appela Spivak pratiquement tous les jours pendant deux ou trois mois — tenant des discours pitoyables, chargés de remords, qui semblaient surtout destinés à arracher compassion et argent à son fils. Puis les coups de téléphone cessèrent, et quand, après plusieurs semaines de silence, Spivak finit par l'appeler pour prendre de ses nouvelles, le vieil homme parut transformé. Il avait adopté l'accent traînant des cow-boys, parlait d'aller chercher « à bouffer » et répondait aux questions de son fils par des « ouaip » ou des « négatif ».

Spivak n'arrêta pas de s'interroger sur ce brutal changement durant un mois, puis, n'y tenant plus, il dit à Rachel : « Il faut qu'on aille voir comment il va. C'est tout de même

mon père. C'est vrai que je ne peux pas le souffrir depuis
que je suis tout petit, mais il ne me reste que lui, et il se
prend pour Hopalong Cassidy. » Aussi, juste après la Saint-
Patrick, alors que la neige sale s'entassait encore dans la
ruelle derrière leur maison de Winnetka, ils laissèrent Elena
aux Sperling, les parents de Rachel (venus exprès en avion
de Chicago pour garder le bébé), et partirent trois jours
rendre visite au vieil homme.

Quand ils arrivèrent à l'aéroport de Tucson, l'air embau-
mait les fleurs du désert et le soleil était si brillant qu'il faisait mal aux yeux. Le vieux Spivak, la figure rose comme
une cicatrice récente, s'avança pour les accueillir, martelant
le sol de ses bottes de cow-boy, vêtu d'une chemise passe-
poilée d'or et ornée de clous en cuivre. Il portait un jean
qui tombait sur ses hanches, maintenu sous sa bedaine par
une ceinture munie d'une énorme boucle en argent et tur-
quoises, ainsi qu'un vieux chapeau de cow-boy en paille
incliné sur son crâne chauve criblé de taches de rousseur.
« Salut, les jeunes, lança-t-il avec ce même accent qu'il avait
au téléphone.

— Papa ? fit Spivak, sourcils froncés.

— Vous voulez casser une p'tite graine ? demanda son
père. Venez, on va se payer une bonne bouffe au Steak
Stampede — je me sens prêt à m'enfiler un bœuf entier. »

Au restaurant, pendant qu'ils attendaient leurs plats,
Rachel sortit les photos de l'adorable petite Elena, mais le
grand-père leur jeta à peine un regard, se contentant de les
battre comme s'il s'agissait d'un jeu de cartes avant de les
lui rendre. Une fois le repas terminé et la table débarrassée,
le vieux Spivak se cala dans son fauteuil, un cure-dents au
coin de la bouche, et les régala d'histoires sur le Tucson
d'antan, tandis que son accent devenait de plus en plus prononcé à mesure qu'il parlait. Ensuite, il leur proposa d'aller
tous les trois assister à un rodéo. « C'est vachement rigolo.

— On ne va pas au rodéo, papa. Pas question. Qu'est-ce
qui te prend ? demanda Spivak. C'est quoi, ce chapeau ?

— Y me protège du soleil, répondit son père, baissant les yeux. Ça tape dur dans le coin. Y a intérêt à faire gaffe.

— Et cette façon de parler ! "Faire gaffe" ! Tu te prends pour un cow-boy ? Reviens un peu à la réalité. Tu es un représentant à la retraite, tu es de Kansas City, et tu as soixante-dix ans, l'aurais-tu oublié ? Vieillir avec dignité, ça aussi l'aurais-tu oublié ?

— Ta mère a vieilli avec dignité, et elle est morte. À la fin, la dignité ne compte pas tellement. Je l'aimais, mais elle n'est plus là, Leo. C'était quelqu'un de bien. La meilleure femme que j'aie connue.

— Tu n'as pas besoin de me le dire. Je sais que c'était quelqu'un de bien. C'était aussi ma mère, je te signale. »

Le vieil homme se tourna vers Rachel : « Nous avons tout fait pour lui, pour son bonheur, dit-il en désignant son fils. Leo voulait quelque chose, il l'obtenait. On veillait à ce qu'il ne manque de rien. Nous n'avions peut-être pas la plus belle maison du quartier, mais...

— Quel rapport avec le reste ? » l'interrompit Spivak, l'air excédé.

Il connaissait par cœur cette rengaine. Quelle importance que ce soit vrai, ou du moins presque vrai ? C'était de l'histoire ancienne. Qu'est-ce qu'il était censé faire ? Se pendre pour expier ses fautes, rien que pour avoir eu une enfance correcte ? Bon, d'accord, maintenant, il n'hésitait plus à le reconnaître : à une époque, on avait consenti beaucoup de sacrifices pour lui. C'était pendant son enfance, quand il n'était encore qu'un enfant, nom de Dieu, et lui, il ne s'en rendait pas compte, naturellement. Il était trop occupé à regarder ces conneries d'émissions à la télévision, à jouer à la balle au prisonnier, à cache-cache, à fabriquer des modèles réduits d'avions, à bousiller la pelouse du jardin en faisant exploser des pétards, à camper chez le voisin, à se gaver de bonbons à en être malade, et puis à se masturber, à apprendre à faire du vélo en tirant des leçons des chutes successives, à collectionner ses exemplaires de *Mad*

260

et à se prendre pour James Dean, et puis à se masturber encore un coup — de sorte qu'il n'avait pas eu le temps de noter tout ce que ses parents avaient fait pour lui. Certes, aujourd'hui il éprouvait des remords. Il détestait se rappeler son enfance : les courses avec sa mère quand il la suppliait de lui acheter de nouveaux jouets, les crises qu'il piquait le samedi matin sur le chemin de la synagogue, les larmes, les *kvitch'n,* les pleurnicheries pour réclamer de passer au Wimpy manger un hamburger alors qu'il savait très bien qu'il n'y avait pas d'argent pour satisfaire ce genre de caprice. Mais quoi faire ? Revenir en arrière et, à six ans, trouver du travail dans une usine de colle afin de rapporter de l'argent à la maison ?

« Je me suis inscrit au club des Elks, l'association maçonnique, déclara alors son père.

— Aux Elks ? Mais pourquoi ? Qu'est-ce que tu as contre le Centre communautaire juif ? Deviens membre de la synagogue, ou je ne sais quoi. Ou même du B'nai Brith, pourquoi pas ?

— Écoutez-moi ça ! Tu es devenu d'un seul coup Monsieur culture juive ?

— Je pensais simplement que tu pourrais appartenir à une synagogue, c'est tout. Tu y rencontrerais des gens. Il y a des temples ici. Tu ne veux pas avoir un endroit où aller pour Roch ha-chanah ?

— Et pourquoi je voudrais ça ? C'était ta mère qui était religieuse, pas moi. Tout le temps à *daven* et à se battre la coulpe. *Oï, oï, oï !* Rien que des conneries, oui ! Six millions de Juifs à *daven* jusqu'aux fours d'Auschwitz, et regarde où ça les a menés ! Toujours est-il qu'avec les Elks, on peut aller danser trois fois par semaine. Et je suis plutôt bon danseur. » Il jeta à Spivak un regard perçant. « Tu ne le savais sans doute pas, hein ? Mon propre fils, et tu ne sais même pas que je suis bon danseur. Tu peux me croire sur parole, les femmes se battent pour avoir le plaisir de danser le fox-trot avec Sol Spivak. Les veuves sont folles de moi. Regarde-moi :

je suis propre, je prends une douche quotidienne, je fais un kilomètre et demi à pied tous les jours jusqu'au centre commercial, je lave mon linge, je repasse mes chemises. Quand j'ai faim, je me fais réchauffer un plateau-télé. Tu tiens à rester là-bas avec toute cette neige en hiver ? Eh bien, libre à toi. Moi, je veux vivre au soleil jusqu'à la fin de mes jours. C'est un crime ? »

Ainsi avaient passé les quinze années suivantes, une veuve après l'autre ou même plusieurs à la fois, qui accompagnaient Sol Spivak aux soirées dansantes des Elks. Leo avait eu l'occasion de rencontrer plusieurs d'entre elles pendant ses brèves visites en Arizona. Malgré lui, il ne pouvait s'empêcher de les comparer à sa mère et donc de les trouver sans intérêt. Certaines étaient stupides, d'autres amères et cyniques. Toutes lui paraissaient surtout horribles : corsetées, engoncées dans des vêtements trop étroits pour elles, les cheveux teints en une gamme de couleurs improbables. Le fait qu'elles arrivent à supporter son père demeurait néanmoins un mystère à ses yeux. En effet, celui-ci semblait se servir de son âge avancé comme excuse pour se défouler — dénouer la corde qui l'attachait au ponton de la décence et de la respectabilité. Il mentait sans arrêt. Il fauchait dans les magasins, du moins jusqu'au jour où il s'était fait prendre et condamner avec sursis. Il arborait une moustache à la Fu Manchu et des chaînettes en imitation or autour du cou. Il dépensait des milliers de dollars grâce à ses cartes de crédit, puis, en larmes, appelait Spivak pour le supplier de rembourser ses dettes. Il s'était acheté un postiche qu'on aurait cru coupé dans une toison de yack et qu'il persistait à porter à l'envers. Il trompait tout le temps ses femmes et après il pleurait, fulminait et les maudissait quand elles le quittaient précisément pour cette raison.

Petit à petit, cependant, à mesure que les années s'écoulaient, la santé de son père s'était détériorée. Le soleil avait parcheminé sa peau et la chaleur miné ses forces, si bien

que neuf mois par an, il ne sortait pratiquement plus. Il traînait les pieds plutôt qu'il ne dansait, jusqu'à ce qu'il cesse
complètement. Désormais, le vieux Spivak passait ses journées devant la télévision. La perruque en toison de yack et
les chaînettes imitation or accumulaient la poussière sur la
table basse devant le canapé. Il commençait à se négliger.
Durant plusieurs jours d'affilée, il ne se nourrissait que de
crackers et de beurre de cacahuètes accompagnés de jus de
prunes. Il lui arrivait de perdre le contrôle de ses sphincters
sous la douche, après quoi, il appelait son fils pour le lui
raconter d'une voix larmoyante.

Bien entendu, le défilé de veuves s'en ressentit, et les
deux dernières années, il n'y eut plus qu'Inez à subir les
humeurs de Sol Spivak tandis que, de plus en plus amer, il
passait d'un appartement exigu et crasseux à un autre. Ils
se voyaient au moins une fois par semaine, quand elle
l'emmenait dîner de bonne heure au restaurant (il avait
fini, à quatre-vingt-un ans, par renoncer à conduire après
avoir embouti un autobus en plein milieu de la journée).
Inez téléphonait à Spivak environ tous les six mois pour se
plaindre : « Toutes mes amies me disent : "Inez, qu'est-ce
que tu fais avec cet homme ? Il ne vaut rien, il est méchant
avec toi." Et moi, je réponds : "Je sais, vous avez raison, il
est trop méchant." C'est vrai Leo, pourquoi votre père est
tellement méchant ? Pourquoi il se comporte comme ça
avec moi ? Mais je me dis que c'est parce qu'il a peur, qu'il
est seul et qu'il n'a personne d'autre. Vous êtes trop loin
pour pouvoir l'aider. Alors, je reste avec lui. Je ne peux pas
faire autrement. Je l'aime bien. Je ne sais pas pourquoi,
mais c'est comme ça. »

Finalement, incapable de prendre une douche sans tomber dans la baignoire, incapable de demeurer propre et de
se préparer à manger, désarçonné devant le nombre sans
cesse croissant de médicaments qu'il devait prendre, le
vieux Spivak était entré au Desert Angels, une maison de
retraite située au pied des montagnes au nord de Tucson

où, pendant un an et demi, il avait distribué des coups de pied et poussé des hurlements tout au long du couloir de sa mort, injuriant le personnel, infirmières et aides-soignantes comprises.

Le lendemain de leur arrivée, de gros nuages s'amoncelèrent au-dessus des montagnes. Spivak alla faire un petit plongeon dans la piscine du motel en compagnie de Rachel avant le petit déjeuner — le seul moment de la journée où il faisait bon dehors, puis, de retour dans leur chambre après s'être séché, il s'aperçut qu'il n'avait rien emporté qui pourrait convenir, même de loin, à des funérailles. Bon Dieu, il n'avait même pas une ceinture ! Et merde, pas question de s'acheter des vêtements. Au nom de quoi ? Il y était déjà de deux mille dollars de sa poche, sans parler des billets d'avion, du prix de la chambre, de la location de la voiture, et aussi du trajet jusqu'à Mendocino et de la réservation de la villa, le tout à fonds perdus. De l'argent jeté par les fenêtres !

Au mieux, il pouvait mettre un short propre et une chemisette en tricot jaune avec un cheval de polo cousu au-dessus de son mamelon gauche. Il les enfila, s'étudia un instant dans la glace : « Qu'est-ce que tu en penses ? demanda-t-il à Rachel.

— Oh, fit-elle, compréhensive, lui posant les mains sur les épaules. Qu'est-ce que tu aurais pu faire d'autre, Leo ? On était à Mendocino, tu sais. On ne s'attendait tout de même pas à ce que tu t'achètes un costume sur la route de l'aéroport ?

— Je ne sais pas », marmonna Spivak, prenant son portefeuille et ses clés.

Sur le chemin de la chapelle funéraire juive Marshak, il s'efforça sans grande conviction de se rappeler les prières juives qu'il avait apprises dans sa jeunesse, mais il ne parvint qu'à retrouver quelques fragments, deux ou trois mesures d'une vague mélodie et un magma de syllabes inintelligibles.

Bon, qui essayait-il de tromper ? Il ne lui restait qu'à l'avouer au rabbin : il n'y aurait personne pour dire le *kaddish*, personne pour allumer la bougie de *yohrtzeit*, personne pour disposer les *tefilin* dans le cercueil, personne pour assister à l'éloge funèbre de Sol Spivak. Autant le reconnaître : il était un mauvais Juif et l'avait toujours été, enfant déjà, quand, sur les exigences de sa mère, il avait été contraint de se farcir plusieurs années de Talmud Torah pour préparer sa barmitsva. Rien de ce que les rabbins lui racontaient n'avait de sens ; de fait, tout lui paraissait à peu près aussi évident que le jeu de puce. Il savait qu'il aurait dû avoir honte de réagir ainsi, mais il s'en moquait. C'était son destin, c'était inscrit dans ses gènes : même s'il n'avait rien de solide pour l'étayer, aucune véritable preuve généalogique en soi, il était sûr au fond de lui qu'il descendait d'une longue lignée de mauvais Juifs, de toute une dynastie de sceptiques et d'ignares, de mangeurs de nourriture *traïf*, de faiseurs de pieds de nez et de ricaneurs en douce, de crapules et de marginaux qui, en dévidant le fil des siècles jusqu'au Veau d'or lui-même, avaient vécu dans des immeubles pouilleux, des cabanes en torchis dans les *shtetls* et des tentes en lambeaux au milieu d'un putain de désert.

Marshak l'attendait dans son bureau, vêtu d'un costume encore plus funèbre que celui de la veille. Le visage figé, il examina un instant Spivak des pieds à la tête, puis haussa les sourcils et inspira bruyamment par le nez.

« Excusez-moi, je n'ai pas emporté de vêtements de deuil. Je sais que ma tenue ne convient guère, mais j'étais en vacances en Californie avec ma femme quand j'ai appris la mort de mon père. Je n'avais rien de mieux à me mettre, se défendit Spivak, croisant les bras pour dissimuler le cheval de polo. J'étais à Mendocino. Un endroit magnifique.

— Je n'en doute pas, dit Marshak. Votre épouse n'a pas pu vous accompagner ? J'avais pourtant cru comprendre hier...

— Elle est retournée au motel. Je lui ai conseillé de se détendre. Il fait une chaleur à crever dehors, vous savez ? De toute façon, elle connaissait à peine mon père. Nous ne formions pas à proprement parler une famille très unie. »

Marshak le considéra en silence, la tête légèrement inclinée. Il paraissait sur le point de dire quelque chose lorsqu'on frappa à la porte. Il alla ouvrir et introduisit un petit homme replet au teint rubicond. « Ah, oui, parfait, dit Marshak, agitant ses longues mains osseuses. Mr. Spivak, permettez-moi de vous présenter rabbi Adrian Fink. »

Spivak se leva pour serrer la main du rabbin. « Et pas de commentaire sur mon nom, d'accord ? dit celui-ci. Je sais qu'en argot il signifie un "jaune", mais je tiens à mettre tout de suite les choses au point. Appelez cela une grève préventive, si vous préférez. »

Marshak s'excusa et quitta la pièce en se frottant les mains comme si une soudaine fraîcheur était tombée. Spivak et rabbi Fink se laissèrent choir dans les fauteuils en cuir raide.

« Pardonnez-moi, Mr. Spivak, dit le rabbin. Je sais que vous venez de subir un deuil, mais, voyez-vous, je suis très susceptible pour ce qui touche à mon nom. Je n'ai pas eu la vie facile. Je vous prie d'accepter mes sincères condoléances, et je suis heureux que vous ayez consenti à ce que je célèbre l'office pour votre père. Je ne le connaissais pas du tout, aussi j'aurais besoin de vous poser deux ou trois questions afin de prononcer quelques mots en guise d'oraison funèbre. » Il produisit un stylo et un bout de papier.

« Allez-y.

— C'était quel genre d'homme ?

— Un pauvre type. »

Rabbi Fink émit un petit rire nerveux. « Bon, bon, fit-il, jouant avec son stylo.

— Vous m'avez demandé, je vous réponds.

— En effet. Et quel âge avait votre père au moment de son décès ?

— Quatre-vingt-cinq ans. Il était né en Lituanie. Il a toujours prétendu ne pas se souvenir du nom de la ville, mais à mon avis, c'était simplement qu'il ne voulait plus y penser.

— Et depuis combien de temps vivait-il dans ce pays ?

— Soixante-treize ans. Il a d'abord habité New York où il a débuté dans la confection, puis il s'est installé dans le Middle West après la guerre. Je suis né à Kansas City, dans le Missouri. Maintenant, j'habite Chicago — Winnetka, en fait. Sur la rive nord du lac. Ma femme et moi avons une fille, Elena. Joli nom, vous ne trouvez pas ? Elle a seize ans. Elle fait un stage de tennis dans le Wisconsin — au Camp KeeTonKee. » Il se pencha en avant et, sans plus réfléchir, lâcha : « Elle dépense une fortune là-bas, vous ne le croiriez pas. Combien peut coûter une balle de tennis, à votre avis ? Vous voyez ce que je veux dire ? À la vérité, j'ai l'impression qu'elle s'en fourre surtout dans le pif. Ma femme se refuse à l'admettre. "De la cocaïne ? Pas notre fille ! Jamais !" Tu parles !

— Ah oui, je vois, fit le rabbin, les yeux écarquillés. C'est vraiment quelque chose. Bon, pour en revenir à votre père, rien qu'une petite minute... dans quelle branche travaillait-il ?

— Il était représentant en vêtements d'enfants, pour un grossiste. Son secteur couvrait presque tout le nord du Middle West. Il n'aimait pas trop son travail, si bien qu'il ne le faisait pas très bien, il faut le reconnaître. Quand on n'aime pas ce qu'on fait... enfin, vous savez. En tout cas, ça lui permettait de gagner sa vie.

— Et ses passe-temps ?

— Mon père n'avait pas de passe-temps. Attendez... si, quand j'étais petit, il aimait bien regarder les matchs de boxe du vendredi soir à la télévision. Il s'installait dans son coin avec une bière et me laissait en prendre une ou deux petites gorgées. Il aimait bien danser, aussi, même si je ne l'ai appris qu'après la mort de ma mère. Elle est morte d'un cancer il y a quinze ans. Ils sont restés mariés quarante-deux ans. À défaut d'un très bon, ça a été un très long mariage.

— Je comprends, dit rabbi Fink, dessinant nerveusement un grand cercle sur son morceau de papier.

— Non, je ne crois pas que vous compreniez, répliqua Spivak. Le fait est que ce n'était pas un très bon père. Il était souvent absent, ce qui était déjà un mal en soi, mais le pire, c'est qu'à son retour, il était en général d'une humeur massacrante, parce qu'il n'allait pas toucher beaucoup de commissions pour la bonne raison qu'il n'était pas doué pour la vente — et il me disait des choses qui me blessaient profondément. Un jour, je devais avoir dans les dix ans, il m'a traité de petit salaud. Je ne me souviens plus pourquoi. Personne ne m'avait encore traité de salaud, et l'entendre de la bouche de mon propre père, vous savez, ça m'a énormément déprimé. Une autre fois, j'ai cassé un carreau avec une balle de tennis et on n'a pas pu le faire réparer avant son retour — et quand il l'a vu, il a dit que je n'étais plus son fils. J'ai pleuré pendant des jours. »

Le rabbin se passa la langue sur ses dents de devant, comme pour déloger les reliefs de son déjeuner. « C'est terrible, dit-il. Je suis infiniment désolé.

— Oh, ça n'a pas été trop grave, j'ai survécu. » Spivak se tut et se tassa dans son fauteuil.

« Y a-t-il autre chose que vous souhaiteriez ajouter, au sujet de votre père ?

— Non, je ne crois pas. Vous savez, je ne voudrais pas paraître brutal, mais il a vécu quatre-vingt-cinq ans, puis il est mort. Vous voyez ? On ne peut pas dire qu'il ait été fauché à la fleur de l'âge.

— Bien. » Rabbi Fink tira de sa poche une *yarmulke* brodée qu'il se flanqua sur le crâne. « J'ai un aveu à vous faire, reprit-il alors en se tordant les mains. Vous venez de vous ouvrir à moi, aussi je pense pouvoir à mon tour vous confier quelque chose : c'est mon premier enterrement et je me sens un peu nerveux. Je suis rabbin depuis douze ans, et c'est drôlement dur, dit-il, se frappant la paume de son poing. Vous disiez que votre père détestait son travail ? Eh bien, ce n'est rien à côté de la frustration que j'éprouve. Je n'ai jamais réussi à comprendre. Je ne sais pas pourquoi, mais je fais un essai de trois semaines dans une congrégation, et les trois semaines écoulées, on me montre la porte avec une petite tape dans le dos. J'ai été partout. Vous voulez savoir ce que c'est d'être rabbin à Sitka, en Alaska ? J'y ai passé trois semaines. Je pense que c'est à cause de mon nom. Dès qu'ils entendent Adrian Fink, Adrian le Jaune, ça y est, les gens sont contre moi. "Adrian, c'est quoi ce prénom, un prénom de fille ?" Et le Jaune, le sale Jaune ! Ah ah ah, tout le monde se croit tellement drôle.

— Je suis navré pour vous, mais ne vous inquiétez pas pour les funérailles. Ça ne devrait prendre qu'une minute. De toute façon, il n'y aura personne. L'avis est seulement paru dans le journal d'aujourd'hui et, en plus, excepté son amie Inez, je ne crois pas que quelqu'un à Tucson parlait encore à mon père. Ce n'était pas facile de l'aimer. Quant à son éloge funèbre, vous n'avez pas besoin d'en rajouter. Dites simplement qu'il a vécu longtemps avant de mourir. Ça devrait suffire.

— Merci infiniment. Je vois que vous faites preuve d'un grand courage devant la perte d'un être cher. Je n'ai pas passé beaucoup de temps auprès de familles endeuillées, alors qu'est-ce que j'en sais, au fond ? Toutefois, il me semble que vous vous en tirez à merveille, sur le plan du chagrin, j'entends. Je suppose que c'est surtout parce que vous n'entreteniez pas de relations très étroites ou très profondes avec votre père. »

Spivak, devinant qu'on lui reprochait peut-être une certaine absence de sentiments, se hérissa. Profondes ? De quelles relations étroites ou profondes était-il question ? « Nous avons tous notre manière à nous de pleurer nos morts, rabbi », dit-il, puis il la ferma, car il ne voyait absolument pas de quoi il parlait. Qu'est-ce qu'il pouvait bien savoir du chagrin ? Certes, il avait ressenti cruellement la mort de sa mère — des mois durant il avait décroché le téléphone tous les dimanches pour l'appeler, comme il avait l'habitude de le faire, avant de réaliser qu'elle n'était plus là et qu'il n'aurait que son père au bout du fil. Il reposait alors l'appareil et restait assis à côté, complètement perdu, désespéré, au bord des larmes. Il avait aimé sa mère, l'avait admirée même, jusqu'à la fin. Elle avait la foi, et bien que Spivak ne comprenne pas la foi, ni ne la respecte vraiment, il l'avait trouvée admirable chez sa mère, car il se rendait compte qu'elle lui procurait comme un coussin, quelque chose de ferme et de confortable sur quoi s'appuyer pendant ses derniers jours, quand la douleur était devenue trop vive, et qui lui avait en outre permis de mourir avec un semblant de dignité.

Là, par contre, c'était différent. Spivak avait beau essayer d'éprouver un chagrin similaire, il arrivait seulement à penser qu'à partir de maintenant, il n'aurait plus à envoyer d'argent au vieillard. Des années durant, il avait expédié à son père de petites sommes, cent dollars par-ci, deux cents dollars par-là. Ce n'était pas l'argent en tant que tel qui l'embêtait... Aussitôt, il ajouta intérieurement : Qu'est-ce que c'est que ces conneries ! Bien sûr que c'est l'argent. Après tout ce temps passé à se tuer à la tâche chez Bowles & Humphries, son salaire restait bloqué sur un montant à cinq chiffres, alors que les autres types de son âge, comme Adelman aux médias, Kinsella à la comptabilité et les deux Bob, Bob Luther et Bob Delgado de l'équipe de création étaient tous déjà vice-présidents et actionnaires de la boîte. À Noël, ils recevaient tous de gros chèques représentant leurs dividendes, avec *Mercedes* inscrit dessus en filigrane. Tous sauf lui. Pas de dividendes pour Spivak. Rien, que dalle. Bon sang, quel plaisir de ne plus avoir à rédiger ces putains de chèques pour son père. Il allait peut-être enfin pouvoir faire des économies. Pour quel usage, il ne le savait pas encore, mais il aurait tout le loisir d'y réfléchir. Il devait bien y avoir quelque chose dont il aurait envie.

Marshak frappa à la porte de son bureau, puis passa la tête par l'entrebâillement. « Je ne vous dérange pas ? demanda-t-il d'une voix onctueuse.

— Je pense que nous avons fini », répondit rabbi Fink. Il se leva, affichant l'air sérieux d'un homme d'affaires. « Merci pour votre franchise, Mr. Spivak. Je suis certain que vous aimiez et honoriez votre père, et je sais que vous chérissez sa mémoire. Je ferai de mon mieux pour exprimer vos sentiments dans mon petit discours.

— Mr. Spivak ? fit Marshak doucement mais fermement. Pardonnez-moi de paraître vous bousculer un peu, mais nous avons un autre service prévu cet après-midi. Je vous en prie... par ici. Je vais vous conduire au salon réservé à la famille. »

Le salon en question était en réalité une alcôve faiblement éclairée et simplement séparée de la chapelle par un rideau. À travers une fente, Spivak distingua le cercueil de son père posé sur une petite estrade à côté d'un lutrin. Le cercueil avait l'air plutôt joli pour un cercueil en pin, tout simple, qui coûtait cinq cents dollars de moins que celui commandé par son père. Le bois avait la couleur de la crème et les contours en étaient lisses et arrondis. On voyait bien qu'il avait été fabriqué avec soin et compétence. Impossible cependant de le nier : il ne possédait pas l'éclat d'un cercueil en acajou verni brillant de tous ses feux sous les lampes. On aurait très bien imaginé une large étiquette collée dessus avec, inscrit en grosses lettres rouges : $500 DE MOINS QU'EN ACAJOU !

Spivak jeta un coup d'œil circulaire pour vérifier s'il y avait du monde. À sa grande surprise, il vit un petit groupe de vieux *kakers* arthritiques, sans doute les rares personnes que son père appelait encore ses amis. En plus d'Inez, il nota la présence de quelques vieilles femmes, un échantillonnage de ces veuves que Sol Spivak avait courtisées des années plus tôt. Les petits vieux avaient une allure minable, tous aussi décrépits que son père au cours de ces derniers mois. Ils ne portaient pas de cravates sous leurs pulls épais en laine pleins de taches, et les cols ouverts de leurs chemises étaient rabattus sur les revers de leurs vestes dans le style des membres de la knesset israélienne. L'un d'eux s'était endormi et ronflait bruyamment, la bouche ouverte et le dentier qui pendait. Les veuves, cheveux teints au henné, mâchoires serrées, lèvres pincées, se cantonnaient avec acharnement dans l'isolement, chacune occupant seule une rangée. Comment avaient-ils fait pour apprendre à temps la mort de son père ? Ils devaient prendre tous les matins la première édition du journal et se précipiter sur les avis de décès à la recherche de noms familiers. Peut-être espéraient-ils qu'il y aurait un buffet gratuit.

Inez était assise seule au premier rang, la tête recouverte d'un voile en dentelle évoquant un napperon. C'était une femme plutôt laide aux traits rudes et irréguliers. Elle pleurait. On s'en rendait compte aux soubresauts qui agitaient ses épaules.

« Dites, est-ce que je dois vraiment rester ici ? demanda Spivak à Marshak. Je me sens un peu ridicule à observer tout le monde à travers le rideau. Inez, l'amie de mon père, est là.

— C'est la tradition, répondit Marshak, lui tendant une *yarmulke* noire.

— Mais est-ce obligatoire, je veux dire ? Est-ce dans la Bible ou je ne sais où ? Aux funérailles de ton père, par la fente d'un rideau tu dois regarder ? »

Marshak émit un petit reniflement. « Bien sûr que non. Comme pour le reste, c'est à vous de décider.

— Bon, dans ce cas... » Spivak écarta le rideau et alla s'asseoir à côté d'Inez.

Rabbi Fink, manifestement nerveux, entama l'office par un hymne que Spivak ne reconnut pas. Il s'agissait peut-être d'une mélodie douce et apaisante, mais la voix du rabbin se cassa à plusieurs reprises, et à un moment, il sembla même sur le point de fondre en larmes. Spivak devinait le regard des copains de son père rivé sur lui — il sentait leurs yeux chassieux lui vriller les omoplates — mais peu lui importait. Il ne pouvait détacher son regard du cercueil de son père qui paraissait très grand pour un si petit homme. Sol Spivak ne mesurait guère plus de un mètre soixante-cinq et, au cours de ces dernières années, il avait maigri et s'était ratatiné comme un fruit pourri. Dans cette boîte gisait le cadavre déjà en décomposition de l'homme sur les genoux de qui il avait parfois dormi pendant son enfance — l'homme qui lui avait enseigné les rudiments de la condition masculine, à commencer par la manière de pisser debout. De temps en temps, ils avaient joué au ballon le soir dans le jardin, se renvoyant inlassablement la balle jusqu'à ce qu'on les appelle pour dîner ou qu'il fasse trop noir pour continuer. Avant que les rencontres de base-ball ne soient régulièrement télévisées, le petit Leo et son père s'installaient sur le canapé pour écouter la retransmission des matches de l'équipe de Kansas City en mangeant des cacahuètes et en se moquant de la voix anémique de Monte Moore, le crétin de commentateur. Le dimanche matin, en été, ils lavaient tous les deux la voiture dans l'allée, s'asper-geant avec le tuyau. À quinze ans, quand sa barbe avait commencé à pousser, son père, debout derrière lui devant le lavabo de la salle de bains, lui avait montré comment se raser, tandis que sa mère pleurait sur le seuil. Il se rendit compte, cependant qu'il regardait fixement le cercueil, qu'il enjolivait peut-être un peu la réalité, qu'il prenait un simple détail pour le transformer en quelque chose de plus important, de plus durable — mais il n'avait pas pu tout inventer à partir de rien.

Après avoir fini de chanter l'hymne inaugural, rabbi Fink agrippa la barre de l'estrade et, les yeux écarquillés, contempla le public composé des amis du défunt comme s'il venait de s'apercevoir de sa présence. « Que pourrais-je vous dire sur Sol Spivak que vous ne sachiez déjà ? commença-t-il. Oui, que dire d'un tel homme ? » Il glissa la main dans la poche de sa veste pour en tirer un bout de papier qu'il consulta discrètement. « Eh bien, qu'il venait de Lituanie, qu'il est arrivé dans ce pays alors qu'il était encore un jeune homme et qu'il s'est installé à Kansas City où il a vécu de nombreuses années ? Et puis qu'il était à la retraite, qu'il était veuf et vivait seul ? Vous savez tout cela. Et que pendant des années, il a gagné sa vie en vendant des vêtements pour enfants ? Cela aussi, vous le savez, j'en suis persuadé. Et de toute façon, est-ce que cela compte ? Ce n'était pas un bon représentant, et sa carrière était terminée depuis longtemps. » Inez, qui jusqu'à présent pleurait sans bruit, éclata en sanglots déchirants. « C'était un homme simple, Sol Spivak, poursuivit rabbi Fink. Pas un homme bon, ne nous méprenons pas, ni un héros. Ce n'était pas un saint non plus, loin de là. Il disait des choses qu'il n'aurait pas dû dire, faisait des choses qu'il n'aurait pas dû faire. Et maintenant, il est mort. » Il froissa la feuille de papier et la rempocha. « Il n'y aura pas de plaque commémorative en l'honneur de cet homme. Personne ne priera jamais dans la Chapelle Sol Spivak. Personne n'enverra jamais ses enfants à l'université grâce à une bourse Sol Spivak.

— Dieu tout-puissant, murmura l'un des petits vieux assis derrière Spivak. Qu'est-ce que c'est que cette oraison funèbre ? Et puis, c'est qui ce rabbin ? Comment il s'appelle, déjà ?

— C'est une histoire banale, non ? Tu es poussière et tu retourneras en poussière, continua rabbi Fink en cognant du poing sur la barre pour souligner ses paroles. Qui a jamais entendu parler de Sol Spivak ? Personne. Qu'y a-t-il à dire en sa faveur ? Pas grand-chose. D'ici une semaine, nous l'aurons tous oublié. »

Spivak ne put en supporter davantage. « Et pourtant ! » s'écria-t-il, bondissant sur ses pieds comme s'il sautait sur un trempoline. Il demeura un instant cloué sur place, l'index pointé vers le plafond comme pour appuyer une figure de rhétorique à venir. Rabbi Fink le considéra d'un air ébahi. « Et pourtant, il était membre du club des Elks, reprit Spivak plus calmement. Eh oui, c'était un Elk ! Étonnant, non ? Ça vous en bouche un coin. Il adorait cela, les soirées dansantes, je veux dire, et tout le reste. Je croyais qu'il était devenu fou, vraiment, mais je le répète, il adorait cela.

— Merci, Leo, fils aimant du défunt, merci de partager cela avec nous », déclara rabbi Fink. Il adressa un sourire hypocrite à Spivak, puis ouvrit son livre de prières comme pour chercher le bon endroit où reprendre l'office.

« Une seconde. Encore une chose et j'en aurai fini, dit Spivak à l'intention du rabbin. Pardonnez-moi, j'aurais dû vous le signaler avant. » Il se tourna vers l'assistance. « Accordez-moi juste un instant. Je crois que quand il était petit, il voulait devenir avocat. C'était son rêve d'enfant et il ne l'a pas réalisé. Il me l'a confié un jour. Ah, et puis il adorait la choucroute. C'était son plat favori, mais il ne la mangeait que froide, glacée même. Et il adorait aussi le bortsch à la crème aigre. Et il avait également un faible pour les bretzels.

— Merci beaucoup, Leo. Je suis très ému par ce que vous venez de nous confier, et je suis sûr que tout le monde ici l'est aussi, dit rabbi Fink. Et je suis heureux que vous ayez pu nous raconter tout cela. » Voyant que Spivak ne comptait nullement s'arrêter là, il referma son livre de prières, jeta un coup d'œil à sa montre, pinça les lèvres et leva les yeux au ciel.

« Quand j'étais petit, nous allions à la piscine du Centre communautaire juif et nous jouions à un jeu que j'appelais le roi du coin, dit Spivak, s'avançant vers l'estrade. C'était mon jeu préféré. Papa entrait dans le petit bain et se mettait dans un coin de la piscine. Il se tenait au bord et je tâchais de lui faire lâcher prise en le tirant par les jambes. Il battait des pieds et m'éclaboussait pendant que je m'accrochais à lui. Il semblait ne jamais se lasser. On restait des heures dans l'eau, et chaque fois que je voulais jouer au roi du coin, il acceptait. »

Rabbi Fink toussota. « Mr. Spivak ? Avez-vous terminé ? Il faudrait vraiment qu'on puisse continuer, dit-il en tendant le bras pour poser la main sur l'épaule de Spivak.

— Je regrette de ne pas m'en être souvenu plus tôt, poursuivit Spivak comme si de rien n'était. J'ai pensé que vous aimeriez le savoir. Tous les ans pour la Pâque... » commença-t-il. Il sentit les doigts du rabbin se crisper sur son épaule et il les frappa brutalement du tranchant de la main pour les écarter. « Tous les ans pour la Pâque, répéta-t-il, mon papa se lançait dans un laïus pour nous expliquer qu'il fallait laisser un verre de vin à l'intention du prophète Élie. Il me recommandait de ne pas quitter le verre du regard pour surveiller la venue d'Élie et le voir boire, et je m'efforçais de garder l'œil dessus, de le guetter avec des yeux de lynx, et tous les ans sans exception, à un moment ou un autre du *seder*, alors que mon attention s'était relâchée, il s'écriait : "Regarde, Leo !", et immanquablement, le verre de vin du prophète était à moitié vide. Tous les ans, j'en restais abasourdi. Il faisait ça pour moi, alors qu'il n'y croyait pas. Il ne croyait à rien, mais pour moi, il faisait semblant. Je ne sais pas pourquoi. Je pense qu'il voulait que moi, je croie en quelque chose. Ça n'a pas marché, mais au moins, il a essayé. » Spivak prit une profonde inspiration et poussa un gros soupir.

À cet instant, Stan Marshak fit irruption dans la chapelle par la porte de derrière et tapa dans ses mains. « Bon, tout le monde, déclara-t-il, que ceux qui pleurent cet homme se lèvent à présent et récitent le *kaddish* des orphelins. Allez, debout ! Nous avons un autre service à trois heures et demie, et il faut qu'on avance. S'il vous plaît, activez un peu, je vous en remercie. » Il jeta un regard furieux à Spivak, puis à rabbi Fink.

Se mordant les lèvres, la tête baissée, les joues en feu, Spivak regagna sa place parmi l'assistance. Il avait l'impression d'être de retour au jardin d'enfants et d'avoir été surpris à enfoncer un crayon dans l'oreille du rabbin. Il y avait des années qu'il n'avait pas entendu le *kaddish* — à savoir depuis la dernière fois où il avait mis les pieds dans une synagogue — et pourtant, comme le maigre groupe des amis de son père entamait la prière avec hésitation, la mélodie lui revint petit à petit, de même que les paroles : *Ysgadal veyiskadach shémé rabo,* jaillissant de quelque puits doux-amer de sa mémoire, l'endroit où il conservait aussi les quarante meilleures chansons d'amour de sa jeunesse. Pas mauvais pour un mauvais Juif, se dit-il. Il pouvait au moins fredonner, et ce n'était pas rien.

Inez était debout à côté de lui, et les larmes qui ruisselaient sur ses joues rêches traçaient des sillons noirs de mascara sur le rouge dont elle s'était barbouillé les pommettes. Elle ne récitait pas la prière. Même si la translittération figurait en regard des caractères hébraïques, comment aurait-elle pu former avec ses lèvres des mots si gutturaux et si peu familiers ? Pour elle, ils devaient évoquer des reniflements et des raclements de gorge. Spivak passa un bras autour de ses épaules et l'attira contre lui pour la réconforter cependant qu'il récitait le *kaddish.* Elle se pressa contre lui et, l'espace d'un moment, il lui sembla qu'elle se fondait dans son flanc.

Quand Spivak regagna le motel en fin d'après-midi, il trouva les rideaux de leur chambre tirés et Rachel endormie sur le grand lit. Il faisait frais et sombre dans la pièce. Il dut secouer sa femme pour la réveiller.

« Je suis de retour, dit-il. Je suis orphelin. » Il s'assit lourdement au bord du lit.

« Comment ça s'est passé ? » demanda Rachel d'une voix ensommeillée. Elle roula sur le dos, étudia un instant son mari, puis alluma l'une des deux lampes de chevet.

« Je ne sais pas. Pas trop mal », répondit Spivak. Il s'adossa contre les oreillers, puis étendit les jambes, s'installa et contempla le plafond.

« Ça a duré longtemps, dit Rachel d'une voix lasse. Je commençais à me faire du souci. »

Le téléphone posé sur la table de nuit sonna.

« Ne réponds pas », ordonna sèchement Spivak, et Rachel, qui tendait déjà la main, la retira aussitôt. Il ne quitta pas sa femme des yeux. Il l'empêcherait de décrocher, quitte à lui casser le bras si nécessaire.

« C'est peut-être Elena, dit Rachel. Je l'ai appelée tout à l'heure et j'ai laissé un message lui demandant de rappeler. Elle va s'inquiéter. Laisse-moi juste...

— Non, répliqua Spivak, se plaçant entre Rachel et l'appareil. Plus de coups de téléphone. Laisse-le sonner. »

Et il continua à sonner. Le regard de Spivak s'adoucit. Il avait sincèrement envie de parler à Rachel de rabbi Fink et de sa piètre oraison funèbre, de Marshak et de son rabais spécial pour non-résidents, d'Inez et des autres veuves, de la bande de pauvres *yoshkies* venus pleurer son père vêtus de leurs *shmates* de polyester. Et surtout, il voulait lui parler du cercueil en pin et des cinq cents dollars.

Le téléphone sonnait toujours. « Leo ? fit Rachel, posant la main sur son bras. Mon chéri ? »

Si seulement il pouvait se débarrasser de cette histoire de cercueil qu'il avait sur le cœur, il parviendrait peut-être à respirer plus librement. Pourquoi ne pas la déballer tout à trac, la tourner en plaisanterie, même. Rachel lui dirait qu'il avait bien fait, il en était sûr. Il saurait qu'elle mentait, mais il s'en arrangerait. En revanche, ce dont il ne s'arrangerait pas, c'est qu'elle serait en mesure de constater qu'il avait une fois de plus déconné à pleins tubes, et un jour ou l'autre, il la surprendrait à le regarder avec cette expression qu'il lui avait déjà vue : *Leo, Leo, pourquoi es-tu un shmock pareil ?* Mais quoi faire maintenant ? Exhumer le cadavre de son père et confesser ses péchés ? Autant le reconnaître :

c'était terminé, fini. Alors à quoi bon mettre Rachel au courant et ressortir tout cela ? À quoi cela servirait-il ?

« Leo ? Dis-moi quelque chose, mon chéri. »

La sonnerie du téléphone se tut brusquement, laissant un écho métallique qui flotta un instant dans le silence de la chambre.

Non, se dit Spivak, on n'y pouvait plus rien. C'était trop tard. Il n'y avait pas de retour en arrière possible, pas de deuxième chance, pas de bande à rembobiner pour repartir de zéro. C'était trop tard et ce serait toujours trop tard. Désormais, il pouvait enfin se consacrer à vivre le restant de sa vie. La seule difficulté serait d'apprendre à respirer avec ce putain de poids qui lui pesait sur la poitrine. Pour le reste, ce serait du gâteau.

REMERCIEMENTS

Sincères remerciements au National Endowment for the Arts et au Nebraska Arts Council pour leur généreux soutien durant l'écriture des *Mauvais Juifs*.

Je voudrais exprimer ma reconnaissance aux rédacteurs en chef ayant publié auparavant les nouvelles qui composent ce recueil : Speer Morgan et Evelyn Somer de *The Missouri Review*, Peter Stitt de *The Gettysburg Review*, Laurence Goldstein de *The Michigan Quarterly Review*, Jim Clark de *The Greensboro Review*, Laura McCoid de *The Indiana Review*, Peter Stine de *Witness*, James Olney et Michael Griffith de *The Southern Review*, Clint McCown de *The Beloit Fiction Journal* et Don Lee ainsi que le rédacteur en chef invité Stuart Dybek de *Ploughshares*.

Mes remerciements à Maria Massie, le meilleur agent possible, et ses associés Josh Greenhut et Gideon Weil. Merci également à John McNally pour ses conseils éditoriaux. Certains de mes amis ont lu et commenté une partie du premier jet des *Mauvais Juifs*, et je les remercie tous pour leur générosité et leur soutien. Je suis particulièrement reconnaissant à Basil Saunders qui a lu une à une les nouvelles de ce livre au cours des trois dernières années de sa vie et qui m'a écrit au fur et à mesure lettre après lettre — de longues lettres décousues remplies d'amour et d'encouragements pour mon travail. Nul écrivain n'a eu meilleur ami, ni lecteur plus dévoué.

TABLE

« **Terres d'Amérique** »

Collection dirigée par Francis Geffard

SHERMAN ALEXIE
Indian Blues, roman
Indian Killer, roman
Phœnix, Arizona, nouvelles

CATHRYN ALPERT
Rocket City, roman

RUDOLFO ANAYA
Sous le soleil de Zia, roman
Bénissez-moi, Ultima, roman

GAIL ANDERSON-DARGATZ
Remède à la mort par la foudre, roman
Une recette pour les abeilles, roman

DAVID BERGEN
Une année dans la vie de Johnny Fehr, roman

JAMES D. DOSS
La Rivière des âmes perdues, roman
Le Canyon des ombres, roman

DAVID JAMES DUNCAN
La Vie selon Gus Orviston, roman

GRETEL EHRLICH
La Consolation des grands espaces

JUDITH FREEMAN
Et la vie dans tout ça, Verna ? roman

DAGOBERTO GILB
Le Dernier Domicile connu de Mickey Acuña, roman
La magie dans le sang, nouvelles

PAM HOUSTON
J'ai toujours eu un faible pour les cow-boys, nouvelles

RICHARD HUGO
La Mort et la Belle Vie, roman

THOMAS KING
Medicine River, roman

WALTER KIRN
Pouce ! roman

WILLIAM KITTREDGE
La Porte du ciel
Cette histoire n'est pas la vôtre, nouvelles

KARLA KUBAN
Haute Plaine, roman

CRAIG LESLEY
Saison de chasse, roman
La Constellation du Pêcheur, roman

DEIRDRE MCNAMER
Madrid, Montana, roman

DAN O'BRIEN
Brendan Prairie, roman

LOUIS OWENS
Même la vue la plus perçante, roman
Le Chant du loup, roman
Le Joueur des ténèbres, roman

DOUG PEACOCK
Mes années grizzlis

SUSAN POWER
Danseur d'herbe, roman

LESLIE MARMON SILKO
Cérémonie, roman

DAVID TREUER
Little, roman

BRADY UDALL
Lâchons les chiens, nouvelles

JAMES WELCH
L'Hiver dans le sang, roman
La Mort de Jim Loney, roman
Comme des ombres sur la terre, roman
L'Avocat indien, roman

*La composition de cet ouvrage
a été réalisée par Nord Compo,
l'impression et le brochage ont été effectués
sur presse Cameron dans les ateliers
de **Bussière Camedan Imprimeries**
à Saint-Amand-Montrond (Cher),
pour le compte des Éditions Albin Michel.*

*Achevé d'imprimer en décembre 2000.
N° d'édition : 19275. N° d'impression : 005517
Dépôt légal : janvier 2001.*